이건숙 문학전집 5

어느 젊은 목사 아내의 수기

이건숙 문학전집 5
어느 젊은 목사 아내의 수기

1쇄 발행일 | 2023년 8월 8일

지은이 | 이건숙
펴낸이 | 윤영수
펴낸곳 | 문학나무
편집 기획 | 03085 서울 종로구 동숭4나길 28-1 예일하우스 301호
이메일 | mhnmoo@hanmail.net

출판등록 | 제312-2011-000064호 1991. 1. 5.
영업 마케팅부 | 전화 | 02-302-1250, 팩스 | 02-302-1251
ⓒ이건숙, 2023

ISBN 979-11-5629-166-4 03810

이건숙 문학전집 5

어느 젊은 목사 아내의 수기

이건숙 소설

문학나무

작가란 죽음의 자리까지 자신을 갈고 닦아야

11편의 단편소설을 모아 읽으면서 새삼스럽게 소설가가 된 것에 감사하는 마음이 들었다. 40년 가까운 세월 소설가란 이름을 달고 살면서 어떤 때는 부담스럽고 짐스럽기조차 했었다. 그러나 요즘 들어서는 글 쓰는 일을 즐기면서 자꾸 나 자신을 돌아보게 된다. 작가란 과연 무엇을 하는 사람인가 하는 근원적인 문제 말이다.

남편과 함께 매일 산책을 하면서 이 문제를 놓고 토론했다. 얻은 결론은 작가란 결국 그 시대의 양심을 앞장서서 발표하는 사람이란 점에 이르렀다.

그럼 어떻게 하는 것이 앞장을 서는 일일까? 우선 앞을 내다보는 선견지명은 물론 바른 역사관과 세계관을 지녀야 한다. 그 시대의 아픔과 고통을 높이 들어 올려 흔들면서 갈 길을 보여주고 땅에 떨어진 도덕과 윤리는 물론 퇴

폐한 문화에 대한 경고의 나팔을 불어야 한다는 점이다. 그러기 위해 나는 과연 내 나라의 역사는 물론 세계역사를 연구하고 있으며 좋은 작품들을 섭렵하고 있는가 하는 질문에 이르렀다. 더욱 중요한 것은 내가 살고 있는 사회와 시대에 대하여 날카로운 비판의 화살을 쏘았는가 하는 문제에 이르렀다. 더구나 인생의 가장 큰 문제인 죽음은 물론 사랑과 인간 존재가치의 보람까지 얼마나 그 깊이를 더했는가. 그 순간 내 머리를 관통한 생각은 작가란 자기 자신을 가꾸는 사람이란 결론에 이르렀다. 글을 쓰는 사람은 인격적이나 신앙적으로 더 나가 영적으로 정말 숭고한 자리에 설 수 있도록 죽음의 자리에 이르기까지 자신을 갈고 닦는 자리임을 새삼스럽게 깨달았다.

11편의 단편을 놓고 찬찬히 읽어보니 내 소설 속에 녹아있는 것들은 바로 내 분신이요, 가치관이요, 신앙이요, 인격이 선명하게 그 모습을 드러냈다. 성격 탓에 우레 같은 함성은 내지르지 못해도 내성적인 내 성격대로 작은 목소리로 잔잔하게 풀어나간 내용들이었다.

더구나 이번 작품들은 내 안에 크게 자리 잡은 믿음의 반석 위에서 거리낌 없이 마음이 흐르는 데로 기교를 부리지 않고 써내려간 점이 마음에 들었다. 많은 분들이 이 단편집을 읽으면서 공감하고 멀리 앞을 내다볼 수 있는 영안을 지니기를 소원한다.

내 자신도 죽음의 자리에 이르기까지 숭고한 인격과 믿

음을 지닌 작가로 다음번에는 더 알찬 작품을 쓰리라 다
짐해본다.

2023년 5월 신촌 서재에서
2009년 8월 일산에서 쓴 「작가의 말」을 수정하여 게재함
이건숙

차례

ㅇㅓㄴㅡㅈㅓㄺㅇㅡㄴㅁㅗㄱㅅㅏㅇㅏㄴㅐㅇㅡㅣㅅㅜㄱㅣ

어느 젊은 목사 아내의 수기

간음한 남자

아들이 컴퓨터게임에 미쳐 병적으로 되어가는 걸 지켜보면서 속병을 앓는 아버지들이 요즘 많이 늘어나고 있다. 나도 예외는 아니다. 아들로 인해 저녁에 회사 일이 끝나면 동료들과 어울리지도 못하고 집으로 직행한다. 아들의 PC방 출입을 차단하고 감시하기 위해서다. 이런 아비의 심정을 알고 있는 고등학교 1학년에 다니는 아들이 전화를 했다.

"제가 밤 11시까지 돌아가지 않아도 걱정 마세요. 학교 교실에 남아서 공부하고 있으니까요. 이젠 컴퓨터게임 따위는 하지 않으니 아버지가 와보셔도 돼요."

나도 수화기에 대고 맞받아친다.

"이 애비를 생각해봐라. 너는 이 집의 하나 뿐인 아들이요 기둥이다. 내 모든 꿈을 너에게 걸고 하고 싶지 않은 일도 해가면서 돈을 버는 것은 모두 너를 위한 것이다. 네가 만에 하나 삐딱 하는 날엔 이 가정도 끝장이다."

"알았다니까요."

퉁명스러운 아들의 반항기 어린 목소리에, 덧정이 떨어지고 아버지가 된다는 것이 어떤 자리인가 다시 한 번 생각하면서 쓸쓸한 마음을 가눌 수가 없다. 대학까지 나온 아비가 아들에게 한 말이 고작 이 정도라니 하면서 슬그머니 자괴지심에 빠져든다.

동료의 아들이 컴퓨터게임에 빠져 고개가 돌아가고 정신이상이 와서 정신병원에 입원했다고 한숨을 쉬는 것이 남의 일같지가 않았다. 그 집 아들을 떠올리자 다급한 김에 성경책을 끌어안고 서원기도를 해버렸다.

'하나님, 우리 외동아들 용석이 컴퓨터게임을 하지 않도록 도와주시면 제가 하나님을 위해 무슨 일이든 명령하시는 대로 하겠습니다. 설령 그것이 일생을 바치는 일이라도…….'

아니 내가 무슨 기도를 하고 있지 하면서 입을 손으로 틀어막았지만 내 의지하고는 다르게 술술 이런 말이 터져 나왔다. 워낙 다급해서 한 기도지만 가슴이 뜨거워지고 눈물이 찔끔 나왔다.

두 달 전 용석이 컴퓨터중독증세가 있다는 담임선생님의 전화를 받고는 정신이 번쩍 들었다. 그동안 이런저런 청소년 비행을 들으면서 강 건너 남의 이야기로 여겼는데 그런 일이 우리 집에 닥치다니 하면서 옴쭉 달싹 못하고 털썩 주저앉아버렸던 일을 지금 생각해도 가슴이 철렁 무너져 내린다.

비록 타인의 옷자락을 잡고 마지못해 교회출입을 하는 입장이지만 아들로 인해 붙들고 매달릴 것은 하나님밖에 없다는 점을 이런 기도를 통해 생활 속에서 몸소 보여주고 있는 셈이다. 이렇게 변한 내가 신기해서 피식 웃고 있을 때 아들의 전화가 걸려왔다.

"아빠, 저 지금 집에 들어가요. 아빠 얼굴이 어른대서 도저히 교실에 앉아있을 수가 없네요."

"아이쿠! 내 착한 아들. 그래 어서 집에 오너라."

할렐루야! 아내처럼 흥얼거리면서 거실의 대형 유리창 앞으로 갔다. 봄 열을 받고 한참 물이 오른 작약의 뾰족한 새싹들이 외등불빛에 너무나 아름다웠다. 자연이 아름답다고 느낄 나이는 지났지만 아들로 인해 기분이 한껏 충만해서 물오른 이파리까지 싱싱하고 예쁘게 다가오는 모양이다. 세상에서 가장 귀한 내 아들이 아빠의 마음을 이해하고 수렁으로 미끄러져 들어가다가 되돌아섰으니 이에서 더 좋은 일이 어디 있겠는가. 어찌나 행복한지 봄을 더 다정하게 맞고 싶어 맨발로 좁은 마당의 흙이라도 밟고 싶은 심정이었다. 고상한 맛이라고는 전혀 없는 진달래의 야한 화사함이 담을 타고 넘어온 이웃집의 개나리와 어우러져 외등불빛 밑에서 뿜어내는 특이한 색에 빠져든 나는 느긋한 행복감에 젖어들었다.

대학교 일학년인 딸이 부르는 유행가가 이층에서 울려온다.

'그토록 다짐을 하건만 사랑은 알 수 없어요. ……. 그대 작은 가슴에 심어준 사랑이여 상처를 주지 마오, 영원히 끝도 시작도 없이……'

나도 한때 좋아했던 유행가라 홍얼홍얼 속으로 따라 불렀다.

"여보 전화 받으라고 그렇게 소리쳐도 안 들려요."

아내가 귓가에 입을 바짝 대고 악을 쓰는 바람에 나는 깊은 잠에서 깨어난 어린애처럼 화들짝 놀래는 시늉을 했다.

"무슨 전화야?"

"우기호 장로님이 돌아가셨대요."

나는 넋을 놓고 바라보았던 바깥 정원의 황홀감에서 빠져나와 안락의자에 팔짱을 끼고 천천히 앉았다. 두 다리를 탁자 위로 쭉 뻗고는 머리를 의자 등거리에 뉘었다.

"이인 장로님이 돌아가셨대도 그래요. 세상에! 그 나이에 가시다니. 요즘 세상에 50대면 한창 일하실 나이에 가시다니. 또 얼마나 믿음이 돈독했어요. 아무리 생각해도 우리 하나님이 손해 보셨어요. 그런 일꾼을 데려가시다니."

나는 아내의 말을 싹 무시하고 신문을 펼쳐들었다.

"타이거 우드가 또 우승을 했어. 이 사람 혼자 너무 상금을 거머쥐는 거 아니야. 이러다가 사람들에게서 미움을 사겠어."

짐짓 기사에 골몰한 척 신문을 얼굴에 바짝 가져갔다. 그리고 속으로 뇌까렸다.

'그 새끼 잘 죽었어. 죽어 싸지.'

"여보, 어서 장로님 댁으로 가봅시다. 사업에 실패하고 변두리로 이사해서 이런 일을 당했으니 어린 자식들 데리고 혼자 된 우리 왕 집사가 불쌍해서 어떡해요."

아무런 대꾸를 않고 그냥 신문을 들척이고 앉아있으니 아내가 바락 소리를 지른다.

"우 장로는 우리 집과 특별한 관계잖아요. 어째서 요 몇 달간 당신은 우 장로님을 그렇게 멀리하세요?"

"피곤해서 그래. 날 좀 가만 놔둘 수 없어."

"어머머! 이이 좀 봐. 당신이 그분께 그러면 못 써요."

아내는 빨리 상가에 혼자라도 가야 한다고 검은 옷을 찾느라고 농 서랍을 여닫는다.

내가 우 장로를 10년 전에 만난 것은 순전히 술 탓이었다. 내 술주정은 대물림한 것으로 친척이나 이웃에 소문 나있었다. 술친구가 없으면 혼자라도 술집을 찾아가 독주를 마시고는 닥치는 대로 물건을 부수고 주위 사람들을 들볶는 못된 주사(酒邪)가 있었는데 특히 아내를 구타하는 아주 고약한 버릇도 있었다. 아내 말에 의하면 내 속에서 술 귀신들이 미쳐서 펄펄 날뛰었다고 한다. 사고를 낸 저녁에도 술집을 왕창 때려 부수고 난동을 부리면서 여기저기 방뇨를 한 탓에 술집주인에게 얻어맞고는 동지섣달 추운 밤에 행인이 드문 뒷골목에 버려졌다. 그 밤에 나는 길에서 얼어 죽었을 터인데 다행히 우 장로의 눈에 띄어 병원으로 옮겨져서 살아났고 이런 경로를 통해 우 장로와의 첫 만남이 이뤄졌다.

거래 탓에 술집을 뻔질나게 드나드는 우 장로는 술을 아주 잘 마셨다. 그러면서도 의기양양하게 우리 부부 앞에서는 왕으로 군림했다. 하긴 생명을 구해준 은인 앞에서 무어라 말할 수 있겠는가. 남편의 생명을 구해주었을 뿐만 아니라 못된 주사까지 고쳐준 우 장로에게 수없이 머리를 조아리면서 고마움을 전하는 아내 앞에서 그는 아주 협박조로 다그치는 게 아닌가.

"이거 모두 하나님의 뜻이요. 내가 왜 이렇게 술집을 드나들어야 했는가를 이제 깨달았소. 자네를 구하기 위한 하나님의 방법이었다 이 말이요. 잔소리 말고 나를 따라 교회에 갑시다."

퇴원 다음날 그는 아예 자가용을 우리 집 앞에 대놓고 빚쟁이처럼 교회 가자고 들볶기 시작했다. 일생 처음으로 우리 부부는 우 장로의 손에 이끌려 쭈뼛쭈뼛 교회에 나가던 날, 아내 몰래 나를 한 구석으로 끌고 가서 우 장로는 이렇게 다짐했다.

"내가 술집에 다닌다는 걸 교인들에게 절대로 말하지 마시오. 당신도 잘 알잖소. 어쩔 수 없다니까. 사업을 하자면 술과 담배가 꼭 따라다니게 마련이니 어쩌겠소. 색시도 붙여줘야 하고 뇌물도 줘야 한다오. 장로지만 이 험악한 세상이 나를 가만 놔두지 않아서 그래요."

검은 양복에 하얀 와이셔츠를 입은 그의 외양은 아주 경건해보였다. 교회 처음 간 날에 마침 성례식이 있어서 집례하는 목사를 도와 장로의 직분으로 검은 넥타이를 맨 탓일 게다.

자가용을 집 앞에 들이대고 하도 난리를 쳐대는 판이라 어쩔 수 없이 일요일 한나절만 우 장로를 위해 교회에 나가주는 것에도 그는 만족하지 않았다. 수요 저녁, 주일 저녁까지 애완용 강아지처럼 목에 줄을 단단히 묶어 끌고 다녔다. 장로님의 술친구 덕에 나는 좋은 직장에 취직까지 했으니 날이 갈수록 그의 영향권에서 벗어날 수가 없었다. 나중엔 새벽기도회까지 끌고 다니기 시작했다. 나는 그의 전도훈장이었다. 장로님이 전도한 사람이 이렇게 열심히 교회에 출석한다는 칭찬에 그는 몹시 목말라 하는 듯 보였다. 밤늦게까지 텔레비전을 보는 버릇이 있는 나에게 새벽잠이란 기막힌 꿀맛이다. 그런 나를 고문하듯 첫새벽에 끌어냈다. 그것도 차를 내 집 대문 앞에 대놓고 초인종을 눌러대니 어쩔 수 없지 아니한가.

"여보, 제발 나 출장가고 없다고 해줘."

"우리 가정이 그분 때문에 요렇게 행복해졌는데 날 보고 거짓말하라고요. 전 못해요."

달팽이처럼 이불을 두르르 감싸 안고 침대 위에 웅크리고 있는 나를 아내는 장로 편이 되어 야멸스레 깨워서 내보낸다. 그 뿐인가. 강단에서 멀리 떨어져 뒤 구석에 앉으면 졸면서 자면서 할 터인데 앞자리가 금싸라기 땅이라며 억지로 끌어다가 강대상 정면 바로 목사님 코앞에 나를 앉혀놓는다. 설교하는 목사님의 침이 내 얼굴에 튀어 병적으로 결벽증을 지닌 나는 침을 피해 몸을 뒤트는 통에 졸 여유가 없었다.

우 장로는 철인이었다. 술집과 공장과 교회를 탱크처럼 돌아다녔다. 나를 들볶는 일 말고도 그는 유년주일학교 부장직을 맡아 꼬마들 대장으로 군림했다. 주일마다 과자와 과일을 푸짐하게 학생들 품에 안겨줄 뿐만 아니라 부활절 주일에 달걀을 학생 수만큼 삶아서 예쁜 그림까지 그려주는 극성스러움도 있었다. 교회일이라면 동에 번쩍 서에 번쩍해서 오죽했으면 홍길동 장로라는 별명이 붙었겠는가. 그 뿐인가. 목사님 입에서 말이 떨어지기 무섭게 교회의 예산 외에 돈 드는 일엔 아끼지 않고 물질을 내놓았다. 목사님의 혀처럼 움직이는 우 장로는 목사님의 어사또 마패로 알려졌다. 목사의 오른 팔인 우 장로 때문에 감히 어느 누구도 목사님을 향해 반기를 들 수가 없을 정도였다.

키에 비해 너무하다 싶게 살이 찐 궁둥이를 오리처럼 뒤룩 뒤룩 흔들며 항상 사람들을 대하면 활짝 웃었다. 그런 그를 앞에 놓고 모두 찬사를 퍼부었다.

'저 장로가 천국 가지 않으면 누가 천국에 가겠어. 믿으려면 저 정도는 믿어야 해. 초대교회의 첫사랑을 그대로 실천하는 분이야. 글쎄 덕순네가 굶는 걸 어찌 알고 어제 밤엔 쌀 한 가마를 갖다 놓았다는군. 입으로만 사랑사랑하는 우리에 비해 그는 얼마나 놀라운가! 사랑을 몸으로 직접 실천하고 있는 작은 그리스도가 바로 우 장로라니까.'

우 장로에 대한 교인들의 칭송은 대단해서 목사님보다 더 인기가 있었다. 아장아장 걷는 아기들까지 우 장로를 보면 달려가 인사할 정도였다. 특히 술주정꾼인 나를 전도하여 교회에 끌고 다닌 뒤에 나는 그의 가슴에 달린 가장 번쩍이는 훈장이었다.

홍길동 장로의 이중생활을 잘 아는 나도 세상을 살아본 놈이라 그의 옳지 못한 사회생활에 눈을 감아주고 따라다닐 수밖에 없었다. 아무튼 나란 놈은 이런 와중에 신앙생활에 서서히 뿌리를 내려가면서 두 세상에 조화를 맞춰 살아갈 수밖에 없었다. 이런 야누스적인 이중생활은 아내에게 철저한 비밀이었다. 행여 아내에게 실수로 말을 흘렸다가는 교회에 소문이 퍼질 터이니 특히 조심하라는 우 장로와의 약속을 잘 지키기 위해서다. 솔직히 고백하자면 남자끼리 그 정도 눈감아 주는 것은 괜찮다고 생각하며 이게 남자끼리 의리가 아니겠는가. 라고 내 자신을 다독였다.

우 장로와 나 사이에 최근에 일어난 요 사건만 없었더라면 나도 우 장로의 시신을 껴안고 몸부림치면서 울었겠지만 이 일로 인해 나는 옆집에 노망난 할아버지의 초상처럼 그의 죽음이 아주 덤덤했다.

밤 늦게 돌아온 아내가 호들갑을 떤다.

"여보, 이런 변이 어디 있어요. 장로님이 자살을 했다니 이거 말이 돼요. 믿음이 그렇게 돈독했던 분이 자살이라니. 나는 절대로 그 말을 믿을 수 없어요. 있을 수 없는 일이에요."

아내의 눈은 놀래서 겁까지 먹은 빛이 역력했다. 헐떡이면서 달려온 탓인지 이마 위로 땀이 번질거린다.

"그러고도 남을 위인이지."

그의 부음을 듣고 처음 보인 내 반응에 아내는 놀란 토끼처럼 눈을 동그랗게 뜨고 희번덕거렸다. 그래도 내가 무덤덤하니 반응을 보이지 아니하자 밖에서 들은 바를 상세히 늘어놓았다.

"우연히 전철역에서 교인들을 만났어요. 우리 교인들이 모두 장로님께 돈을 꿔주었다는군요. 높은 이자를 받는 맛에 제각기 쉬쉬하고 숨기다가 하나, 둘 털어놓기 시작하는데 엄청나요."

가슴이 철렁 내려앉았다. 나도 그 중에 한 사람으로 끼어있지 아니한가. 그동안 아내에게 숨겨온 걸 어쩌나 싶어 얼굴이 확 달아올랐다.

"아무리 사업이 망해 거지꼴이 되어 변두리 오막집으로 이사했지만 훌륭한 장로님을 놓고 그런 거짓말을 하지 말아야지요."

아내는 아예 손수건을 꺼내들고 엉엉 울면서 눈물을 닦아낸다.

"잘못한 건 잘못한 거야."

"설령 망했다 해도 그분 도움 받지 않은 교인이 있으면 나오라고 해요. 우리도 그분 도움을 넘치게 받았잖아요. 당신 술버릇도 고쳐주었고 생명도 구해주었으며 교회도 다니게 되었으니 그분은 우리의 은인 중에 은인이지요."

"입 닥쳐. 모르면 가만 있어."

고함소리가 너무 컸는지 아내는 무안해서 입을 다물었다.

우 장로는 정이 많은 사람이었다. 술집 여자인 숙란이 유방암으로 몸져누웠을 때 남편 역할을 했고 매달 생활비를 건네주는 역을 내가 해왔으니 장로의 내연의 처를 내가 도와준 셈이다. 이것도 아내에겐 비밀이다.

"개같이 벌어서 정승처럼 쓰랬어요. 설령 장로님이 천

한 직업을 가졌다고 해도 그게 어때요. 세상에서 돈을 잘 벌어야 하나님의 집인 교회도 잘 운영되는 법이지요."

좋은 장로가 죽은 뒤에 이런 대접을 받는 것은 뱀의 간교함이 사람의 마음속에 파고든 탓이라고 아내는 열을 올렸다.

아내가 떠드는 걸 들으면서 갑자기 담배가 피우고 싶었다. 우 장로의 거래처에 나를 취직시켜주었기에 매주 두세 번 정도 우 장로와 같이 드나들던 카바레에서 함께 피운 담배가 커피 맛처럼 감칠 맛나게 달라붙었다.

"여보, 제발 나랑 함께 장로님댁에 가봅시다. 우리 가정이 이렇게 행복하게 되기까지 그분의 힘이 컸다는 걸 인정하세요. 죽음 앞에선 원수도 화해한다는데 당신만은 그 장로님을 피해가면 안 되지요."

아들이 컴퓨터게임을 하러 PC방에 가지 않고 집안에 있다는 그 느긋한 행복감도 우 장로의 죽음과 그가 내게 입힌 금전상의 손해로 인해 산산이 부서져버렸다. 이런 일들만 없었다면 이 밤에 난 완벽하게 행복하련만 하는 마음에 우 장로에 대하여 부아가 치밀었다.

"그 자식 개 새끼야."

내 입에서 튀어나온 거친 욕에 아내는 잠시 어리둥절했다.

내가 그에게 천만 원이란 거액의 빚을 얻어준 것은 그

의 순진한 울음 탓이었다. 그날 새벽기도회에서 우 장로는 교회가 떠날 갈 정도로 울부짖었다. 저는 죄인입니다, 죽을 수밖에 없는 악한 사람입니다. 이런 말을 내뱉으며 가슴을 치면서 울어대는 바람에 억지로 새벽기도회에 끌려간 나도 울컥했다.

수출용 옷을 만들던 우 장로는 닭장처럼 지은 집에 시골처녀나 가난한 도시 소녀들을 재우며 일을 시켰다. 그들 위에 그는 가장 무서운 왕으로 군림했다. 작년 이맘때쯤 내가 모신 사장님의 심부름으로 그의 공장에 들렸을 적에 여공들이 지껄이던 말이 아직도 귀에 쟁쟁하다.

'저게 장로란다. 믿지 않는 사장보다 더 철저하게 착취하니 세상에서 가장 무서운 사람이 예수쟁이다. 한겨울에 냉방에서 일을 시키질 않나, 촉수까지 낮춰 전기 값을 아끼는 작자야. 우리 눈은 그에게 거지발싸개 같은 가봐. 월급도 다른 공장에 비해 너무 짜단 말이야. 그 주제에 교회에는 돈을 척척 내놓는다는 소문이야. 어째서 우리에게 인색하고 교회에서만 선심을 쓰는지 모를 일이야. 교회에서 하듯 우리를 사랑해 준다면 우린 더 열심히 일하고 교회에도 가고 싶어 할 터인데 말이야. 그의 교회가 우릴 죽이고 있어.'

그리고 보니 그 여공들처럼 나도 당한 셈이다.

그 날 새벽기도회에서 그는 어린애처럼 몹시 울었다. 사내가 그것도 50줄에 있는 남자가 그렇게 울어대니 나도 덩달아 울어버린 새벽이었다.

"여보게 기석이. 사업자금이 모자라서 그래. 딱 두 달만 쓰게 돈을 빌려주게나."

"제게 돈이 어디 있나요."

"자네 친구들 중 돈 가진 사람에게 높은 이자를 준다고 해봐. 이자로 선금을 내밀면 빌릴 수 있지 않겠어?"

"집에 가서 아내와 의논해보지요. 집사람이 돈 쪽에는 저보다 밝습니다."

"아따. 싱거운 사람같으니! 자고로 남자란 여자에게 비밀이 있어야 해."

"얼마나 필요하세요?"

"한 장."

"한 장이라면 백만 원?"

"이 사람아 천만 원이 최저선이야."

하필이면 그날 뜬금없이 이런 생각이 들었다. 아내 모르는 비밀을 가져보자. 얼마나 스릴 있고 사내다운 모험인가. 더구나 내게 직장까지 알선해주고 신앙까지 심어준 사람이 곤경에 빠져 어린애처럼 울어대는데 도와주는 것이 도리가 아닌가. 해서 그가 주는 첫 달치 이자선금을 넘겨주고 그 큰돈을 꿔다 준 것이 육 개월 전이었다. 우 장로는 돈을 가져간 다음 달부터 이자도 주지 않았다. 원금은 놔두고 매달 내 월급에서 이자를 까나가고 있는 판이다.

상가 집으로 아내를 따라가는 동안 아들을 놓고 기도한 내용이 떠올랐다. 그리고 피식 웃었다.

'하나님 제 아들과 천만 원을 바꾸라 이거지요. 좋습니다. 탕감해 주지요. 아주 몽땅.'

나는 가벼운 마음으로 그의 집 앞에 닿았다. 상가에선 그 흔한 울음소리나 웅성거림이 전혀 없었다. 찬송가 소리도 없고 기도드리는 웅얼거림도 없다. 상갓집과 사방이 쥐 죽은 듯이 괴괴하여 깊은 산중에라도 들어온 듯 적막했다.

"자살했기 때문에 교회에서도 장례식을 치루기 힘들다고 해요. 이를 어쩌지요."

아내가 안타깝게 속삭인다.

"이 집이다. 이 집이야."

갑자기 골목길이 시끌시끌했다. 한패거리의 여자들이 몰려왔다. 그 뒤엔 서너 명의 장정들도 끼어 있었다.

"장로라고 해서 마음 놓고 그간 피를 말려가면서 모아 두었던 돈을 주었더니 이건 지독한 사기꾼에게 걸렸어. 장로라 술 담배도 안한다고 자랑하기에 천사라고 했더니 이 더러운 놈이 내 돈을 몽땅 가지고 황천길로 가버렸어."

"나하고 있을 적에 담배를 멋지게 피우던 걸."

"술도 잘 했어. 위스키를 얼음과 곁들여 마시면서 이건 저혈압에 약으로 마신다고 내숭을 떨었지."

"소문엔 첩도 있다더군. 카바레서 만난 술집작부라며."

"장로 가면을 쓰고 다닌 제비족이군 그래."

저들은 소문의 찌꺼기를 더 주워 담으려고 이런 말이 나올 적마다 기절하겠다는 함성을 내질렀다. 팔월 추석 남쪽 지방에서 여자들이 손에 손을 잡고 강강술래를 하는 듯했다. 선소리꾼이 '달 떠온다, 달 떠온다, 우리 동네, 달 떠온다.' 하면 여자들이 일제히 강강술래 하는 것처럼 대단한 함성이었다. 피해자끼리 위원회를 조직하고 얼마나 손해를 입었는지 명단과 액수를 작성하자고 수군거렸다. 코끼리 코에 비스킷이지 쓰러져가는 이런 초라한 시골집으로 어림없다고 소릴 지르는 여자도 있다. 우리의 뼛골 고아낸 돈으로 자가용 굴리고 목에 힘주면서 살았다고 악을 썼다. 패물이라도 어서 빨리 빼앗자고 아우성을 치면서 패거리를 지어 집안으로 우우 몰려 들어갔다.

상복도 입지 못한 우 장로의 부인 왕 집사는 헐렁한 월남치마에 잿빛 블라우스를 걸치고 밀려들어오는 빚쟁이들을 맞았다.

"감춰둔 재산을 내놓으시오."

"보시다시피 아무 것도 없어요. 오죽하면 장로가 이렇게 죽었겠어요."

"기업은 망해도 기업주는 일생 먹는다고 들었으니 어서 순순히 감춘 재산을 내놓아."

"우리도 자식새끼 데리고 살아야지. 그게 내가 가진 전

재산이야. 이거 못 받으면 우리 식구들 길바닥으로 내쫓긴단 말이야. 이자를 많이 주기 때문에 빚까지 얻어 주었는데 이를 어쩌지."

모두가 옷 시장의 상인들인지라 거칠기가 폭력 수준이었다. 교회생활에 감복하는 교인들의 칭송에 속았다고 입을 모았다.

그들의 소동 속에 우 장로의 아내는 조용히 남편의 시신 앞에 앉더니 머리 숙여 기도를 한 뒤 울음기 가신 음성으로 찬송을 부리기 시작했다. 성가대의 솔로를 독점했던 그녀의 음성은 이런 와중에도 고음을 완벽하게 살려냈다.

'내가 천성 바라보고 가까이 왔으니 아버지의 영광 집에 가 쉴 맘 있도다. 나는 부족하여도 영접하실 터이니' 하는 부분에 이르러 왕 집사는 목이 메더니 격렬하게 흐느꼈다.

"우린 당장 먹고 살 돈을 빼앗겨서 여기 왔지 네 년의 노래 소리 들으려고 온 것이 아니다. 남편 시신 앞에서 노래 부르는 여자라니 정말 못 봐주겠다. 이러니 남편을 잡아먹었지."

눈 깜짝할 사이에 저들은 아귀처럼 달라붙어 우 장로의 아내를 구타하기 시작했다. 매를 맞고 머리채가 잡혀 질질 끌려가고 짓이겨 나동그라져가면서도 왕 집사는 절규했다.

"여보, 이 괴로운 세상 떠나시길 참 잘 했어요. 거긴 여기서 산 것처럼 두 개의 세상은 없을 거예요. 이곳 일은 제가 다 처리할 게요. 내 목숨이 붙어있는 한 열심히 일해서 빚을 갚을 터이니 편안히 가세요."

우 장로의 아내는 아직 관에도 들어가지 못한 남편의 시신 위에 엎드려 쏟아지는 매를 맞으며 흐느꼈다. 피가 줄줄 흘러내리는 얼굴을 망인의 가슴에 비벼댔다. 무방비 상태에 몸을 맡긴 채 반항하지도 못하는 그녀를 향해 그들의 난폭함이 더 가증될 즈음 차마 그걸 볼 수 없어 나는 밖으로 나와버렸다.

도심지를 벗어난 지역이라 밤하늘에 별들이 더 많이 반짝인다. 나는 그래도 양심은 있다고 자부하는 놈이다. 요즘 예수를 믿는다고 하는 사람들을 사귀어보면 진실한 사람을 찾기가 힘들다. 직장에서 휴가를 얻어 단기선교를 간다고 야단이고, 방언을 한다고 떠들어대고, 무숙자 밥 해주러 가고, 독거노인들에게 도시락을 배달하러 다닌다고 떠들어대는 사람들을 보면 저 사람들이 진짜 신앙심으로 이런 일을 하는 것인가 아니면 안에서 충족하지 못한 걸 밖에 나가 푸는 것이 아닌가 하는 의구심을 품게 된다. 모두가 예수를 믿는 걸 가슴에 달고 다니는 장식품쯤으로 알고 형식적이고 습관적인 신앙생활을 한다. 그게 교회에 타의에 의해 끌려와서 억지로 뿌리를 내려가는 내게 비친 교인들의 현실이다. 오래 믿었다고 자랑하는 교인들은 더 병이 깊어 식상한 표정을 감추지 못하고 교회에 오면 불

펑거리를 찾아 눈시울이 돌아간다. 어려서부터 몸에 익은 신앙이 아니라 나이 들어 교회에 들어섰으니 객관성을 띄고 올바르게 분별할 수 있다고 생각한 나는 우쭐하기까지 했다. 여자의 울음소리에 약한 나는 별을 바라보면서 개똥 철학자라도 된 듯 이런 저런 생각을 한참 하고 있었다. 역사시간에 배운 루터라는 독일인이 갑자기 떠올랐다. 루터의 종교개혁이 이 시대야말로 또다시 필요한 때야 하는 기발한 착상을 하면서 피식 웃었다.

아직 이른 봄이라 찬바람이 겨드랑이 밑으로 기어들어와 어깨를 잔뜩 옴츠리는 순간 아들을 놓고 서원기도한 내용이 퍼뜩 떠올랐다. 그 때 우레 같은 음성이 귓가를 스쳤다.

"내 널 위해 네 아들을 구해주었는데 넌 날 위해 무얼 주려하느냐? 확실하게 말해보렴. 넌 날 위해 무얼 주려하느냐?"

"천만 원 드린다고 했잖아요."

"그건 네 일방적인 결정이지 내가 동의한 적이 없다."

"그럼, 어쩌지요."

섬광이 스치는 짧은 순간에 주고받은 대화였다.

순간 잔잔한 주의 음성이 바람처럼 다가왔다.

'우 장로는 그래도 자기의 죄를 사람들 앞에 숨김없이 깡그리 다 내놓았다. 모든 사람들은 지은 죄를 모두 감추고 성자처럼 행동하다가 의뭉스럽게 살살 천국에 들어오려고 한단다. 너도 그럴 거냐? 네가 그 사람들하고 다른 점이 무엇이냐? 우 장로 부인이 당하는 걸 그냥 구경하고 있을 거냐?'

어떤 큰 힘에 밀려 나는 초상집의 성난 상인들 속으로 뛰어 들어갔다. 옷이 갈기갈기 찢어져서 맨살이 들어났고 피를 줄줄 흘리면서 아직도 매를 맞고 있는 우 장로의 부인을 내 몸으로 감싸 안으며 대신 쏟아지는 매를 맞았다. 그리고 절규했다.

"누구든지 이 세상에서 죄를 짓지 아니한 사람만이 이 사람을 때릴 수 있소. 그런 사람 어서 나와 보시요!"

정신없이 날뛰던 상인들 모두가 놀래서 주춤거리면서 하나, 둘 물러서더니 잠잠해졌다. 서서히 증오의 눈빛이 살살 풀리더니 그들 중 한 사람이 서럽게 흐느끼자 한 사람, 두 사람 가세하여 모두 울기 시작했다.

나는 그들을 향해 외쳤다.

"이 사람에게 돌을 던지지 말란 말이요. 따지고 보면 이 사회와 우리 모두가 책임이 있는 것이 아니겠소. 나도 피해를 입은 사람이라 이렇게 말할 수 있는 거요."

그들이 가엾고 우 장로가 불쌍하고 남은 가족이 짠해서 나는 시신 앞에 무릎을 꿇고 뜨겁게 치미는 목울음을 꿀꺽 삼켰다. ✷

— 2007년 10월 『크리스천문학』 가을호

나와 함께 춤을

ㄴㅏㅇㅗㅏㅎㅏㅁㄲㅔㅊㅜㅁㅇㅡㄹ

　오늘은 손님들이 십여 명이 몰려온 듯하다. 부엌에 숨어 있다가 살짝 현관에 나와 보니 신발들이 어지럽다. 구두코를 바깥을 향해 돌려놓기 시작했다. 주인마님 하 교수의 친구들이 아닌 모양이다. 남자 손님의 신발이 섞여 있기 때문이다. 모두 열세 명의 신발을 정리해놓고 도둑고양이 마냥 발꿈치를 들고 부엌방으로 피신해버렸다. 이제 문제는 다과상을 차려내가야 한다. 이게 내겐 감당할 수 없을 정도의 난관이다. 상 차리는 것이 힘든 일이 아니다. 사과를 꽃모양으로 깎을 줄도 안다. 하긴 이 집에 처음 들어와서 배운 일이 썰기였다. 원형 썰기를 위시해서 반달썰기, 깍둑썰기, 나박썰기, 어슷썰기, 송송썰기, 채썰기, 편썰기 등 칼질부터 배우지 않았던가. 우선 찻물을 올려놓고 과일을 깎기 시작했다. 넓은 접시에 색깔을 맞춰 예쁘게 사과, 딸기, 키위와 배를 놓으면서도 어떻게 저들 앞에 서 있어야 할 것인가 하는 고민으로 손이 떨린다. 사람들 앞에 서면 자신이 마치 징그러운 구렁이라도 된 듯 병적으로 몸이 제멋대로 돌아간다는 생각이 들기 때문이다. 사람들이 미워하고 혐오하는 그런 모습으로 비칠 것이 틀림없다는 확신이 온다.

이 집안의 여주인인 하 교수가 가르친 방식으로 과일포크와 작은 접시들을 먼저 날랐다. 여기까지는 감당할 만했다. 문제는 차 주문을 받을 때가 고비였다. 손님들 얼굴을 모두 쳐다보아야 하기 때문이다. 종이에 원하는 차들을 받아 적으면서 저들을 보지 않으면 되지만 사람이 말을 하는데 어찌 눈과 눈을 마주치지 않을 것인가. 그것도 하 교수의 지적으로 꾸중을 들은 적이 여러 번 있어서 나는 마지못해 눈을 가늘게 뜨고 차 주문을 받아 적었다. 언제나처럼 돌아서는 내 등 뒤에서 까르르 웃는 웃음소리가 들린다. 이 집에 2년 전 처음 들어온 날처럼 저들은 이렇게 말하고 있을 것이다.

"저 애 정말 못 생겼다."

"세상에 저렇게 못 생긴 여자도 있나 하는 생각이 들 정도로 정말 깜짝 놀랐다."

"얼굴이 완전히 뭉크러졌어. 하나도 어울리는 곳이 없어."

"쉬! 목소리를 죽여라. 본인은 얼마나 괴롭겠니."

그 말을 듣는 순간 나는 완전히 얼어붙어버렸다. 자신이 못 생겼다고 늘 생각하고 있는 터였지만 이건 기막힌 강타였다. 혹시 만에 하나 내가 잘못 알고 있을 수도 있다고 기대를 했는데 그게 완전히 무너져 내렸다. 내가 세상에서 제일 못난 여자란 점을 확증한 셈이다.

"너 재주도 좋다. 어디서 저렇게 못 생긴 아이를 데려왔니."

저들의 쿡쿡거림이 가슴을 칼로 에는 듯했다.

"잘 생긴 것 데려다 놓으면 엉덩이에 뿔이 나서 오래 있지 않더라. 저 정도는 되어야 몇 년이고 붙어있어. 집안 남자 걱정도 덜고 말이야."

그러자 무엇이 그리 재미있는지 모두 박수를 쳐가면서 까르르 까르르 웃어댄다. 이렇게 응하는 하 교수의 말은 더욱 내 가슴을 난도질했다.

부엌에 딸린 방안으로 들어갔다. 거울 속에 추한 내 얼굴을 비춰보았다. 내 자신이 보기에도 정말 못 생긴 얼굴이다. 코는 펑퍼짐하게 퍼져서 반죽이 묽은 인절미처럼 너부죽하고 광대뼈는 유난하다는 생각이 들 정도로 툭 튀어 나왔다. 눈은 또 왜 그렇게 작은지! 꼭 단추 구멍처럼 쪽 찢어져서 손가락으로 열어야 눈동자가 보일 듯했다. 초등학교에 갓 입학했을 적에 옆에 앉은 남자녀석 짝꿍이 내 눈에 손가락을 바짝 대고 흔들면서 보이느냐고 했을 정도이니 얼마나 눈이 작은가 짐작이 된다. 거기다가 옥니박이에 곱슬머리다. 옥니박이 곱슬머리와는 말도 하지 말라는 속담이 있듯이 이런 사람은 성질이 깐깐하고 깍쟁이라 미리 점수를 깎고 보는 세상이다. 키라도 늘씬하게 크면 이런 추한 내 얼굴이 감춰질 터지만 학교 다닐 적에 언제나 1번이었으니 그 키도 너무 작아 사람들 어깨 밑에 들 지경이다. 그래도 다행인 것은 여직 살아오면서 난장이란 말은 듣지 않았다.

그런데 이상한 일은 오늘 온 손님들은 나의 이런 추한 외모에 전혀 관심을 보이지 않는다. 집안을 무겁게 찍어 누르는 칙칙한 분위기가 답답한 걸 보니 아마 중대사를 의논하러 모인 모양이다. 탁자 위에 가져다놓은 과일에 손을 대는 사람도 없이 그저 묵직한 대화를 주고받고 있었다. 마치 장례식을 의논하는 사람들처럼 모두 어두운 얼굴이다.

부엌방에 등을 기대고 앉아서 통장을 꺼냈다. 2년간 옷 한 벌 사 입지 않고 꼬박 모았으니 이제 1년만 더 모으면 우선 제일 문제인 코 성형수술부터 할 예정이다. 코가 너무 납작하니 몸 전체의 균형이 깨어져버렸다. 코는 온몸의 중심이라 오뚝 솟아야하는 법인데 그게 튀어나온 광대뼈와 같은 수준이니 옆에서 보면 코가 아예 없는 것처럼 보인다. 그 코를 아주 뾰족하게 높이고 그 다음에는 광대뼈를 갉아내는 수술을 할 참이다. 이런 수술을 하기 위해 돈을 모아야 한다. 이 집에서 미인이 되어 나가야 한다.

나는 이 집에 들어오면서 생명을 걸었다. 절대로 외출을 하지 않을 결심을 단단히 했었다. 하지만 주인이 시키는 장보기는 어쩔 수 없었다. 그 일 말고는 절대로 바깥출입을 하지 않고 지냈다.

눈은 제일 마지막에 할 참이다. 눈이야 눈꺼풀을 만드는 간단한 수술이니 그건 차후 문제다. 제일 시급한 코와 광대뼈를 어떻게 처리하느냐가 문제다. 듣기로는 원하는 배우의 얼굴 사진을 가져다주고 그대로 만들어달라면 닮은꼴로 수술해줄 정도로 성형수술이 발달했다고 하지 않던가. 시골에 살면서 얼굴로 인해 주눅이 들어 시집도 가지 않겠다고 우겨대던 나였다. 친척의 소개로 서울로 올 수 있었던 결정적 계기는 성형수술을 받아 예뻐져서 돌아오겠다는 꿈 때문이었다.

처음에는 유명한 배우인 최진실의 사진을 가지고 가서 꼭 그렇게 성형을 해달라고 말하리라 작정했었는데 이 집에 들어와서 마음이 변했다. 이집 거실에 걸린 주인집 외동딸의 사진을 가져가기로 했다. 최진실보다 더 귀엽고 예뻤다. 내 눈에는 하늘에서 내려온 천사 같았다. 살짝 웃을 적에 쏙 들어가는 보조개는 정말 매혹적이었다. 나도 저런 보조개를 만들어달라고 해야지 하면서 내 우상이 된 이 집 딸의 사진을 한 장 얻는 것이 내 소원이었다.

문제는 예쁜 얼굴로 변신하여 좋은 신랑 만나서 결혼한 뒤가 아닐까. 태어난 아이가 나처럼 추물로 생겼다면 이건 누굴 닮았느냐고 야단이 날 일이다. 그 때 가서 내 성형수술 사실이 발각된다 해도 그게 무슨 문제가 될까. 그래도 은근히 그 일이 꿈자리를 뒤숭숭하게 만들었다.

나의 어린 시절은 외모로 인해 늘 아픔을 달고 살았다. 어머니, 아버지, 심지어 할머니, 할아버지까지도 나를 대하면 머리를 흔들었다. 아니 이렇게 못생긴 아이도 있나 하면서 깔깔대기 일쑤였다. 초등학교 일학년 때였던가. 비가 구질구질 오는 기분 나쁜 날이었다. 집에 돌아오니 어머니, 아버지가 내 어릴 적 사진을 보고 있었다.

"야! 우리 소희가 이때는 정말 메주였구나. 어떻게 이렇게 생겼을까. 하긴 너무 살이 쪄서 그 작은 눈이 아예 실처럼 흔적만 있고 턱도 셋이나 되고 손목과 팔꿈치 사이에 주름이 잡힐 정도이니 이거 아주 못 봐줄 추물이었어."

현관에서 신발을 막 벗으면서 안방에서 들려오는 아버지의 걸걸한 목소리에 나는 숨이 막혔다. 아아! 나는 미운 오리새끼구나. 아버지 눈에도 내가 그렇게 못생겼으니. 그 때 어머니 목소리가 들렸다.

"지금은 좀 나아졌어요. 그래도 사람 꼴이 박히고 있으니 고마운 일이지요. 그 앤 누굴 닮아서 그렇게 못 생겼는지 몰라."

그러자 아버지의 호탕한 웃음소리와 이기죽거리는 반

응이 잇달았다.

"누굴 닮긴 누굴 닮아. 당신을 닮았지."

"아니 내가 소희처럼 못 생겼단 말인가요."

"그럼 미인이라고 생각했어. 딸이 당신을 닮지 누굴 닮
는다고 이 야단이야. 당신이 키가 작으니 그 애도 당신처
럼 키가 작잖아. 날 닮았으면 중키는 될 거다."

"코랑 광대뼈 나온 것은 당신 여동생을 닮았지 왜 나를
닮았다고 그래요."

아버지 어머니는 내 외모를 놓고 싸우고 있었다. 우두
커니 현관에 앉아 안방에서 들려오는 어머니, 아버지의
다툼을 들으면서 죽고 싶다는 생각이 들었다. 뛰어나가
동네 저수지에 풍덩 빠져 죽고 싶었다. 아니면 달리는 차
에 뛰어들어 죽고 싶었다. 동네 앞을 지나가는 철도에 누
워있으면 기차가 지나가면서 죽을 것이란 생각도 들었다.
죽는다면 이 모든 아픔에서 빠져나올 것이 아닌가. 엄마,
아빠까지 인정한 추물이니 더 살아서 무엇 하리오.

그날 나는 슬그머니 부엌으로 들어가 아버지가 마시다
놓은 소주를 마셨다. 반 병 정도이니 당시 7세였던 내게
정말 많은 양이었다. 그 술을 아버지처럼 먹고 잠이 들고
싶었다. 어찔어찔 두 다리에서 힘이 빠져나갔다. 다락으
로 기어 올라가서 헌 옷들 속에 묻혀 잠이 들었다. 초겨울
이라 춥기는 하지만 술을 마신 탓에 그다지 추운지는 몰
랐다. 몸을 옹크리고 눈물을 흘리면서 헌 옷자락을 껴안

고 잠이 들었다. 얼마나 시간이 흘렀을까. 밖이 소란하더니 수런거렸다. 가만히 들어보니 난리였다.

"소희 가방이 여기 있는 걸 보니 분명히 학교에서 돌아왔고 저녁을 먹지 않았으니 저녁부터 집에서 없어졌다는 뜻이다. 이 아이가 도대체 어디로 가버렸단 말이야."

아버지의 근심어린 목소리에 이어 어머니의 울음소리가 잇달았다.

"이게 혹시 납치된 것이 아닌가. 이를 어쩌지. 우리 소희를 누가 데려갔단 말이야. 엉엉…… . 내 딸을 누가 훔쳐갔어."

잠이 서서히 물러가면서 밖을 보니 아침 먼동이 트고 있었다. 벌써 날이 샌 모양이다. 엄마, 아빠는 밤새 소희를 찾아 뒷산을 헤매고 아는 친척 집이랑 친구네를 다 돌아다닌 모양이었다.

"소희가 어떻게 되었으면 나도 죽을 거야. 이 애 없이는 나도 못 살아. 이를 어쩌지. 소희야, 소희야. 엉엉…… ."

아버지도 어머니를 따라 울부짖었다.

"소희가 어떻게 되었다면 나도 못 살고 죽을 거야."

어머니의 애끓는 울음소리에 소희는 삐죽삐죽 울음이 터져 나왔다. 참지를 못하고 와아 울어버렸더니 아버지가 다락으로 뛰어올라왔다.

"아니 너 여기서 잤니. 이런 여기가 어디라고 따뜻한 방을 두고 여기서 잤단 말이냐. 부모가 걱정할 줄 몰라서 이

러는 거냐. 너 매를 맞아야겠다. 이렇게 부모 속을 상하게
하는 자식이 세상에 어디 있니?"

아버지의 매운 손이 등과 엉덩이에 매섭게 떨어졌으나
그래도 유년시절을 잘 보내고 고등학교까지 나올 수 있었
던 힘은 어머니의 울음에 섞인 나를 사랑한다는 넋두리
때문이었다. 아버지의 나 없이는 살 수 없다는 고백 때문
이었다. 아하! 나는 엄마, 아빠에게 생명과 같은 존재구
나 하는 마음이 자살에서 건져준 묘약이 된 셈이다.

또 하나 가슴 아픈 추억이 있다. 나는 지금도 그 때를
떠올리면 눈물을 흘린다. 잠자리에 들었을 적에 그 시절
로 돌아가면 밤을 홀딱 지새우기 때문에 가능하면 그 시
절의 추억은 억지로라도 뇌리에서 지워버려 잊으려고 애
를 쓴다.

고등학교 시절 이웃 남학교의 학생을 한 사람 알게 되
었다. 처음에는 오가는 길에서 마주쳤다. 내가 정면을
향해 앞으로 가고 그 남학생은 마주 오면서 스쳐가는 상
황이다. 일 년간 매일 아침 같은 자리에서 마주치니 이제
는 은근히 그를 기다리는 심정이 되었다. 그 남학생도 나
에게 관심을 가지고 억지로라도 그 시간을 맞춰 그 시간
에 그 장소를 통과하는 듯했다. 그런데 문제는 남학생이
너무 잘 생겼다는 사실이다. 나같이 못 생긴 주제에 감히
올려다볼 수 없는 생김새였다. 나는 키도 그의 어깨 밑에

들 정도로 작았다. 남학생의 눈코의 윤곽이 어찌나 뚜렷한지 처음에는 외국 사람이 아니면 혼혈아인가 착각할 정도였다. 남자가 여자처럼 속눈썹이 길었고 눈은 쌍까풀이 두껍게 겼고 귀도 컸다. 한 마디로 귀공자였다. 밤마다 그 학생을 떠올리면 숨이 막힐 정도로 가슴이 뛰었으나 감히 어찌 그런 남학생에게 나같이 못 생긴 여자가 다가갈 수 있겠는가. 아무리 생각해도 나 자신은 세상에서 가장 못 생긴 추물이 아닌가. 만약 그와 함께 데이트라도 한다면 분명히 나는 전교생들의 웃음거리가 될 것이고 그 남학생도 창피를 면치 못할 것이다. 자기처럼 못 생긴 여자가 감히 어떻게 그렇게 잘 생긴 남자와 이야기를 나눌 수 있단 말인가. 그게 슬퍼서 나는 늘 숨어서 한숨을 쉬고 눈물을 흘렸다.

그와 그렇게 길에서 마주 지나치기를 일 년 가까이 하면서 차츰 나는 그의 앞을 스칠 적에 펄떡이는 생선처럼 싱싱한 그의 숨소리까지 들을 수 있었다. 심지어 어떤 때는 내 눈을 직시하지도 못하고 그가 얼굴을 붉히기까지 했다. 그와의 거리가 좁혀질 적이면 숨이 차고 어떻게 몸을 움직여야 할지 나도 당황하기까지 했다. 그 남학생이 아침 등교 길에 편지를 한 장 넘겨주는 것이 아닌가. 감히 교실에서 뜯어보지도 못하고 화장실에 가서 뜯어보았다. 그 편지에는 늘 마주 치면서 마음이 쏠린다. 우리 한 번 정식으로 데이트를 하자. 장소는 '아름다운 빵집'에서 오늘 저녁 6시에 만나자는 제의를 해왔다. 그러나 나는 떨려서 감히 그 자리에 나갈 수가 없었다. 입을 꼭 다물고 가니 옥니박이인지 모르는 모양이다. 마주칠 적에 일부러 눈을 크게 뜨고 지나갔으니 단추 구멍 눈인지 모르는 모양이다. 더구나 뺨이 코 높이와 같고 코가 납작한 걸 옆으로 지나치니까 잘 못 본 모양인지도 모른다. 절대로 이런 추물이 그런 잘 생긴 남자를 만날 수 없다. 내가 진정 그를 사랑한다면 그를 위해 절대로 만나지 말고 피해가야 한다. 그 때 돈이 있었다면 코라도 높여서 어느 정도 예쁜 얼굴이 되어서 만날 수 있었겠지만 이런 모습으로는 절대로 만날 수 없다는 결론에 이르렀다. 나 같은 추물을 만나면 그 남자의 가치가 떨어질 것이니 절대로 그럴 수는 없다는 나름대로의 결론에 이르렀다. 그 남자의 장래를 위해서라도 나 같은 추물은 감히 접근을 시도조차 하지 말고 그를 위해서라도 피해주어야 한다는 결정을 내렸다.

그래서 그 남학생을 피해 다른 길로 등교하기 시작했다. 혹시라도 눈에 뜨일 것이 두려워 반 시간이 더 걸리는 돌아가는 길로 학교를 다녔다. 그러고 날마다 얼마나 울었는지! 부모 앞에서나 급우들 앞에서 그런 일을 감히 내놓고 울지를 못하니 밤마다 베개를 적시면서 혼자 울음을 삼켰다. 서로의 목소리를 단 한 번도 들어보지 못하고 헤어진 가슴 아픈 사연이었다. 그 사건은 그동안 흘린 많은 눈물로도 씻겨나가지 않았는지 지금까지도 몸과 마음을 아프게 한다. 말 한 마디 해보지도 못하고 도망쳤으니 그 남학생은 '아름다운 빵집'에서 얼마나 기다렸을까. 한마디 말도 없이 갑자기 사라져버렸으니 말이다. 확실하게 말 할 수 있는 건 그 남학생은 나를 진짜로 사랑하는 마음이 없었을 것이다. 분명히 그렇다고 나는 믿고 있다. 너무 추물이니까 동정심이 생겨서 한번쯤 만나주려고 했을 뿐이다. 그런 싸구려 동정심을 받고 멋진 남학생을 만나기는 싫었다. 추물로 태어난 것으로 인해 내심 사랑하는 남자로부터 동정심을 받는 것은 죽기보다 싫다는 마음이었다. 이런 갈등은 밤에 잠자리에 들어서도 드라큘라처럼 무섭게 나를 찍어 눌러서 깊은 잠을 이룰 수가 없었다.

갑자기 열세 명의 집안 어른들이 들이닥쳐서 회의를 한 뒤에 이 집안의 분위기는 완전히 앞을 볼 수 없을 정도로 자욱하게 낀 안개 속이었다. 그러고 보니 몰려든 사람들이 하 교수의 동료들이 아니고 집안사람들이었다. 오랫동안 발걸음이 없었던 이 집안의 어른들이 다 모인 모양이다. 이따금 들려오는 하 교수의 처절한 울음소리에 이어 한숨소리뿐이다. 날마다 행복해서 까르르 웃어대던 집안이 물속에 침잠한 잠수함처럼 묵직하게 가라앉아 있었다. 그러고 보니 미국에서 대학교에 다니고 있는 이 집안의 외동딸인 민희에게 문제가 생긴 모양이다. 간간히 안방에서 주고받는 이야기가 거실까지 흘러나와 청소를 하던 나는 어쩔 수 없이 저들의 대화 내용을 들을 수밖에 없었다.

"어떻게 그 애를 한국으로 데려올 수 있는 방법이 없을까?"

이 집안의 가장인 이원기 장관은 체면 때문에 딸을 데리러 갈 수가 없다고 했다. 그렇다고 하 교수 혼자 해결할 수 있는 문제도 아닌 모양이다.

"그래도 당신이 가야하는 것이 아닌가요. 그 앤 어려서부터 아빠인 당신 말만 들었어요. 그러니 가보세요."

"힘센 남자들 둘을 보내도 해결 못한 걸 어떻게 내가 해결해. 내 체면도 있잖아. 장관의 딸이 마약중독자라고 해봐. 난 이 자리에 있을 수 없어. 자식일이니 당신이 해결하라고."

"나도 지금 한창 강의 중이라 몸을 빼낼 수 없어요. 그렇다고 사실을 말하고 가면 내 체면이 무엇이 돼요. 교수도 체면이 중요한 자리에요. 명예가 생명이지요. 그러니 이거 어쩌지요."

"그렇게 예쁘게 생기고 똑똑한 것이 어쩌자고 이 지경까지 갔는지 모르겠어."

부부의 한숨 섞인 푸념이 계속되었다. 거실 중앙에 걸린 가족사진을 찬찬히 바라보았다. 내가 성형수술의 모델로 삼고 있는 이 집 딸이 문제가 되고 있었다. 텔레비전에 나오는 어떤 배우보다 뛰어난 미모를 지닌 얼굴이었다. 살짝 웃을 적에 뺨에 깊이 파이는 보조개도 귀여웠고 쌍

까풀진 눈이며 오뚝한 코가 어찌나 예쁜지 같은 여자지만 반할 지경이었다. 내 자신을 이 집의 딸처럼 예쁘게 성형수술하는 것이 소망이요, 희망이요, 미래요, 꿈이었다. 이런 나의 우상에게 문제가 생긴 모양이다.

사실 내가 성형수술을 결정하기까진 목숨을 건 승부였다. 죽느냐 사느냐 하는 기로에 선 셈이다. 이 집에서 돈을 벌어 수술을 못하면 죽겠다는 결심을 단단히 하고 있었다. 얼굴을 성형하여 주인집 딸처럼 예쁜 여자가 되지 않으면 죽어버리겠단 강한 결심을 하고 하루하루를 혈서를 쓰는 심정으로 다짐을 하면서 지내고 있었다.

내가 성형 모델로 삼고 있는 주인집의 예쁜 딸에게 어떤 문제가 생겼단 말인가. 미국에 유학을 간 이 집안의 외동딸이요 하 교수의 자랑감인 딸이 모두의 입에 오르내렸다. 내용을 가만히 들어보니 문제가 아주 심각한 듯했다.

"경찰을 동원해서라도 한국으로 이송하면 될 것 아니요."

성난 주인남자의 음성에 이어 하 교수의 기어들어가는 목소리가 들려왔다.

"경찰을 불렀지요. 그런데 어찌나 유창한 영어로 말을 잘하는지 우리가 보낸 남자들이 오히려 잡혀서 곤욕을 치렀다는군요."

"고게 예쁘게 생겨가지고 살살 웃어가면서 경찰을 따돌렸다는 말은 그 사람들을 통해서 들었어. 우리가 거액을 드려 영어 과외를 시키고 외국인 개인교수를 둬가면서 영어회화를 공부시킨 일이 이렇게 흉측하게 돌아오다니 기가 막혀 죽겠네. 이 애가 어쩌다가 이렇게 되었어. 공부도 잘 하고 머리도 좋고 예쁘게 생기고 어디 하나 부족한 데가 있었느냐고. 더구나 버클리 대학이 아무나 가는 대학인가. 천재들이나 가는 대학에 들어가서 어쩌자고 마약에 손을 댄 거야. 아무래도 당신의 가정교육에 문제가 있는 거라고. 교수한다고 당신 일만 하니 아이교육이 이렇게 엉망이 된 것이 아닌가 이 말이야."

그러자 아내인 하 교수의 발악하는 음성도 들렸다.

"아니 그만큼 잘 길러서 성인이 되어 대학까지 간 아이가 아직도 가정교육이 필요하단 말인가요. 전교 수석을 놓치지 않았고 미국에서도 손꼽히는 대학에 들어갔으면 가정교육에는 성공한 것이 아닌가요."

부부의 다툼은 끝이 없었다.

"그 애가 어쩌다가 마약에 손을 댔는지 도저히 이해가 되질 않아. 그 앤 학교에서도 집에서도 모범생이었지. 그런데 어떻게 이런 일이 일어날 수 있어."

이야기를 들어보니 처음 마약을 시작한 것은 급우들의 장난이었다고 한다. 모두 시험 삼아서도 마약을 한두 번 해보는 것이 상례인데 처음부터 시치미를 떼고 교만을 떤다고 생각한 급우들 중 한명이 몰래 그녀의 넓적다리에 주사를 놓아준 것이 문제였다. 그러잖아도 유학생활의 외로움에서 허덕이고 있던 터에 그 주사를 맞고 나니 천상을 나는 것처럼 기분이 좋아서 마약에 손을 대기 시작했단다. 지금은 길거리에 나서서 몸을 팔아가면서 돈을 벌어 마약을 사야 하는 중독자가 되었으니 갈 데까지 간 상태였다. 마지막 구제책은 그녀를 한국으로 데려와야 하는데 어떻게 할 방도가 없어서 이 야단을 치고 있었다.

그곳 현지 목사들의 도움을 받아 민희란 이름을 가진 이 집 딸이 집으로 돌아왔다. 나도 이 일로 인해 바빠졌다. 날마다 울부짖는 이 집 딸의 행패에 일거리도 늘었다. 일정기간 병원에서 치료를 받기도 했으나 민희는 마약의 힘에서 벗어나지를 못하고 난리를 쳤다. 나와 동갑내기인 민희는 얼굴에 그늘이 지고 턱밑이 축 늘어져서 몸을 움직이기를 싫어했다. 세수도 잘 하지 않아서 어떤 때는 몸에서 악취가 풍기기도 했다. 침을 게게 흘리고 혼이 빠진 모습으로 창밖을 응시하기도 하고 부들부들 떨면서 내가 주는 찬물 컵을 받기도 했다.

어쩔 수 없이 이 집안의 안주인인 하 교수는 종교의 힘을 빌린다고 교회 목사를 청빙했다. 그 구역의 식구들이 모여앉아 민희를 한가운데 놓고 기도를 하고 찬송을 불렀다. 저들의 시중을 들면서 나는 저들의 모임에 끼어들었다. 귀청이 찢어질 정도로 소란하게 몸을 흔들면서 찬송을 부르다가 때로는 잔잔하게 눈물이 날 정도로 마음이 편안해지는 경건하고 부드러운 음의 찬송을 부르기도 했다. 거실에 장식품처럼 놓여있던 피아노를 치는 바람에 집안은 음악소리로 가득했다.

저들의 소리를 가만히 들어보니 다 좋은 말들이었다. 특히 하나님의 아들, 딸이란 말이 귀에 들어왔다. 민희는 하나님의 딸이니 두려워 말고 하나님의 손을 잡고 서라는 내용의 말씀을 목사님이 열심히 힘을 다해 땀을 흘려가면서 전했다. 그런데 듣고 있는 민희는 그저 멍청하게 목사님의 얼굴을 쳐다보면서 히죽히죽 웃기만 했다.

그러나 그 말씀이 엉뚱하게도 내 마음 밭에 떨어졌다. 내 자신이 하나님의 딸이 된다면 이 세상에서 제일가는 분을 아버지로 모셨으니 얼마나 행복한 자리인가. 저들의 말을 들어보니 하나님을 아버지라고 믿기만 하면 된다고 하지 않았던가. 아주 단순한 요구였다. 아버지라고 믿기만 하라고 야단이었다.

나는 잠자리에 들면서 그게 얼마나 쉬운 일인가 생각했다. 자신의 아버지는 5년 전에 암으로 돌아가셨으니 그 자리에 이 세상을 창조하고 천하 만물을 주무르는 하나님을 자신의 아버지로 맞아드리면 되는 일이다. 마약을 끊기 위해 하나님을 믿으라고 모두가 안달을 하면서 야단치고 매달리는 소동 속에서도 민희는 끄떡도 하지 않는데 엉뚱하게 그 화살이 내게 떨어져서 급소를 맞았다. 혼자서 슬그머니 내 부엌방에 들어와 나 자신이 하나님 아버지의 친딸이 되었다고 고백하기에 이르렀다. 하나님이 나를 친딸로 받아드렸다는 생각에 이르자 이런 생각이 들었다.

"나는 다른 사람의 평가에 관계없이 온 우주에 하나밖에 없는 소중한 존재다. 마치 초등학교 시절 아빠 엄마가 나를 찾으면서 울었듯이 부모와 자식관계는 그런 것이다. 이제 나는 하나님의 딸이 아닌가. 남과 비교해서 내가 있는 것이 아니고 내가 하나님의 딸이면 내가 나인 것만으로도 존재 이유가 충분하다. 하나님이 자신의 딸을 사랑할 것이니 나는 무엇이 문제인가. 하나님이 사랑하는 딸인 나를 나도 사랑해야 한다."

이런 깨달음은 순간에 다가왔다. 이런 의미 있는 순간이 번개처럼 번쩍하는 순간으로 다가왔다. 아아! 세상에는 나만이 할 수 있는 내 몫이 있고 그 몫의 삶을 사는 것이 나의 역할이 아닌가 하는 생각에 이르자 기쁨이 충만하게 차올랐다. 내가 배불뚝이이건 다리에 살이 올라 나무토막처럼 통통하든 그게 무슨 문제인가. 내 코가 납작하고 광대뼈가 나오고 눈이 단추 구멍처럼 쪽 째졌어도 그게 무슨 문제가 된단 말인가. 나는 나로 족한 법이 아닌가. 나는 이 세상에서 하나 뿐인 하나님의 딸이다. 들판에 피는 들꽃도 자기의 역할을 하듯 나도 내 역할을 감당하면 되는 일이다. 나는 나 자신으로 족하다.

그러자 입에서 민희를 가운데 놓고 둘러앉아서 모두가

힘차게 부르던 찬송이 술술 터져 나왔다. 설거지를 해도 입에서 흥얼대는 노랫소리가 그치지를 않았다.

여느 때처럼 하 교수의 동료들이 오랜만에 몰려왔다. 딸 민희가 아프지만 그렇다고 자신의 삶을 버리지 못하고 집에 모여 회의를 하는 중이었다. 내가 할 일은 민희가 거실에 나오지 못하도록 잡아둬야 한다. 얼른 다과상을 차려내고 그녀의 방으로 가서 방문 밖으로 나오지 못하도록 꽉 잡아야 한다. 해서 허둥거리면서 다과상을 봐놓고 저들의 차 주문을 받기 시작했다. 병든 이 집 딸을 돌볼 마음에 바빠서 몸에서 열이 났다. 조금 전 그 방을 나올 적에 유리잔을 방바닥에 내던져 깨트렸는데 만에 하나 그 위를 맨발로 걷는다면 큰일이다. 내가 성형 모델로 삼고 있는 이 집 딸이 추물인 내 도움을 간절하게 기다리고 있다니! 왜 이렇게 나를 필요로 하는 사람들이 이 집안에 많은지 온몸에서 열이 났다. 손님들에게 다급하게 차 주문을 받아 적느라고 어서 주문하라고 재촉하는 표정을 지으면서 저들의 얼굴을 똑바로 바라보았다. 속에서 밀려오는 열기로 인해 얼굴이 화끈화끈했다.

"어머! 저애 참 귀엽게 생겼다."

하 교수의 동료 중에서 제일 나이가 지긋한 분이 나를 보고 그렇게 외쳤다. 그러자 모두의 눈이 나에게 쏠렸다. 저들의 시선이 너무 뜨거워서 나는 조금 부끄러워하면서 머무적거렸다.

"어머머! 저애가 지난번에 그러니까 2년 전 우리가 여기 왔을 적에 차를 주문받았던 그 애냐?"

그러자 하 교수가 웃으면서 그렇다고 고개를 끄덕였다.

"아주 귀엽게 생겼다. 개성 있는 생김새야. 저 눈 좀 봐라. 얼마나 특징이 있니. 눈에서 기막히게 예쁜 빛이 번쩍거린다. 기쁨과 평안이 넘쳐나는구나. 내 일생에 저렇게 예쁜 눈을 본 적이 없다."

그러자 여기저기서 입을 열었다.

"저 튀어나온 광대뼈도 너무 귀엽다. 늘 텔레비전에서 나오는 완벽한 미(美)에 비해 얼마나 개성이 있고 깔끔한 아름다움이니. 어머! 웃을 적에 옥니박이도 너무 귀엽다. 단추 구멍처럼 쪽 째진 눈에서 눈부신 빛이 쏟아져 나오는구나. 너무 귀여워서 바비 인형이라도 보는 기분이다."

그러자 모두 손뼉을 치면서 오늘 정말 귀여운 여자를 보았다고 이구동성으로 입을 모았다.

"작은 키에 딱 어울리는 얼굴이야."

"맞다, 맞아."

"우린 너무 완벽하게 아름다운 것에 식상한 거야. 저 곱슬머리도 얼마나 자연스러우냐."

"엘리자베스 테일러라는 배우는 너무 완벽한 아름다움을 깨치기 위해서 일부러 인중에 검은 점을 해 박았다는 소문도 있더라."

"요즘은 음악도 언밸런스(unbalance)곡이 인기야. 현대인이 완벽함에 지쳐가고 있다는 증거지."

그러자 저들의 이야기는 소피아 로렌이라는 여배우에게 쏠렸다. 지나치게 큰 젖가슴에다가 눈은 너무 커서 밸런스가 맞지 않지만 그 배우는 얼마나 개성이 있는 배우냐. 얼굴에 비해 입이 너무 커서 어울리지 않지만 그런 모습에서 창조주가 만들어낸 아름다움을 찾는 기쁨이 있지 아니하냐 하는 대화로 가기 시작했다. '길'이란 영화에서 나오는 죽근 깨 투성이인 못생긴 여배우도 얼마나 우리 마음을 짠하게 사로잡았느냐는 말까지 나왔다. 나중에 저들의 대화는 이렇게 흘러갔다. 유리구슬 중심에 박힌 찬란한 색깔이 유리알을 예쁘게 만들 듯이 인간도 생긴 외모가 어떻든 속에 괸 생각과 가치관에 따라서 아름다워 보인다고 했다. 더 나가 고운 영혼의 색깔이 눈에 보이는 외모를 초월해서 놀라운 광채를 내는 것이란 토론까지 저들은 벌리고 있었다. 역시 교수들다운 이론을 전개하고 있었다.

주방으로 돌아온 나는 얼굴을 거울에 비춰보았다. 진짜로 눈에서 빛이 반짝거렸다. 얼굴에서 광채가 나고 있었다. 살갗에서도 윤기가 자르르 흐르고 전신에 자신감이 넘쳐흘렀다. 자신의 어디에 이렇게 아름다운 면이 숨어 있었던가! 변한 것이 있다면 나의 아버지로 하나님을 받아드린 사실밖에 없는데 이런 얼굴로 변하다니! 내가 하나님의 딸로 귀한 존재라는 발견이 이렇게 아름다운 얼굴을 만들었다니! 나는 나 자신이 끌어안고 여직 살았던 심리적 현실에서 깨어나 실제의 현실로 돌아왔다. 자신은 미운 여자가 아니다. 추물이 아니다. 자신은 사랑받는 하나님의 딸이다. 라는 사실에 이르자 평안과 기쁨이 넘쳐 흘렀다.

나는 나 자신과 함께 춤을 추면서 넓은 주방을 한 바퀴 빙그르르 돌았다. 요한 슈트라우스의 귀에 익은 '봄의 소리' 왈츠곡이 천상에서 웅장하게 울려 퍼졌다. 그 음을 따라서 나는 멋지게 춤을 추기 시작했다. 이런 멋진 얼굴을 성형으로 바꿀 필요는 없다. 나는 나 자신이고 이 세상에서 가장 귀한 하나밖에 없는 존재다. 이런 예쁜 얼굴을 가지고 있던 걸 몰랐다니 참으로 부끄러운 일이었다.

그럼 그간 성형수술을 받기 위해 모은 돈을 어디에 쓸 것인가. 그 생각을 하느라고 춤을 추면서도 머릿속은 아직도 시골에서 농사를 지으면서 찌들어버린 어머니를 향해 가기도 하고 길거리에 누워있는 거지에게 달려가기도 했다. ✈

— 2008년, 『한국크리스천문학』 여름호

색깔 있는 방

ㅅㅐㄱㄲㅏㄹㅇ| ㅆㄴㅡㄴㅂㅏㅇ

노란 은행잎이 함박눈처럼 뜰로 쏟아져 내린다. 이음매가 없는 넓은 통유리를 통해 조감도를 보듯 정원이 훤히 드러났다. 잔디도 곧 다가오는 혹독한 계절인 겨울을 대비해서 점점 빛바랜 누런색으로 변하고 있다. 담 구석에 웃자란 잡초들까지 들뜬 색으로 옷을 갈아입어 마당은 온통 누르께한 바다가 되어간다. 담 구석에 서 있는 감나무 잎만이 붉은 기가 도는 암녹색으로 물들어 한 구석을 차지하고 있을 뿐 앞뜰은 누런색을 당차게 토해낸다.

딸, 숙화 문제로 집안이 새벽부터 소란하다. 아내 민정의 쇳소리 나는 목소리가 장묵호 대령의 정신 끝을 까슬까슬 건드린다. 날이 갈수록 아내의 목소리에 힘이 실려 누가 봐도 이 집안의 케이스 스터디는 아내가 되었다.

"넌 바람 먹고 구름 똥 싸는 아이 같구나. 사랑이란 극히 짧고 인생은 꼬부랑 할머니가 될 때까지 계속되는 법이야. 너에게 부족한 것이 뭐냐? 명문대학 출신에 출중한 미모를 가졌잖니. 내가 나가는 미장원에서는 널 미인콘테스트에 내보내라고 야단한 적도 있다. 단지 네 아버지 문제가 있지만……."

아내 민정은 말끝을 흐리면서 거실의 창가에 휠체어를 타고 장승처럼 앉아있는 남편 장 대령을 흘끔 쳐다본다. 등 뒤로 쏟아지는 아내의 차가운 눈빛을 의식하면서 그는 크림 빛 갈포지로 도배한 거실 벽의 노란 줄무늬를 따라 눈길을 던진다.

매일 저녁 딸, 숙화가 늦게 들어오니 얼굴을 볼 수 없어 아침마다 이런 소동이 벌어지게 마련이다. 어머니의 심기가 올라갈수록 딸은 벙어리가 되어 아예 말대꾸를 하지 않는다. 이런 모녀간의 갈등을 등 뒤로 하고 장 대령은 수문장처럼 떡 벌어진 어깨를 앞으로 조금 숙이고는 늦가을 색으로 물들어가는 뜰을 응시한다.

잔망스러운 참새 서너 마리가 잔디에 박힌 낟알이라도 찾아냈는지 콩콩거리면서 날쌘 몸짓을 한다.

"무슨 일이 있어도 5시까지 귀가해라. 담판을 내야겠다. 강남에서 손꼽는 재벌 집안의 아들, 성형외과 의사와 선을 봐야 한다. 신랑은 이미 널 숨어서 여러 번 보고는 좋다고 한다더라."

화실에서 아이들을 가르치고 나면 빨라도 11시가 되어

야 들어올 수 있다는 걸 아내도 알고 있으면서 모든 걸 일방적으로 밀어붙이고 찬바람을 일으키며 나가버린다. 별빛도 흐를 수 없는 그녀의 검은 원피스에 눈처럼 흰 세 줄의 진주 목걸이가 오랫동안 장 대령의 망막에 남아 흔들린다. 그 순간 하필이면 흑과 백이 대국 중인 바둑판이 떠오르며 상대의 행마를 읽어야 할 긴박한 분위기가 느껴졌다. 흑백영화라도 보고 난 뒤처럼 시야에서 색이 사라질 때 밀려오는 불안을 추스르면서 장 대령은 서서히 휠체어를 돌린다. 스필버그가 감독한 유명한 영화 『쉰들러 리스트』의 암담한 흑백 장면들이 앞에서 출렁인다.

아내는 연보라 매니큐어를 열 손가락에 다 칠하고 있었다. 몇 달 전까지만 해도 핏빛이 도는 빨간 색과 청명한 가을하늘 색의 옷을 입었고 더러는 두 색깔을 또렷하게 대비한 원피스를 즐겨 입었는데 요즘 아내의 옷차림에 변화가 온 셈이다.

아내가 한바탕 떠들고 나가면 집안은 무서울 정도로 황량해진다. 마치 날선 칼 위에서 혼자 날뛰다가 제 풀에 지쳐 쓰러진 선무당처럼 아내 혼자 찧고 까불다가 사라진 집안은 휑뎅그렁하다.

열어놓고 나간 아내의 방인 안방이 눈에 들어왔다. 벽에 걸린 그림에 눈이 멎었다. 파란 바다를 배경으로 깔고 한가운데를 직선으로 갈라놓은 수평선 위로 똥그란 빨간 해가 불끈 솟아오른다. 태양 주변은 빨강과 파랑이 섞여 다양한 톤의 보라색이 후광처럼 어른거린다. 사랑과 증오, 희망과 절망의 상반된 마음이 아침 해의 주위에 어른거린다. 최근에 새로 바꾼 엷은 보라색 커튼이 살짝 열어놓은 창문을 파고드는 미풍으로 조금씩 흐느적인다. 짙은 보라색의 이불과 중간 톤의 보라색 베갯잇도 아침 햇살을 받아 눈이 시리다. 해처럼 불끈 솟아오르는 아내의 성깔이 감정의 침체로 가라앉은 바다색을 융화한 보라색으로 다스려보려고 안간힘을 쓰고 있는 듯해서 장 대령은 침실 안을 불안한 눈으로 한참 응시했다. 슬픔과 분노로 혼란을 겪으면서 갈등을 해소해보려는 아내의 격렬한 감정의 흔들림이 통제가 어려운 차가움으로 방안을 그득 채우고 있기 때문이다.

아내의 안방과 나란히 붙어있는 장 대령의 방은 대학병원의 병실 같은 분위기다. 흰 벽에 하얀 시트, 침대는 상반신을 세우고 눕힐 수가 있다. 이동식 식탁도 붙박이로 침대에 달려있다. 휠체어를 탈 수 있도록 문턱이 없이 연결된 화장실엔 환자가 잡을 수 있는 난간이 빙 둘러있다. 감정이나 의식까지 표백된 하얀 방은 채색을 버림으로 밑을 가늠할 수 없을 정도의 고독 속으로 깊이 가라앉아 서서히 다가오는 죽음 냄새가 났다.

허리 밑부터 하반신이 마비된 장 대령을 돌보는 도우미는 아직 오지 않았다. 사고로 허리를 다친 뒤 처음으로 아내의 방인 안방에 들어갔다. 샴푸나 린스까지 아내는 모두 보라색으로 교체해 놓았다. 수건까지 보라색을 택해서 화장실과 방은 어느 영화에 나오는 보라색 방 같았다. 방 안에 깔린 색이 주는 울적한 기분에 젖어서 장 대령은 천천히 휠체어를 돌려 거실로 향했다.

그래도 두 손으로 웬만한 일을 혼자 처리할 수 있어 다행이다. 하루 종일 그림처럼 이렇게 거실 창가에 앉아 정원에 눈길을 던진다. 갯벌 속으로 처박혀드는 것 같은 일상의 지루함 중에도 숨통을 트여주는 것은 통유리를 통해 파란 하늘에 흘러가는 구름이나 새들이다. 얼마나 저 하늘을 더 바라보아야 이 땅을 떠날 수 있는 것일까. 눈앞에 검은 바다의 거센 물결이 사납게 출렁인다. 그 물결을 따라 인생도 세월도 역사도 계절을 닮아 흘러간다.

발소리를 죽이고 딸은 조교로 일하는 대학으로 가려고 조용히 빠져나가면서 아버지를 향해 목례를 한다.

"숙화야. 우리 둘이 조용히 대화를 나누자구나. 네 방으로 들어가자. 시간 있니?"

"교내 도서관에서 제가 모시고 있는 교수님의 논문에 쓸 자료를 뽑는 일 외에는 다른 일은 없어요."

딸은 발소리도 사뿐히 잔잔한 탯거리로 조용히 장 대령의 휠체어를 밀려고 등 뒤로 간다. 농익은 레몬색 상의에 수녀복의 검은 제복 자락처럼 새까만 치마를 바쳐 입은 딸의 옷이 망막에서 후루룩 떤다. 노란 빛이 강할수록 그로 인한 어둠도 깊고 날카로운 법이다. 딸의 허리께에서 또렷하게 선을 긋는 노랑과 검정의 대비선이 칼날처럼 날카로운 오스스함을 안겨준다. 기호로서의 색채가 아닌 노란색은 딸의 블라우스에서 상징성을 띤 암호처럼 장 대령의 눈에 박혀왔다.

어머니의 지청구로 인해 곁에서 지켜보기에도 애처로울 정도로 기가 죽은 딸의 몸에서 단내가 난다. 수줍음이 많고 소심한 성격인 데다 타인의 감정에 지나치게 예민한 딸은 거센 어머니에게 눌려서 늘 있는 듯 없는 듯 행동거지가 조용하고 말이 없다.

"그 청년의 이름이 무엇이냐?"

"강덕기예요."

"고시에 다섯 번이나 낙방을 한 청년이라면서."

"맞아요. 매번 떨어져서 무척 고민하고 있어요."

"네 어머니 말로는 가정이 가난하다면서."

이 대목에 이르러서 숙화는 대답을 않고 머리를 푹 숙여버린다. 아내가 성화의 주간을 이루는 내용이 바로 시댁이 될 부모의 빈곤과 줄줄이 사탕으로 매달린 시누이와 시동생 문제였다.

"일생에 누구에게나 딱 한 번 순수한 사랑을 할 기회가 있고 또 그런 사랑을 받을 자격이 주어진단다. 그런 사랑에는 고통과 역경이 따르지만 모두 겁내지 않고 임하는 것이 특징이다. 사랑의 감정을 무시하는 것은 생의 가능성을 앗아가는 법이다. 너는 삶에 대한 열정이 강한 천성을 타고나서 삶을 변화시킬 의지가 있다고 이 아버지는 믿고 있다."

그러자 딸은 의외라는 듯 숙였던 머리를 들어 아버지를 바라본다. 힘이 오른 아침 햇살이 창문을 타고 방안으로 힘 있게 파고든다. 양 볼에 보조개를 지으며 잔잔하게 웃는 딸의 얼굴을 보면서 방안을 둘러본다. 딸의 방은 노란색으로 변해 있었다.

외딸로 태어난 숙화는 아가시절 분홍방에서 살았다. 인형과 장난감은 물론 아기 방의 모든 치장까지 심지어 옷도 핑크무드로 조금씩 질감이 다르고 농도가 다를 뿐이었다. 딸의 방에 들어서면 무릉도원에 들어선 듯했고 이른 봄의 생명이 꿈틀거렸다. 언제나 만남의 설렘이 있었고 느긋하고 따듯한 행복감이 고여 있었다. 어린 시절 딸의 방엔 항상 벚꽃이 만발한 무르익은 봄이 있었다. 커 가면서 딸은 초록색의 오묘한 색상에 빠져들었다. 얼마 전까지만 해도 그녀의 방은 초록색 계열이었다. 서양화를 전공한 딸은 16세기 초록의 문화를 창출한 동양의 천재 리큐와 그로부터 300년 뒤에 서양에서 자연의 조화 속에서 예술의 본질을 초록의 색조로 삼아 캔버스에 옮겨놓은 근대 회화의 아버지라고 불리우는 세잔 풍의 색체를 많이 좋아해서 그림도 온통 녹색계열이었다. 특히 딸은 그 색의 오묘한 색상을 연구하느라고 팔레트에는 설핏한 햇살을 받은 양파 머리색, 겨울 추위를 뚫고 미세하게 싹터 올리는 이른 봄의 보리 싹이나 기름기가 자르르 흐르는 초봄의 느티나무 잎, 복더위에 여름배추벌레의 등줄기를 타고 흐르는 투명함이 서린 초록색 등 다양한 색 배합을 늘 연구했다. 특히 녹차에 더운 물을 부어서 다양하게 변하는 여린 색을 보고 탄성을 발하기도 했다. 여성의 화장 케이스 대신 딸은 초록색 배합을 연구하느라고 항상 팔레트를 지니고 다녔다. 심지어 옷까지 대학시절 내내 약간 우중충한 바닷가의 소나무색이나 고풍스런 녹색, 푸른 대나무 색이나 약간 짙은 기운이 도는 겨자 색, 거무스름한 녹색 등 다양한 초록색 계열의 옷을 즐겨 입고 다녔다.

그런 딸이 시트나 배게 심지어 커튼까지 온통 노란색으로 방안을 바꾸어 놓았다. 의자와 침대도 활짝 핀 개나리 꽃색이다. 벽에는 반 고흐의 유명한 '해바라기' 그림이 걸려있었다. 그나마 벽과 침실 바닥이 빛바랜 갈색이라 안정감을 느낄 수 있어 다행이다. 혼자서 감당하기 어려운 난관에 빠져들자 딸은 시골 할머니 집에서 놀았던 봄날을 기억해낸 모양이다. 개나리 노오란 꽃그늘 아래 노란 병아리들이 오그르 모여 있던 시골 집, 네 살 박이 딸은 꼬까신을 벗어놓고 병아리를 쫓아다녔던 때가 있었다.

노란색으로 뒤바른 딸의 방에서 장 대령 자신이 젊은 시절에 체험한 사랑의 아픔이 감춰져 있다는 사실을 감지할 수 있었다. 그건 외로움과 충만함이었고 고통과 행복이 뒤섞여 있기 때문에 밝은 빛이 강할수록 그로 인한 어둠도 깊고 날카롭게 마련이다.

"순수한 사랑에는 고통과 아픔이 밑에 깔려 있지만 기쁨과 평안이 임한단다. 그런 사랑을 하면 누가 뭐라 해도 사랑의 빛이 환하여 행복한 나날이 계속되는 법이다."

숙화는 아버지의 말에 입을 꾹 다물고 머리를 푹 숙이고 있다.

어머니가 뭐라고 난리를 쳐도 심지어 아버지를 향해 지나친 언행을 거침없이 퍼부어대도 도통 말이 없는 것이 아버지의 생활이다. 물론 군에서 척추를 다치기 전에는 상당히 씩씩한 아버지였고 어머니도 아양을 떠는 편에 속했었다. 그 때에는 어머니가 아버지를 태양처럼 바라보면서 살았던 시절이다. 숙화가 초등학교 1학년에 들어갈 때까지는 이렇게 행복한 가정이었는데 아버지가 부하들을 데리고 훈련하던 중 수류탄이 터져 허리를 다친 다음부터 가정이 뿌리 채 흔들리기 시작했다. 정확한 전환점을 꼭 집어 말하자면 어머니가 돈을 번다고 밖으로 나돌다가 부동산 중개업자가 된 다음부터 내면 깊숙이 웅크리고 숨어 있던 드센 성격이 노출되기 시작했다.

긴 침묵 끝에 딸이 어렵게 입을 열었다.

"아버지는 제가 처한 상황을 이해 못할 거예요. 덕기하고 저는 한 꼬투리에 들어있는 두 개의 완두콩이에요. 게다가 우린 꿈이 있어요. 먼 훗날 돈이나 명예뿐 아니라 무엇이든지 모두 꿈꾸는 대로 거머쥘 수 있어요."

"꿈을 꾸지 않는 사람은 변화될 수 없지. 미래는 꿈으로 만들어지니 말이다. 난 이런 네가 무척 자랑스럽다."

그러자 숙화는 얼굴을 살짝 붉히며 말을 더듬는다.

"아버지는 그런 사랑을 해본 적이 없잖아요. 그래서 아빠가 불쌍해요. 우리 엄마처럼 드센 여자를 만나서 사랑이 무엇인지 모르고 더구나 이러고 늘 집안에 박혀있으니 얼마나 답답하세요. 아이쿠! 가엾은 우리 아빠."

"나도 아주 순수한 사랑을 받아본 적이 있단다."

이 말에 딸은 배시시 웃으면서 아버지를 바라본다. 웃긴다는 표정이 역력했다. 인절미 토막 자르듯 반듯하고 모나게 잘라진 생을 살아온 아빠다. 육군사관학교 출신이니 발걸음이나 심지어 식사 때 수저를 드는 것까지 훈련을 받아서 아주 정확하게 각을 그리면서 움직이는 분이다. 지금도 군인기질이 넘쳐서 비록 걷지를 못하지만 꼿꼿하게 집안을 지키는 수문장처럼 든든하게 앉아 계신 분이 아닌가. 그런 분이 딸 앞에서 사랑을 논하고 있다.

"아빠가 그런 사랑을 해본 적이 있단 말인가요?"

장 대령은 그렇다고 크게 머리를 주억거렸다.

사관학교를 갓 졸업하고 소위로 임관하여 일선지역에 배치되어 있을 적에 전혀 알지도 못하는 사람이 면회를 왔다.

"장묵호 소위, 김세영이라는 여자의 면회요."

장 소위는 김세영이란 이름을 들으면서 연신 머리를 갸웃거렸다. 너무 생경스러운 이름이었기 때문이다. 이 깊은 산골까지 자기를 찾아온 여자라고 하니 의아하게 생각하면서 면회실로 향했다. 전혀 낯선 여자였다. 장 소위와 마주앉은 여자는 얼굴이 갸름하고 살결이 고왔다. 눈을 내리깔고 살짝 얼굴을 붉혔다. 파들파들 떨리는 긴 속눈썹 밑에서 호수처럼 깊고 아늑한 큰 눈이 가슴속으로 파고들었다. 여자는 엷은 이끼가 낀 바위색의 원피스를 입고 있어 평안함이 넘쳐흘렀다.

"누구신지 제겐 전혀 기억이 없는데요."

"그러실 거예요. 육군사관학교 졸업식 한 달 전, 소개팅을 할 적에 저와 짝이 되었었지요."

그러고 보니 어렴프시 기억이 났다. 그 저녁에 그녀와 짝이 되어 파티에 참석했던 두 시간. 그런 만남을 장 소위는 까맣게 잊어버렸는데 이 여자는 어쩌자고 그걸 기억하고 이 거친 군사분계선까지 찾아왔단 말인가. 여자는 머무적거리면서 연초록 포장지로 곱게 싼 선물을 내놓았다. 그녀의 손가락이 유난히 가늘고 길었다. 선물을 건네주면서 손끝이 파르르 떨렸다. 얼마나 손이 가녀린지 손등이 희다 못해 푸른 기가 돌았다. 그 시절엔 여자란 전부 이렇게 손이 가녀리고 연약하다고 생각했었다.

"오늘이 밸런타인데이라 초콜릿을 가져왔어요."

그 당시 장 소위는 그날이 무엇 하는 날인지도 몰랐다. 가난한 시골의 농사꾼 아들로 태어나 시골 고등학교를 졸업하고 대학갈 돈이 없어 공짜로 공부를 시켜주는 육군사관학교에 합격하여 착실하게 4년을 다니고 졸업하여 소위로 임관했으니 밸런타인데이가 무슨 날인지 모르는 것이 당연했다.

피차 어색하게 앉아 있다가 해가 지기 전에 어서 가봐야 한다고 떠난 것이 머리에 각인된 만남이었다. 밸런타인데이가 2월 14일이니까 그때부터 시작해서 그녀는 매달 면회를 와서 작은 선물을 곱게 포장하여 건네주고 하염없이 그를 바라보다가 가버렸다. 남자들만 사는 일선에 이렇게 일방적으로 찾아와서 그윽한 시선으로 그를 바라보다가 가버리는 여자가 있다는 사실에 가끔 가슴이 설레기도 했지만 그냥 무덤덤하게 만나고 헤어졌다. 이따금 바쁜 일과를 마치고 침대에 누울 적에 아련한 그리움 같은 것이 그녀를 향해 치솟기는 했지만 바쁜 군대생활에 그냥 스쳐 지나가버렸다.

크리스마스를 앞두고 무척 눈이 많이 내려서 군 경비를 강화하고 보초 설 부하들에게 훈시를 하고 있을 때 면회를 왔다는 급한 전갈이 왔다. 노년에 접어든 남자가 장 소위를 기다리고 있었다.

"누구시지요?"

남자는 대꾸를 하지 않고 멈칫거리면서 눈을 가느스름

하게 뜨고 장 소위를 찬찬히 훑어보더니 의뭉스런 속내를
드러내는 만족한 웃음을 삼켰다. 생전 처음 보는 사람이
찾아와서 자신을 위아래로 뜯어본 뒤에 무람없이 피식 웃
음을 삼키는 것이 곤혹스러워서 장 소위는 사뭇 시큰한
표정을 지으며 눈을 내리깔았다. 두 사람 사이에 거북살
스러운 침묵이 흘렀다.

"우리 딸이 사랑할 만하군."

이런 말을 나직한 음성으로 중얼거리면서 남자의 눈가
가 젖어왔다. 일이 점점 이상하게 돌아가서 장 소위는 혹
시 뚜 마담을 내세워 사위감을 찾고 있는 사람인가 해서
그냥 어영부영 시간을 보내고 일어서려고 했다.

"장 소위라고 불러도 되겠소."

"네. 제가 장묵호 소위입니다."

"장 소위, 미안하지만 내 청을 하나 들어 주시요."

"무슨 청인지 제가 할 수 있는 일이면 들어드리겠습니
다. 그러나 군에 매인 사람이라 어쩔까 합니다."

"이건 선택의 여지가 없이 꼭 들어줘야 하는 소원이요."

갈수록 묘하게 대화가 흘러가서 장 소위는 다음 말을
잇지 못하고 머쓱하게 앉아있었다.

"내 딸이 임종을 앞두고 있는데 한 달을 두고 자네를 찾
고 있어요. 벌써 숨을 놨어야 하는데 자네를 찾으면서 이
세상을 떠나지 못하고 있으니 어쩌겠소. 망설이다가 이렇
게 왔소. 이건 무리한 청인 걸 나도 알지만 자식을 가진

애비의 간절한 소원이니 좀 들어주시오."

"따님이라고요?"

"여길 몇 번 다녀왔다고 하던데."

그제야 장 소위는 세영을 기억해내고 아하! 하면서 반백의 남자 얼굴을 응시했다. 그러고 보니 매달 오던 면회가 11월을 건너뛰었다. 눈길에 막혀 오지 못한다고 생각하면서 기다렸는데 이 여자가 어쩌다가 죽음을 맞게 되었단 말인가. 더구나 자기로 인해 숨을 넘기지 못한다니 가봐야 하지만 이곳 사정이 여의치 않아서 어쩌나 하는 생각에 잠시 멈칫거렸다. 하지만 사람의 목숨이 달린 문제라 간신히 윗사람의 허락을 얻어낼 수 있었다.

세영의 아버지가 타고 온 자가용에 나란히 앉아 가면서 장 소위가 어렵게 입을 열었다.

"따님이 어쩌다가 갑자기 세상을 떠나게 되었습니까?"

"아하! 모르고 있었군요. 세영은 백혈병을 앓고 있었답니다. 시한부인생을 살고 있었지요. 자네를 무척 좋아해서 이만큼 생명이 연장되었어요. 의사의 말로는 벌써 일년 전에 세상을 떠났어야 하는데 지금까지 살았어요. 그래서 우리 가족들은 모두 자네에게 감사하고 있어요."

"제가 알기로는 따님이 서양화를 전공했지요?"

"맞아요. 집에 가 보면 알지만 자네를 그린 그림이 수십 점이 넘어요. 늘 자네의 얼굴을 그리는 기쁨으로 지금까지 생명이 연장되었지요."

장 소위는 S대학 병원으로 세영의 아빠를 따라갔다. 가족들이 환자의 침대를 둘러싸고 모두 근심어린 표정으로 자꾸 밖을 내다보다가 장 소위가 들어서자 일제히 길을 터주었다. 어색하게 세영에게 다가간 장 소위는 숨을 헐떡이고 있는 그녀의 가녀린 손을 잡았다. 가엾게도 여자는 부리가 노란 아기 참새처럼 할딱거리면서 가끔 숨을 몰아쉬었다.

"세영아! 장 소위가 왔다. 널 보러 왔다. 눈을 떠보아라."

아버지가 딸의 귀에 대고 절규했다. 세영은 아득하게 밑으로 꺼져가는 순간에 힘을 모아서 눈을 간신히 뜨고는 장 소위를 물끄러미 바라보더니 서서히 눈에 눈물이 가득 차올랐다. 잡은 손에 미세한 힘이 주어지더니 눈 꼬리를 타고 눈물이 주르륵 흘러내렸다. 그리고 무엇이라고 말을 하려는 듯 입술을 달싹거리다가 고개를 옆으로 꺾었다. 둘러선 가족들이 일제히 울음을 터뜨렸다. 어머니는 세영의 얼굴을 감싸 안고 울었고 아버지는 딸의 발을 끌어안고 통곡했다. 장 소위는 싸늘하게 식어가는 세영의 손을 잡고 가족들의 울음에 전염이 된 듯 눈물로 인해 뿔테안경이 흐려졌다.

세영의 아버지 손에 이끌려 그녀의 집엘 들렀다. 화실 여기저기에 여러 각도에서 그린 장 소위의 인물화가 걸려 있고, 활짝 웃는 그의 얼굴을 데생한 미완성 초상화는 나무이젤에 기대어놓은 채 한 귀퉁이에 있고 팔레트엔 아직도 물감이 배색되어 남아있었다. 화실 정면에 걸려있는 그림 앞에 섰다. 처음 만났을 때 입었던 사관생복 차림의 그와 세영이 탁자를 사이에 두고 다정하게 앉아서 담화를 나누고 있는 인물화 뒤에 아련하게 그려진 과수원 배경이 인상 깊게 다가왔다. 사과나무에 또렷할 정도로 동글동글 매달린 사과들은 벌레 먹었거나 반만 붉거나 일그러진 사과는 하나도 없었다. 봄에 꽃이 피어 열매를 맺어서 한여름의 비바람과 더위, 벌레와 싸우는 역경 속에 전신을 내맡겼으면서도 완숙하게 예쁜 모양을 지닌 사과들이었다. 가을의 따가운 햇살에 거죽을 온전하게 붉게 달구면서 찌그러지거나 익지 않은 데가 없게끔 엄청난 노력을 한 사과들을 의도적으로 배경에 깔은 듯했다. 가족들은 세영이 그린 그림을 보고 다시 울음바다가 되었다. 딸이 그토록 그리워했던 장본인이 앞에 있으니 더욱 눈물 선을 자극해서 울음소리는 가슴이 에이도록 처절했다. 자신도 모르게 그는 한 여자의 처절하도록 간절하고 순수한 사랑을 받았던 셈이다. 돌아서면서 그제야 형광등처럼 늦게 자신도 그녀를 마음 속 깊은 곳에서 사랑하고 있었다는 걸 고백할 수 있었다. 아픔이 가슴을 도려내서 장 소위는 하직인사를 하고 세영의 집을 나와서야 그 집 담벼락을 주먹으로 치면서 울었다. 왜 진작 사랑한다고 말하지 못했던가 하는 회한이 가슴을 쳤다.

아버지의 이야기를 다 듣고 난 숙화는 활짝 웃으면서 손뼉을 쳤다. 아빠와 사랑의 동질성을 공유한 기쁨이 역력했다.

"아유! 멋있다. 우리 아빠의 첫사랑이여! 난 엄마가 아빠의 처음이요 마지막 사랑이라면 너무 불쌍하다고 생각했거든요. 그 뒤에 세영이란 여자를 아빠는 까맣게 잊고 지냈나요?"

"그런데 참으로 이상한 것은 그 사랑이 항상 내 안에서 힘을 주고 있단다. 지금처럼 엄마가 거칠게 굴 때는 그녀가 내 안에서 속삭여 준단다. 그래도 순전하고 완전한 사랑을 받은 경험이 있으니 기쁨을 가지라고 말이다. 어려운 일이 있거나 힘든 일이 있으면 특히 내 육신의 핸디캡으로 고독할 적에는 세영의 외골수였던 순수한 사랑이 큰 힘이 된다. 이런 이야기는 네 엄마하고도 나누어본 적이 없는 아빠의 가슴에 깊이 묻고 있는 비밀이다."

"우리 아빠 참 멋있어요. 전 아빠가 오늘부터 더 좋아졌어요. 사랑이 무엇인지 알고 있으니까요."

"엄마가 요구하는 성공한 부잣집 남자에다가 유명한 가문의 시부모를 모시는 결혼은 아빠 입장에서 보면 재미가 없을 듯하구나. 모든 것이 완벽하게 갖춰진 집으로 시집가면 얼마나 싱겁고 덤덤한 삶을 살까 하는 생각을 해본 적이 있니?"

"아빠와 저도 동감이에요."

"네 엄마를 너무 나무라지 마라. 인간이란 익숙한 것을 옳은 것으로 받아드린단다. 특히 네 엄마는 사회적인 관습과 관행 그리고 외양에 지나치게 신경을 쓰는 사람이다. 사회적 품위와 처신, 옷차림이나 체면유지에 민감해서 너를 과도하게 비판하고 야단하는 거다."

"전 어려서부터 무척 상처를 많이 받으면서 엄마를 이해하려고 노력하고 있어요."

"그런 엄마 밑에서 자란 네가 올바르게 커줘서 나는 네가 무척 자랑스럽다."

숙화는 오랜만에 활짝 웃었다.

"우리가 가진 모든 재산으로 구제하고 우리 몸을 불사르게 내어 줘도 거기에 사랑이 없으면 우리에게 무슨 유익이 있겠니. 사랑은 오래 참고 온유하고 자랑하지 않고 교만하지 않는 법이다. 자기의 유익을 구하지 아니하고 성내지도 아니하는 것이야. 상대방에게 무례하게 행하지도 않고 묵묵히 일방적으로 사랑하는 것이 진짜 사랑이 아니겠니."

"아빠 말이 어렵지만 어렴풋이 이해는 가요. 자기의 유익을 구한다면 사랑이 아니지요. 자랑하고 교만하게 나대는 것이 바로 우리 엄마가 제게 요구하는 사랑의 조건들이라 힘이 들어요."

장 대령은 온실 속에서 곱게 자란 여린 마음을 지닌 딸이 현실로 부닥치는 가난과 괴로움, 거기에 수반되는 갈

등에다가 아픔은 물론 죽음까지도 겁내지 않을 사랑을 하고 있는가를 두고 고민했다. 고난을 이길 힘을 지닌 사랑을 딸은 하고 있는 것일까. 시댁식구들과 어울리자면 다툼과 깊은 갈등이 있을 터인데 일생을 두고 참아낼 힘이 있을까. 헤아릴 수 없는 많은 고난과 고통의 시간이 흘러간 뒤에야 사랑의 열매가 맺힐 것이고 행복한 삶을 누릴 터인데 그럴만한 사랑을 딸은 하고 있는 것일까. 가정이란 사랑을 키워가는 곳이어야 한다. 결혼하면서 심어진 사랑이란 씨앗은 그냥 자라는 것이 아니다. 사랑의 햇살과 몰아치는 고난의 비를 맞으면서 싹이 트고 꽃을 피우며 열매를 맺는 것이 사랑의 행로이다. 문득 세영이 두 사람의 다정한 포즈 뒤에 배경으로 그린 새빨갛게 익은 동글동글한 사과들이 눈앞을 스친다.

어려운 여건 가운데서 남편을 머리에 이고 다닐 정도로 세워주고 순종하며 긴 세월을 거친 뒤에야 남자는 여자를 위해 자기 목숨을 내놓는 법이다. 여자의 헌신적 사랑과 남자의 목숨은 뗄 수 없이 붙어 다닌다고 할까. 여자는 단순히 사랑에 헌신하지만 남자는 그런 여자를 위해 자신의 전부인 목숨을 내놓게 되어있다. 오랜 인고의 세월을 거친 뒤에야 딸은 남자에게 소중하고 훌륭해서 그의 생명까지 받을 자격을 갖추게 되는 것인데 그런 삶을 딸은 살아갈 수 있을까.

아침나절 뿌리 깊게 습관화된 부정적인 목소리의 주인

공인 제 어미의 쉿소리 나는 지청구를 많이 듣고 기가 죽어있던 숙화가 조잘대는 새처럼 살아나서 밝은 표정이 되었다. 딸이 갈아주는 도마도 주스를 마시면서 두 사람은 정원을 향해 나란히 앉았다. 시간이 흐를수록 튼실해진 가을햇살이 정원의 구석구석까지 힘 있게 파고들고 잔망을 떨던 참새들이 떠난 희누르스름한 정원에 까치 두 마리가 한가롭게 모이를 찾으면서 다정한 연인들처럼 거닐고 있다. 아버지와 함께 짙은 늦가을 색을 보면서 숙화는 누가 뭐래도 자신은 생에 대한 열정과 창조적 자아표현을 할 권리가 있다는 생각에 미친다. 아버지의 사랑에 도전한 셈이다.

"어머니가 반대해도 덕기하고 결혼을 밀고 가겠어요."

"문제는 너에게 달렸다. 이 남자 없이는 살 수 없다는 정도까지 되었느냐? 오늘 아침에 입은 네 옷이 결단을 내리겠다고 말하고 있구나."

"그래요. 언제까지나 이렇게 질질 끌고 갈 수는 없어요. 저도 그 사람과 결혼을 못하면 차라리 수녀가 되겠어요. 엄마가 집배원을 따라서 덕기 집을 가보았대요. 산꼭대기 물도 잘 나오지 않는 달동네에 살고 있데요. 벽지를 바르지 못해 흙벽이고 사는 것이 거지하고 똑같아서 거지굴이라고 했어요. 너를 어떻게 키웠는데 거지굴에 보내겠느냐고 야단했어요."

"그래서 네 마음은 그런 가난을 견딜 자신이 없단 말이냐?"

"감당할 자신이 있어요. 덕기가 불쌍해요. 그런 가난 속
에서 장남으로 태어나 얼마나 정신적 고통을 받았겠어요.
그 와중에 공부를 그만큼 하느라고 또 얼마나 고생을 많
이 했을까 생각하면 가슴이 아파요. 그 사람도 나 없이는
숨을 쉴 수 없을 정도로 힘든 생활이라고 했어요. 그가 안
식할 가정을 만들어 주고 싶어요."

"너희들 둘의 마음은 한 꼬투리에 들어있는 두 개의 완
두콩처럼 하나가 되었지만 결혼은 그렇게 둘만의 단순한
관계가 아니다. 가령 시댁의 문화적 수준이나 인격이나
가치관이 너무 형편없어서 시부모가 네 머리끄덩이를 잡
아채고 윽박질러도 견딜 수 있니? 결혼이란 현실적인 삶
이다. 더구나 너와 문화적 환경이 다른 시댁식구들하고
만나서 화평할 자신이 있니? 덕기만 좋아해서 되는 것이
아니다. 그 사람이 등에 지고 있는 무거운 짐을 봐야 한
다. 그 짐까지 네가 사랑할 수 있겠니?"

딸은 머리를 끄덕이면서 눈물이 그렁한 눈으로 장 대령
을 바라보고 입을 삐죽거렸다.

"사랑도 연단되어야 한다. 바스러지기 쉬운 생금이 풀
무에 들어가서 연단되어 정금으로 나오는 원리와 같다."

"역경이 뒤따른다는 것은 알아요."

"너희들 몇 년 동안 교제하였느냐?"

"대학교 입학식에 만나서 군인까지 덕기가 다녀왔으니

벌써 십 년이 되가네요. 문제는 고등고시에 자꾸 떨어져요. 집안이 가난해도 그 조건만 되면 어머니 마음을 달랠 수 있는데 말이에요. 아무래도 고등고시 자질이 없는가보다고 관공서에라도 취직하겠다는 걸 제가 말렸어요. 우린 젊으니까 끝까지 도전하자고 했어요. 생활비는 제가 대학에서 조교하는 돈하고 화실에서 아이들 가르치는 수입으로 대려고 해요."

"건강한 생활이란 감정과 행동이 일치하는 삶이란다."

"그게 바로 제 뜻이에요."

딸의 각오는 단단했다. 이 정도라면 일생에 한 번 오는 순수하고 완전한 사랑의 기회를 꼭 잡고 도전해볼만한 가치가 있다는 확신이 왔다. 창조주는 인간을 창조하고 일생에 누구에게나 단 한번이지만 이런 사랑을 할 수 있는 기회를 주고 그 사랑 속에 살면서 도전하여 살아볼만한 시간을 허락하는 것이 아니겠는가. 사람은 누구나 사랑받기 위해 태어난 존재이지만 그 사랑이란 일생동안 단 한 번 기회가 주어지고 자신도 모르게 그 사랑을 받기도 하고 주기도 한다. 어떤 이는 찾아온 사랑의 기회를 잡아보지도 않고 놔버리거나 더러는 알지도 못하고 무심결에 흘러 보내기도 한다.

"그럼 결혼식을 올리면 되겠구나."

"무엇으로? 아빠 꿍쳐놓은 돈이라도 있어요. 우리는 당장 방 얻을 돈도 없어요. 더구나 덕기가 저에게 해줄 반지

값도 없고요. 우린 아무 것도 없어요. 빈털터리라고요."

"그럼 은반지로 하렴. 은반지는 삼만 원 정도 주면 살 수 있는 것이 아니냐. 너희들 점심값이면 되겠구나."

딸은 놀래서 입을 딱 벌리고 장 대령의 얼굴을 똑바로 응시했다. 아빠가 놀리고 있는 것이 아닌가 하는 낭패감이 서린 얼굴이다. 그리곤 더듬더듬 입을 열었다.

"엄마는 제가 덕기랑 결혼한다면 만 원도 내놓지 않겠다고 했어요. 그러니 드레스는 무슨 돈으로 입어요. 더구나 신부화장이나 손님들 식사대접은 어떻게 하고요. 게다가 둘이 살 방도 없어요."

"진정한 사랑이란 모든 전통과 관습을 뛰어넘는 법이다. 이러다가는 넌 늙어죽을 때까지 시집 못 가겠다. 빈손으로 결혼하는 법을 알고 있으니 그런 결혼식도 하겠다면 도와주마."

군복무 중에 핸디캡이 된 아버지는 군에서 나오는 돈을 한 푼도 못 만진다. 통장으로 들어와서 전부 어머니의 소관이기 때문이다. 이런 아버지에게 무슨 기대를 하겠는가. 숙화는 이런 힘없는 아버지를 바라보면서 가만히 머리를 흔들었다. 혹시 아버지가 엄마를 구워삶아서 돈을 빼내려 해도 그건 도저히 불가능한 일이기 때문이다.

그런 딸을 향해 아버지가 입을 열었다.

"너는 사관학교 출신의 장교 아버지를 두었다. 빈손으로 맨 땅에서 살아남을 수 있는 훈련을 받은 사람이 바로 네 아빠라는 사람이다. 단지 네가 다가오는 역경을 사랑으로 이기면서 오래 참고 씩씩하게 도전하면서 살 수 있는가 하는 점이 문제다."

그러자 딸은 머리를 끄덕이면서 할 수 있다고 대답했다.

아버지와 딸은 착착 결혼준비를 했다. 딸이 즐겨 입는 옷들 중에 여름에 입었던 종아리가 드러난 긴 팔의 연분홍 원피스가 식장에서 입을 신부복이 되었다. 결혼반지로 가느다란 은반지 두 개를 샀고 식장에 입장할 적에 신부가 쓸 면사포 대신에 챙이 넓고 운두가 높은 둥그런 모양의 활짝 핀 벚꽃 색 모자를 백화점이 아닌 시장에 가서 샀다. 하늘하늘 투명한 진홍색의 긴 스카프를 운두 높은 모자에 매서 등 뒤로 허리까지 살랑살랑 나부끼게 했다. 가슴에 안을 부케는 연분홍 원피스에 어울리게 흑장미 한 송이를 들었다. 모자만 벗으면 그대로 신랑신부가 신혼여행을 떠날 수 있는 차림으로 가까운 산이나 유원지에 놀러갈 수도 있다. 신랑도 늘 입는 양복을 그날 드라이클리닝을 해서 입고 나오도록 했다. 식장은 신랑이 다니는 성당으로 정하고 가까운 친구들 몇 명만 증인으로 결혼식을 지켜보게 하였다.

딸의 결혼식날 장 대령은 아내의 독기어린 반항에 갇혀 감히 가볼 수도 없었다. 결혼식이 진행되는 동안 아내 민정은 내내 울부짖으면서 장 대령을 들볶았다. 숙화가 성품이 여리고 소심해서 절대로 이런 결단을 내리지 못할 터인데 분명히 아빠인 장 대령이 군대식으로 밀어붙였다는 것이다. 알아맞히기는 했지만 장 대령은 이렇다 저렇다 대꾸를 않고 마을을 지키는 천하대장군처럼 묵묵히 창밖을 내다볼 뿐이었다. 최근 불어 닥친 경제 한파로 부동산이 전혀 꿈쩍하지 않으니 아내는 그 스트레스까지 모두 집안에 풀어 놓았다. 상상 못할 그런 그악함이 아내의 몸 어느 구석에 숨어있었는가 할 정도로 물 밖으로 튀어나온 물고기처럼 팔딱거렸다. 딸이 결혼하는 날은 그 도가 지나쳐서 어떻게 저런 여자하고 지금까지 살아왔을까 하는 의구심마저 들 정도였다. 이런 여자하고 정말 끝까지 살아야 하는가 하는 생각도 했다. 순간 세영이 떠올랐다. 사랑이란 오래 참고 무례히 행하지 않으면서 온전하게 자신을 내주는 것인데 이런 사랑을 받은 남자가 그 사랑을 달빛처럼 반사할 수 있어야 한다는 생각이다.

아내의 넋두리는 길고 그악스럽게 이어졌다. 요 계집애 어디 두고 보자. 단 일 푼을 주나 보자. 결혼한 다음날부터 시댁식구들이 덤벼들어 돈을 달라고 야단칠 것이다. 사랑이란 순간의 미혹에 속아서 기나긴 인생길을 가면서 얼마나 고통스러워하는가를 내가 이 두 눈으로 똑똑히 지켜볼 것이다. 사랑은 짧고 인생은 길다는 법은 세월이 흘러도 진리라 변하지 않는다. 자고로 부모가 반대하는 결혼을 해서 행복한 사람이 없는 법인데 감히 내 말을 어기고 하나뿐인 자식이 그런 결혼을 하다니 억장이 무너져 내린다. 엉엉……. 일생을 두고 후회하면서 고생하는 꼴을 내가 꼭 이 두 눈으로 지켜보면서 즐길 것이니 두고 봐라. 내가 점 찍어놓은 성형외과 의사하고 결혼했으면 지금 당장 큰 아파트에 들어가 살게 되고 신혼여행도 하와이나 유럽으로 갈 수 있을 터인데 결혼하는 날부터 시집 식구들과 함께 거지굴 속으로 무너져내려가서 허우적일 신세라니, 아이쿠! 그 꼴이 눈에 선하다. 몸에서 단내가 날 때까지 울어대다가 나중에는 목이 쉬어 목소리가 나오지 않자 거실 바닥을 아내는 선불 맞은 멧돼지 모양 몸부림치면서 뒹굴었다.

아내에게 장 대령이 말을 하지 않았지만 군대시절 거느렸던 하사가 서울 근교에 고풍스러운 큰 집을 지니고 있어 문간방을 하나 공짜로 얻어낸 것이 신혼생활의 거점이 되었다.

해질녘 아내가 찜질방에라도 간다고 휑하니 나가버린 집안은 괴괴했다. 휠체어를 굴리고 다니면서 장 대령은 노란색 딸의 방, 보라색 아내의 방 그리고 자신의 하얀색 방의 문들을 모두 열어놓고 한참동안 바라보았다. 아내의 방인 안방부터 그 색을 바꾸기로 했다. 아내가 최근 들어 부쩍 좋아하는 보라색을 전부 집안에서 치우기로 했다. 장 대령이 허리를 다친 뒤에 처음으로 관심을 가지게 된 아내의 방은 온전한 몸이었을 때 부부가 함께 공유했던 장소였다. 숙화가 대학에 들어가서 첫 작품이라고 집안을 꾸몄던 생각이 떠올랐다. 녹색 창호지를 죽죽 찢어서 탁자나 식탁의 유리 밑을 장식했던 기발한 데커레이션이 퍼뜩 머리를 스쳤다. 대학시절 초록색에 빠졌던 딸은 안방 큰 유리창의 머리 부분에 연한 하늘색으로 레이스를 만들어 달았다. 커튼의 본체는 움막의 감자 싹을 연상케 하는 색으로 하고 그 밑에 치렁거리는 레이스는 강도를 따라 층층이 짙게 변하는 초록색으로 집시의 치맛자락처럼 너덜너덜 레이스를 달아서 마지막 단은 짙은 무청색이 되었다. 다락에 아내가 구겨 박아놓은 딸의 작품인 커튼과 침대보를 파출부를 시켜 꺼내오게 했다. 딸이 손수 바느질하여 만든 것들로 장식하고 보니 보라색의 차가움보다 녹색 계열이 훨씬 방안을 평안하게 했다. 수평선 그림을 떼어내고 한때 딸의 방에 걸었던 세잔의 '생 빅투아르 산'을 대신 걸었다.

오늘도 어김없이 딸 숙화는 장 대령에게 전화를 했다.

"엄마가 늘 말하는 사랑은 짧고 인생은 길다는 말을 아빠도 믿으세요?"

"내 경우는 인생은 짧고 사랑은 길다고 생각한다."

"아빠 말이 맞아요. 저도 동감해요. 오늘은 둘이 손잡고 나가 길거리 싸구려 노점에서 수저 두 개하고 젓가락 두 개를 샀어요. 접시도 두 개를 샀는데 돈이 모자라서 밥 퍼먹을 그릇을 살 수가 없었어요. 얼마나 재미있는지! 꼭 소꿉놀이를 하는 것 같아요. 우리 힘으로 산 싸구려 물건들이 얼마나 정이 가는지 몰라요. 아빠가 사주신 전기밥솥이 없었다면 밥도 굶을 뻔했어요. 오늘 처음으로 밥을 해서 접시에 퍼먹었는데 아주 꿀맛이에요. 반찬이라고는 고추장이 전부인데 어쩜 그렇게 맛이 있지요."

거의 매일 딸의 전화는 기쁨의 환호성이었다. 하나뿐인 자식인 딸이 시집갈 적에 준다고 아내가 다락에 가득 사 모은 명품 그릇들을 휠체어를 타고 가서 하나하나 샅샅이 훑어보았다. 이걸 다 주었다면 과연 딸이 이런 재미를 누렸을까 하면서 장 대령은 잔잔한 미소를 삼켰다. 명품인 이런 그릇들은 고가의 것이지만 길거리에서 파는 천 원짜리 싸구려랑 시장에서 사드린 딸의 그릇에 비해 그 효용 가치는 바닥이 확실했다.

"아빠, 오늘은 천 원에 산 플라스틱 바가지를 제가 실수로 떨어트려서 깨트렸어요. 둘이서 마주 잡고 굵은 실로 꿰매서 쌀을 씻었어요. 대한민국 어디에도 우리처럼 이런 바가지를 꿰매서 쓰는 젊은이들은 없을 거예요. 그런데 얼마나 재미가 있든지 우리 두 사람 배꼽을 잡고 웃었어요."

숙화는 처음 겪는 행복한 일상사를 만끽하면서 그 기쁨을 누리고 있었다. 성숙해가는 사랑을 경험하고 있는 셈이다. 그런 딸을 떠올리자 휠체어에 외롭게 앉아있는 장 대령의 눈앞에 넘실거리는 자운영의 꽃 바다가 펼쳐졌다.

봄비가 구질구질 내리더니 폭우가 쏟아질 조짐이 보인다. 다친 허리가 쑤셔서 장 대령은 끙끙 앓으면서 하얀색 방의 침대에 누웠다. 아내는 부동산업자들과 어울려서 3박 4일 관광코스로 태국으로 가버렸다. 장 대령은 보던 책을 덮어놓고 천장을 멀뚱히 바라보고 있었다. 그 때 전화가 왔다. 아내의 전화였다. 사랑이 조금도 어리지 않은 의례적이고 상투적인 그런 인사치례였다.

허리의 통증이 심했다. 딸까지 떠나버린 빈집의 헐렁함과 외로움이 고통스럽도록 다가와서 신음을 삼켰다. 몸과 마음을 어디에 둘지 모를 정도로 심하게 아팠다. 고통으로 일그러진 그의 이마 위로 진땀이 줄줄 흘러내렸다. 순간 세영의 음성이 들리는 듯해서 고개를 들어보니 잔잔하게 미소를 지은 그녀의 가녀린 얼굴이 다가와서 이렇게 속삭였다. '일어나 걸으세요. 제가 새 힘을 드릴게요. 일어나 걸으세요. 제가 도와드릴게요. 제가 주는 힘으로 승리하세요. 당신은 충만한 삶과 내적인 평화를 향유할 자격이 있습니다. 낙담하지 마세요. 하늘나라에 있으면서도 당신을 사랑합니다.' 그녀는 가만히 다가와서 손을 내밀었다. 환하게 웃는 얼굴을 보자 장 대령도 따라 미소 지었다.

요란한 전화소리에 세영의 환상이 사라졌다. 딸의 전화였다. 딸은 수화기에 대고 사뭇 울기만 하고 말을 잇지 못했다. 가슴이 덜렁 내려앉았다. 이 애가 드디어 가난 때문에 고통을 참을 수 없든지 아니면 시집식구들로 인해서 갈등이 시작되었구나 하는 생각에 천천히 수화기를 왼손에서 오른손으로 옮겨 잡았다. 노란색의 밝음 뒤에 숨어 있던 새까만 색이 와락 눈앞으로 다가왔다. 결혼하면서 딸은 노란 블라우스에 바쳐 입었던 까만 치마를 벗어던졌지만 장 대령의 눈에 아직도 남아있는 확연한 검은 치마색이 망막에서 살아났다. 벌써 가난에 지쳐 신혼초기에 신랑신부가 싸움이라도 시작했단 말인가.

"아빠, 어엉어엉……."

"왜 우니? 너 각오하고 한 결혼이 아니냐. 밝은 색 뒤에는 어둠이 언제나 감춰져 있는 법이다. 밝은 색으로 가야 한다. 이겨야 한다. 물러서면 실패다."

"오늘 화실에서 아이들을 가르쳐 받은 돈으로 드디어 십이 인치짜리 텔레비전을 샀어요. 우리 힘으로 산 것이지요. 우리 집 거실에 놓여있던 엄마, 아빠의 대형 텔레비전보다 더 애착이 가요. 너무 가슴이 벅차서 숨을 쉴 수가 없어요. 우리 두 사람 손을 잡고 지금 울고 있어요. 우리의 재산 일호가 생긴 거예요. 너무 기뻐서 자꾸 눈물이 나요. 어엉어엉……."

사랑의 감정은 영혼으로 들어가는 창으로 삶에 풍요로움을 가져다주게 마련이다. 딸은 행복에 절어 기쁨의 눈물을 흘리고 있었다. 아픈 허리를 서서히 펴면서 장 대령은 움직이지 않는 두 다리를 손으로 들어 침대 밑으로 내려놓았다. 도우미의 도움을 받아 휠체어를 타고 창가로 갔다. 정원은 딸, 숙화가 좋아하는 여러 가지의 색채를 머금은 녹색으로 물들어가고 있었다. 설핏한 햇살을 받은 양파 머리색도 보이고 겨울 추위를 뚫고 미세하게 싹 터 올리는 이른 봄의 보리 싹 색도 있었다. 기름기가 자르르 흐르는 초봄의 느티나무 이파리도 보였다. 복더위의 여름 배추벌레 등줄기를 타고 흐르는 투명한 색도 바로 정원 거기에 있었다.

세영의 가녀린 미소가 아주 환하게 정원 한가운데서 앞으로 클로즈업되어 다가왔다. 서서히 평안이 임하면서 그는 중얼거렸다. '나는 외롭지 않다. 새 힘을 내게 그녀가 준다고 했지. 도와준다고 했지. 일어나 걸으라고 했지. 나는 가치가 있고 소중한 사람이다. 맞는 말이다.' 장 대령의 입가에 오랜 만에 큰 웃음이 터져 나왔다. 비록 핸디캡이 되었지만 장 대령 자신은 한 여자의 온전한 사랑을 받아본 적이 있으니 얼마나 행복한 남자인가! 사람은 누구나 일생에 기막힌 사랑을 적어도 한 번쯤은 주고받기 위해 태어난 존재가 아닌가.

장 대령은 지갑에 아내 몰래 감춰둔 딸의 결혼사진을 꺼냈다. 결혼식을 마치고 신랑신부가 어깨동무하고 찍은 사진이다. 연분홍 원피스에 흰색 기운이 강한 엷은 핑크색의 운두 높은 모자를 쓰고 있는 딸의 얼굴은 모자에 두른 진홍색 리본으로 인해 생기가 넘쳤다.

커튼과 침대보를 딸의 대학시절 작품으로 장식한 아내의 방 침대 위에 도우미의 도움을 받고 반듯하게 누웠다. 하체가 마비된 뒤에 처음으로 누워보는 부부침대다. 그에게 이 집은 온 우주이고 세상이다. 가만히 눈을 들어 안방을 훑어보았다. 커튼의 연하늘색은 한없이 허공 속으로 뻗어나간 깊숙한 하늘이고 점점 짙어지는 초록색 커튼 자락이 나무가 우거진 산속에 들어온 것처럼 마음을 안정시켰다. 지금 그는 울창한 산속에 누워서 나뭇잎 틈새로 푸른 하늘을 바라보고 있는 환상에 빠져들었다. 딸이 꾸려가는 아름다운 우주가 혼자만의 우주인 이 집과 나란히 있어 조금도 외롭지 않았다. 딸처럼 자신의 우주도 아름답게 가꾸리라. 결국 인간이 바라는 구원의 길은 자신과 타인에 대한 사랑의 실천이 아니겠는가. 그에게 타인은 누구인가? 아내 민정이었다.

가만히 눈을 감았다. 호수 위에 두둥실 떠있는 커다란 분홍색 연꽃처럼 충만한 기쁨에 절어있는 딸의 얼굴이 세영의 얼굴과 겹쳐 다가왔다. 그 얼굴이 예수의 어머니 마리아처럼 성스러워 보였다. 슬그머니 장 대령은 딸이 썼던 노란 방과 자신의 하얀 방을 무슨 색으로 바꿀 것인가 하는 생각 속으로 깊이 빠져들었다. ✻

— 2009년, 『한국소설』 2월호

수렁

ㅅㅜㄹㅓㅇ

갑자기 딸 냄새가 식탁까지 확 풍겨왔다. 조반을 차리던 규희는 딸의 방 쪽으로 눈길을 던졌다. 초등학교 2학년에 다니는 큰아들이 누나 방문을 열어놓고 덜그럭거린다.

"너 누나 방에 왜 들어갔어? 거긴 금지구역이라고 했잖아."

엄마의 목소리에 질겁해서 큰애가 후다닥 뛰어나온다. 규희의 큰손이 아들의 정강이를 사정없이 때린다.

"엄마는 누나만 사랑해. 누나가 여기 없는데도 말이야."

"여자 방엔 남자가 들어가는 게 아니야. 누나는 자기 방이 흐트러지는 걸 아주 싫어해."

엄마의 눈에서 확확 뿜어 나오는 소름끼치는 빛을 감지

한 큰아들이 슬그머니 아침식탁으로 간다. 작은 아들이 겁에 질린 눈으로 엄마와 형 사이를 번갈아 본다.

이 아침엔 안개로 인해 짙은 잿빛 커튼이라도 두른 듯 앞산들이 전혀 보이질 않는다. 꼬마 산을 앞세워 키 재기라도 하듯 켜켜로 물러서다가 맨 끝에 이르면 가장 높은 산, 엔젤레스 포레스트(Angeles Forest)가 하늘을 받아 안은 채 웅장한 자태를 자랑한다. 하지만 오늘은 가장 작은 코앞의 앞산도 몸을 감추고 있다. 평상시엔 나성시내에 고인 더러운 공기가 바람을 타고 가장 높은 앤젤레스 포레스트에 걸려 두터운 숄이라도 걸친 듯 목 언저리에 머물러 있게 마련인데 오늘 아침은 막막한 안개뿐이다.

사흘 전 옆집에 이사 온 가정의 웃음소리가 규희의 마음을 더 상하게 했다. 유치원과 유아원에 다니는 두 아들을 둔 30대 초반의 부부들이라 깨소금이 쏟아지게 재미있을 것은 당연하다. 저들은 천사의 도시인 로스앤젤레스를 찾아 동부에서 이사 온 사람들이다. 이사 오자마자 창문을 모두 새로 갈았고 뒷마당에 우람하게 서 있는 백 년도 더 됨직한 고목을 놓고 수런거린다.

그녀가 산보 나가는 걸 본 옆집 여자가 급히 달려왔다.

"너무 시끄럽지요?"

"행복해 보여서 좋아요."

"아이들이 동부에 있던 나무집을 지어달라고 성화라 아빠가 나무 중턱에 집을 짓느라고 저래요. 제 남편은 소아과 의사예요. 휴가를 내서라도 아이들이 원하는 걸 다 해주지요."

여자의 얼굴은 행복에 겨워 살갗이 눈부실 정도로 윤기가 흘렀다. 옆집의 행복함이 그녀의 마음을 심란하게 했고 마을을 빙 둘러싼 안개로 사방이 꽉 막혀 마치 감옥에 갇힌 기분이었다.

아직 힘살이 오르지 않아 축 늘어진 햇살을 받으면서 가파른 언덕을 오른다. 미칠 것처럼 앉지도 못하고 선무당처럼 날선 칼 위에서 펄펄 뛰어야 할 즈음 정신병원 간호사가 가르쳐준 호흡법을 따른다. 그 여자도 감당할 수 없는 큰일을 당해 죽을 것처럼 마음이 공중을 떠돌 때 이 요법으로 위기를 넘겼다고 한다. 다섯 발자국 숨을 들이마신 뒤 자연스럽게 다섯 발자국 숨을 내쉬는 것이다. 가장 중요한 것은 호흡하는 것만 신경을 쓰고 과거, 미래, 심지어 현재까지 잊어야 한다는 점이다. 억지로라도 깡그리 잊고 머릿속이 완전히 백지로 돌아가면 아름다운 환상이 앞에 펼쳐진다고 한다. 그 간호사는 천군천사들이 합창하는 코러스도 들었고 향내가 진동하는 아름다운 꽃들이 만발한 곳에도 갔었다고 한다. 그러기 위해서는 지난날에 일어난 모든 것을 똘똘 말아 깊은 바다에 던져버리라고 했다. 오로지 숫자만을 세면서 걸어야 한다. 만보를 세자면 정신을 다른 곳에 둘 수 없는 일이 아닌가. 상상이나 묵상 혹은 사색 같은 것을 일체 중지하는 것이 중요하다. 생각이 호흡 중에 일어나면 그게 바로 죽는 물결을 타는 것이고 생각이 사라지면 사는 길이라 한다. 생각의 파도를 타기 시작하면 거기서 온갖 풍파가 생겨 함께 떠내려 가버리기 때문이다. 생각을 멈추는 유일한 방법은 생각이 일어난 순간을 바로 알아채야 한다. 호흡자체에는 들이쉬는 호흡이나 내 쉬는 호흡이나 거기에는 생각이 존재하지 않는다. 잡생각이 깨진 유리창 틈바구니로 바람이 들어오는 것처럼 들어오는 것을 막아야 한다. 틈이 생기면 그 틈바구니로 온갖 잡생각들이 비집고 들어와 살림살이를 하려든다.

강풍에도 허리를 휘었다가 다시 일어서는 야자수, 올리브, 목백일홍과 선인장들이 지천으로 꽃 몽우리를 터뜨리고 있다. 연분홍색을 뿜내는 부켄 플라워 앞에 서자 잊으려고 몸부림치는 무서운 사건이 주마등처럼 눈앞을 스친다. 그녀는 머리를 흔들어 거머리처럼 달라붙는 생각을 떨쳐버렸다. 엷은 햇살에 참기름을 바른 듯 반질거리는 벤저민 나무의 잎들이 뽀얀 줄기를 자랑하면서 하늘로 치솟는다. 왕성하게 자라는 플라타너스 가지처럼 해마다 잔인할 정도로 가지치기를 해야 하는 나무다. 그녀 자신도 벤저민 나무처럼 강인하게 가지치기를 해야 한다. 손발이 잘리는 고통을 겪더라도 잊어야 한다. 잊어야 한다. 제라늄이나 이 고장의 선인장들처럼 모가지를 똑 따다가 마른 땅에 꽂아도 살아서 번성하는 저들을 닮아야 한다. 살아야 한다, 살아야 한다. 그녀는 머리를 흔들면서 다시 숫자를 세기 시작했다.

오천 보를 걸었을 때 이마 위로 땀이 흘러내렸다. 등도 축축하게 젖어왔다. 앞산을 덮었던 안개가 햇살에 녹아들면서 아른아른 자태를 드러낸다. 앞산 바로 뒤에 자리 잡은 하얀 교회의 첨탑 십자가가 구름 위를 부유한다. 이렇게 아침안개가 긴 날은 강한 햇살을 동반한 더위가 오게 마련이다. 이런 무더위 뒤에는 이 고장에 빅뱅(대지진)이 올 징조라고 한다.

무척 아름다운 마을에 그녀는 둥지를 틀었다. 방 셋에 큰 거실이 있는 주택이다. 높은 지역에 자리 잡은 집이라 베란다에 나가면 멀리 로스앤젤레스 빌딩숲이 구렁이처럼 길게 누운 산등성이 위로 머리를 내밀고 오른 쪽에는 2번 프리웨이가 산 사이를 파고 들어간다. 그 옆으로 글렌데일 시내가 발밑에 깔린 바다처럼 들어오고 그 넘어 산등성이 허리를 간지럽게 지나가는 210번 프리웨이를 따라가면 파사데나 시내가 아득하게 펼쳐진다. 파사데나에는 유럽의 옛 풍을 옮겨다 심은 거리도 있다. 거기 가면 이색적인 음식이랑 가구들이 즐비하다. 그녀에게 딱 한 가지 사건만 없었다면 이곳에서 무지하게 행복하게 살 수 있을 터인데……. 그녀가 허락할 수 없는 일은 이미 일어났다.

가정이 깨어지는 소리로 사회는 술렁거리지만 그녀의

이웃에 갓 이사 온 의사부부는 기막히게 금슬이 좋았다. 아이들을 위해서 아빠는 뒤란에 서 있는 고목 위에 나무 집을 짓는다고 소란하니 말이다. 홈 디포에 가서 재료를 사오고 그걸 손수 톱질을 하고 아내와 아이들은 신이 나 서 소리를 지르면서 거들고……. 이런 것이 사람 살아가 는 맛인데 자신은 어쩌자고 여기 이렇게 혼자 덜렁 아이 들만 데리고 와서 고통의 멍에를 벗어버리려고 안간힘을 쓰고 있단 말인가.

두 아들이 학교에 가려고 바쁜 시간에 그녀는 언제나 동부에서 걸려온 전화를 받는다. 오늘 아침도 예외가 아 니었다.

"어! 너 희영이구나. 별일 없지? 건강하고? 동생들이 학교에 가려고 지금 아침을 먹는 중이라 전화를 바꿀 수 없다."

전화를 끊고 아이들을 향해 전화 내용을 전한다.

"누나가 너희들 목소리를 듣고 싶다고 하는 걸 내가 일 방적으로 끊었다. 너희들 서둘지 않으면 스쿨버스를 놓칠 것 아니냐."

"왜 누나는 매일 아침 우리가 제일 바쁜 때만 전화를 하 지? 조금 일찍 전화하라고 부탁하세요."

큰아들이 의젓하게 말하자 동생인 작은 아들이 대꾸를 한다.

"누나가 바빠서 이 시간에만 전화할 수 있어서 그러겠

지. 우리도 영어가 어려워서 학교 가면 주눅이 드는데 누나는 고등학교에 들어갔으니 얼마나 힘들겠어."

"맞다, 맞아. 누나는 이번 여름방학에도 모자란 영어공부를 보충하느라고 우리를 보러 오지 못한다고 했잖아."

아침마다 걸려오는 전화를 떠올리면서 한숨을 삼켰다. 과연 얼마나 오래 이런 전화를 받아야 하는 것일까.

한 시간을 넘겨 걷고 보니 가운데 산까지 안개 속에서 머리를 살그머니 드러냈다. 칼리포니아의 지형은 긴 바나나를 세워놓은 듯하다. 위로 갈수록 지형이 높아지고 아래쪽으로 갈수록 서서히 땅이 꺼지면서 바다로 침몰하고 있다. 해서 비만 오면 롱 비취는 항상 홍수사태가 난다. 훌러톤이나 오렌지 카운티는 지평선을 볼 수 있는 평지에 자릴 잡고 있어서 한국 사람처럼 종이를 잔뜩 주물렀다가 펴놓은 산들 속에 끼어 살던 사람들은 남쪽보다 북쪽을 선호하는 편이다. 규희도 부자들만 산다는 라크라센타나 라카나다의 산기슭을 택해 올라오다가 중간지역인 이글락에 집을 빌렸다. 학군이 좋은 곳엘 가지 않은 것은 그 지역엔 한국 사람들이 많이 모여살고 있어서 자신의 모습을 감춰야 하는 처지라 부촌의 발치 쯤 온 것이다. 한국 사람은 한 사람도 없지만 히스패닉과 필리핀, 그리고 중국이나 일본 사람들이 드문드문 끼어 살고 있는 곳이다.

이런 곳에 어쩌자고 그녀 혼자 와 있단 말인가. 어떻게 이런 일이 그녀에게 일어날 수 있단 말인가. 신문이나 뉴스에서 볼 수 있는 남의 일이 어떻게 그녀에게 일어날 수 있었는지 분노가 치밀기 시작했다. 이건 타인의 일이지 자신에게 절대로 일어나서는 아니 될 일이었다. 왜 이것이 그녀에게 닥쳤는지 도저히 용납할 수가 없었다. 그럴 수가 없다고 머리를 세차게 흔들면서 도리질을 했다. 모래알처럼 하늘의 별처럼 많은 사람들 중에 하필이면 왜 그녀가 뽑혀서 이런 고통을 당해야 한단 말인가.

그녀가 견딜 수 없는 것은 그동안 딸과 함께 품었던 그 많은 꿈과 계획들, 아름답게 설계한 앞날의 일들을 버릴 수가 없다는 점이다. 딸을 찾을 수 없고 이름을 부를 수도 없으며 볼 수도 없는 세상에서 혼자 계속 살아야 한다는 사실에 화가 치밀었다. 딸이 살아보지 못한 세월, 해보지 못한 모든 것에 아픔이 따랐다. 딸과 나누었던 일체감과 친밀감이 사라진 것이 몸서리날 만큼 힘들었다. 새벽에 걸려온 남편의 지친 목소리가 귀에 생생하다.

"이젠 고만 돌아오지? 아직도 시간이 더 필요한가?"

"이제 겨우 일 년이 지났어요."

"그만하면 된 것이 아닐까? 종결지을 문제는 아니지만."

"많이 좋아졌지만 조금만 더 시간을 주세요."

"당신이 그립고 아이들이 보고 싶어서 죽겠단 말이야."

"귀국하면 당신에게 제 고통이 전염돼요."

"우린 지금 살아있는 것이 아니야."

"미안해요. 내가 잘못해서 이런 일이 일어났잖아요."

"또 자신을 나무라고 있군. 원래 삶이란 우리가 얼마만큼 조심했느냐와 상관없이 본래부터 위험한 거야. 이번 추석에는 함께 지내고 싶어. 그 때는 아이들 데리고 귀국할 것이지?"

추석에 함께 지내고 싶다는 남편의 소원을 들어줘야 한다. 하지만 상실은 살아있고 고통은 사라지지 않고 있다. 샌드백으로 머리를 세차게 맞은 상태다. 두 달의 여유가 있다. 60일 동안 쉬지 않고 매일 만보를 조식호흡을 하면서 걷는다면 될까?

작년 이맘때 일어난 사건이 주마등처럼 지나갔다.

고등학교동창회에서 자신의 바이올린 연주를 꼭 들어야겠다는 동창회장의 전화를 받은 것은 오후 2시였다. 4시에 딸을 학교에서 픽업하여 발레학원에 데려다주려면 거절해야 하는데 결혼하면서 접어버린 바이올린을 연주할 기회를 잃고 싶지가 않았다.

딸은 징징거리질 않고 씩씩하고 명랑한 목소리로 응했다.

"엄마! 걱정 말아요. 혼자 할 수 있어요. 여기서 학원까지 걸어가면 되요. 엄마 마음 편안히 친구들하고 잘 놀다 오세요."

"아이쿠! 우리 딸 이제 다 컸네. 내일 저녁에는 네가 좋아하는 피자를 사줄 터이고 작년에 약속했던 것 너 기억하지? 아주 비싸고 소리가 좋은 플루트를 사줄게."

"아이쿠! 좋아. 난 엄말 진짜로 좋아해요. 사랑해요, 엄마."

그날 동창회에 참석한 규희는 멋진 바이올린 연주를 했고 멋진 남자와 결혼하여 행복하게 사는 그녀를 부러워하는 눈빛이 동창들의 눈망울에 역력했다. 남편의 학력도 자랑거리지만 재력이 있는 시댁 덕에 강남 노른자 땅에 일생을 먹고도 남을 빌딩을 유산으로 받았고 아파트도 60평이 넘는 강남의 요지에 자릴 잡고 있어서 20억이 넘는다고 한다. 이 나이에 이렇게 풍족한 삶을 살 수 있는 것은 타고난 복이라고 모두 입을 다물지 못하고 찬사를 늘어놓는 친구들 사이에 묻혀 얼마나 행복했던가! 더구나 딸을 낳고 오랫동안 아이가 없다가 연년생으로 아들 둘을 낳아 그 애들이 초등학교에 다니고 있으니 그것도 부러움의 대상이었다.

더구나 중학교에 다니는 딸은 제 아버지를 닮은 탓인지 키도 훌쩍 커서 엄마의 머리가 딸의 어깨 밑에 드니 그것도 자랑감이다. 다른 엄마들처럼 성장 호르몬 치료를 한다, 유명한 한의사의 약을 먹는다고 난리를 치는 일도 없이 딸애는 그저 쑥쑥 잘도 커서 그 비결이 뭐냐고 전화가 빗발치기도 했었다.

딸은 그녀에게 그저 평범한 딸이 아니었다. 친구이자

말벗이요 인생의 동반자며 모든 것을 털어놓을 수 있은 유일한 사람으로 그녀 인생의 산증인이었다. 어느 때는 푸근한 여동생 같기도 했다. 무엇이나 잘 들어주고 이해해주고 엄마의 마음을 항상 기쁘고 편안하게 해주는 묘한 심성을 지닌 딸이었다. 앞으로 이 딸과 함께 유럽여행도 할 것이고 먼 훗날 이 딸의 결혼식을 어떻게 할 것이고 어떤 드레스를 입힐 것이며 사위 감으로 어떤 신랑감이 좋을지 엄마와 딸은 친구처럼 깔깔대면서 밤이 늦도록 머리를 맞대고 대화를 나누기도 했었다.

딸이 무엇을 전공할 것인지도 진지하게 며칠을 두고 속 닥였던 적도 있었다. 엄마의 바이올린 소릴 듣고 음악을 전공하겠다는 딸은 플루트를 택했다. 일주일에 한번씩 명성 있는 대학교수를 정해놓고 벌써 4년째 개인 레슨을 받는 틈틈이 몸매도 예뻐야 한다는 엄마의 뜻을 받아드려 발레학원도 다니고 있었다. 눈에 넣어도 아프지 않은 예쁜 딸을 만에 하나 탐내서 유괴당할 것이 두려워 그녀는 전용기사 역할을 성실하게 이행해왔다.

이런 엄마가 동창들 틈에 끼어 행복하고 즐거운 시간을 보내고 있을 적에 딸은 어떻게 되었단 말인가. 몸이 덜덜 떨리기 시작했다. 조식호흡을 멈추고 땅에 털썩 주저앉았다. 울음이 목젖을 타고 꺼억 목울대를 건드렸다. 울음은 입 밖으로 새어나오지 못하고 구역질을 하듯 울렁대기만 해서 손바닥으로 입을 틀어막았다.

"도와드릴까요? 911에 연락해야 되는 것이 아닌가요."

백인 할아버지가 핸드폰을 꺼내들면서 그녀를 곁눈질했다.

"괜찮아요. 가슴이 아파서 그래요."

"가슴이 아프다는 것은 심장에 이상이 생겼다는 뜻인데 서둘러 앰뷸런스를 불러야 합니다. 어떻게 도와드릴까요."

은퇴했다는 백인 의사는 걱정스러운 눈으로 그녀의 상태를 살폈다. 실컷 울어버리면 가슴의 멍울이 풀릴 것 같았으나 울음은 목젖에 걸려 끼룩거렸다. 그녀는 툭툭 털고 일어나서 억지로라도 맑은 웃음을 지어 보이며 인사를 하고 오던 길을 되돌아서 집으로 향했다. 깊은 산속이나 외진 벌판에라도 가서 몸속의 피가 다 쏟아져 나올 때까지 울기라도 한다면 얼마나 좋을까! 행복의 정상에 서 있는 그녀의 상실을 아는 사람은 남편 외에는 아무도 없다. 이 엄청난 상실을 그녀의 주변에 있는 어느 누구에게도 알리고 싶지 않았다. 절대로 딸은 죽은 것이 아니다. 아직도 살아서 그녀 곁에 있다. 사랑하는 딸이 어떻게든 아직 존재하고 있다는 사실을 굳게 붙들어야 한다. 그러기 위해서는 모두에게 딸의 죽음을 숨겨야 한다. 태어나서 지금까지 행복했던 자신을 붙들기 위해서도 상실을 끝까지 숨겨야 한다. 딸을 조기 유학 보냈다는 핑계를 대고 남편을 남겨두고 규희는 미국 땅을 밟은 것이다.

두 아들이 누나의 상실을 눈치 채는 것도 싫었다. 엄마처럼 특별난 고통을 받아서는 안 된다. 그러기 위해서 누나는 언제나 살아있는 존재여야 한다. 아침마다 규희는 동부에 가있는 딸의 전화를 받아서 아들들에게 소식을 전했다. 친구의 딸이 희영이 대신 그 역할을 감당하고 있지만 이 짓도 언제까지 할지 걱정이 된다. 어떻든 두 아들은 자신처럼 아픔을 가져서는 절대로 안 된다. 할 수 있다면 영원히 말이다.

만보를 채웠을 때 전신은 물로 흠뻑 젖었다. 현관문 앞에 서서 다시 산들을 바라보았다. 아직도 가장 높은 앤젤레스 포레스트는 신비스럽게 안개에 가려 웅장한 자태를 감추고 있다. 지난 겨울 왕관을 쓴 것처럼 머리에 흰 눈을 이고 있던 산이 벌거벗은 자태가 부끄러운 듯 안개로 앞을 가리고 있다.

아이들이 어지럽게 흩어놓은 방과 아침식탁을 치워야 하는데 전신의 힘이 쑥 빠져서 손가락 하나도 까닥할 수 없다. 거실 소파에 누웠다. 뉴스를 틀었다. 이락에서 일어난 테러사건으로 화면은 온통 전쟁이야기로 가득 차 있으나 마음은 과거를 치닫는다.

동창회가 끝난 뒤 뷔페음식을 먹느라고 수선스러웠다. 방정맞은 핸드폰벨소리에 규희는 분위기를 깨트리지 않으려고 전원을 꺼버렸다. 멋진 식사를 끝마치고 집으로 향하는 차 속에서 아이들 생각이 났다. 파출부 아줌마가 늦게까지 있을 터이고 아이들은 식사를 하고 공부를 하고 있을 시간이었다. 집에 다섯 번이나 전화를 했으나 받지 않는다. 슬그머니 불안한 마음이 머리를 들었다. 이 시간대에 남편도 없고 아이들도 없다니 무슨 일일까. 늘 평안한 가정의 저녁시간이 아닌가. 초인종을 누르지 않고 그녀는 현관문을 열었다. 거실이 너무 조용했다. 찬바람이 휘잉 도는 듯했다. 무슨 일일까? 아이들 방문을 열면서 이름을 불러댔다. 딸의 방문을 열었으나 휑뎅그렁하게 비어있다. 무슨 일이지? 집안의 모든 것이 그녀가 나갈 때와 똑같았으나 식구들만 없었다. 파출부는 어디로 갔단 말인가. 그녀가 들어오면 서로 교체하자고 분명하게 일렀는데 도대체 이 여자가 정신이 나갔나. 그 때 현관문을 여는 소리가 들렸다. 파출부였다.

"아니 당신 미쳤소. 집을 비워두고 어딜 갔었소?"

"애 아빠가 전화로 아이들을 모두 외할머니 댁에……."

"무슨 일인가요? 희영이도 갔어요?"

오늘 친정에 무슨 행사가 있다는 소식을 들은 적이 없는데 무슨 일인가. 파출부가 멈칫거리면서 무척 말을 아낀다.

"왜 대답을 안 해요? 희영이도 갔어요?"

"애 아빠랑 따님은 거기 가지 않았어요."

우선 파출부를 보내놓고 남편의 핸드폰 번호를 돌렸다.

바로 받는 것이 아니고 한참 있다가 받았다. 들려오는 남편의 목소리는 울음이 섞여 정확하게 알아들을 수가 없었다.

"무슨 일이 났어요? 왜 그래요. 왜 울어요."

"우리 희영이가, 우리 딸이……."

"희영이가 어떻게 되었단 말인가요? 어서 말해 봐요."

"당신에게 아무리 전화를 걸어도 전원이 꺼져 있더군. 엉엉…… 우리 딸이 말이야 아이쿠! 이를 어쩌지."

순간 아찔했다. 발레학원엘 갔다가 유괴당했다는 뜻일까.

"유괴당했군요. 그렇지요?"

"그게 아니라고. 우리 딸이 글쎄 아이쿠! 말을 못하겠어."

남편은 수화기에 대고 엉엉 울어댔다. 항상 편안하고 잔잔한 행복 속에 살았던 그녀의 일생에서 이렇게 우는 사람이 주위에 단 한 사람도 없었다. 어린 아이처럼 남편은 목청껏 소리내어 울었다. 남자가 아내 앞에서 이렇게 울다니 부끄럽지도 않은가.

"거기가 어디에요. 내가 갈게요."

"여기 병원이야. 올 필요 없어."

"그럼 우리 딸이 많이 다쳤나요?"

"……."

"어딜 다쳤어요?"

"가버렸어. 하늘나라로 가버렸어. 우리 희영이가 죽었단 말이야. 이를 어째. 그 애가 가버렸어. 영원히 우리 앞에서 사라져버렸어. 이제 우린 그 애를 볼 수가 없어."

"죽어요. 우리 딸이 죽어요."

규희는 천장이 뱅그르르 도는 것을 느끼면서 현관바닥에 나동그라져버렸다. 눈을 떴을 때는 하얀 벽이 앞을 가렸다. 옆에 남편이 10년도 더 늙어 보이는 모습으로 앉아 있다.

"희영이를 데려다주세요. 나는 그 애 없이는 단 하루도 못 살아요. 내가 잘못했어요. 픽업을 해야 하는 것인데 동창회에 가느라고 딸을 혼자 내놓다니 이러고도 내가 엄마예요. 그 애 대신 내가 죽었어야 해요. 내가 죽을 게요. 대신 내가……."

"자책하지 말라고. 당신 잘못이 아니야. 기사가 술이 취해서 딸이 버스를 기다리고 있는 인도로 뛰어든 거야."

"그럼 우리 딸이 버스에 치였단 말인가요?"

"으음. 버스가 인도로 뛰어들어서 희영이를 치는 사고였어."

"어딜 다쳤어요?"

"머리."

"죽은 희영이 얼굴이라도 보게 해주세요. 제 눈으로 확인하고 보내야지요. 어떻게 혼자 보내요. 나랑 같이 가자고 할게요. 그 애 혼자 얼마나 외롭고 무섭겠어요. 엄마가 옆에 있어야 해요."

남편은 묵묵히 눈물만 뚝뚝 흘렸다. 버스 바퀴 밑에 머리가 들어가 얼굴이 없는 딸의 시신을 아버지 혼자 수습했다. 일생에 단 한 번이라도 일어나지 말아야 할 사건이었다.

"여보! 내겐 당신이 중요해. 나처럼 마지막 모습을 보면 당신은 절대로 살아남을 수 없을 거야. 우리 잊어버리자. 그 애의 해맑았던 눈을 기억하자. 호수처럼 맑고 깊었던 눈이 참 아름다웠지. 그 눈을 기억하자. 콧날은 또 얼마나 예뻤어. 우리 딸이었지만 내놓기가 겁이 날 정도로 눈부시게 예뻤던 딸이었지. 영원히 우리 가슴에 그 얼굴을 간직하자고. 우리 딸을 하나 더 낳자."

눈에 넣어도 아프지 않을 딸의 마지막 모습은 소름끼치는 것이었다고 했다. 부모 입장에선 도저히 견딜 수 없을 정도로 무서운 것이었다고 흐느낀다.

"희영이를 미국에 조기유학 보냈다고 생각하자. 언젠가는 우리 서로 만난다는 소망을 가지고 살자고."

조기유학이란 말이 소망의 줄이 되었다. 사람들의 시선에서 벗어나야 한다. 남편은 아무도 모른다고 하지만 딸이 다녔던 학교에선 다 알고 있을 것이다. 딸의 책상 위에는 하얀 국화꽃다발이 놓여 있을 터이고 급우들 모두 울음을 터뜨렸을 것이다. 모두가 안다고 해도 두 아들은 몰라야 한다. 누나가 죽었다는 사실을 몰라야 한다. 그게 마지막 지켜야 할 마지노선이고 그것만이 그녀를 잡아주는 줄이었다. 만약에 어미가 딸이 죽었다는 걸 받아들인다면 주위의 모든 사람들도 그렇다고 할 것이 아닌가. 그건 절대로 안 된다. 어미가 받아들이지 못한 걸 어떻게 주위 사람들이 인정하겠는가. 절대로 아니다. 딸은 죽은 것이 아니다. 잠시 외국에 나간 것이고 친구들과 멀리 여행을 떠난 것이다.

요란한 앰뷸런스 소리가 났다. 불자동차 소리에 이어 따라붙는 앰뷸런스 사이렌은 말초신경까지 자극해서 두 손으로 귀를 틀어막았다. 희영이 서울 강남의 버스정류장에서 치었을 적에도 이런 소리가 났을 것이란 생각에 몸이 조막 만하게 오그라들었다. 불자동차와 앰뷸런스는 옆집 앞에 멈춰 섰다. 무슨 일일까? 소파에서 둔하게 몸을 일으킨 규희는 창문의 커튼을 한쪽으로 밀쳤다. 세상에 저럴 수가! 다정다감했던 옆집의 의사가 실려 나가고 있다. 이미 숨을 거두었는지 머리끝까지 흰 천을 씌운 상태였다. 아이들을 기쁘게 해주기 위해 병원에서 휴가까지 내어 고목의 중간쯤에 나무집을 짓다가 떨어져 뇌진탕으로 죽음을 맞은 것이다. 아내의 애절한 울부짖음과 아이들의 울음소리가 평화롭기만 했던 동넬 삼켜버렸다. 앰뷸런스가 사라지고 사위는 이내 다시 고요함과 평화 속으로 침잠했다.

다시 소파에 누웠다. 죽음이란 무엇인가? 딸 희영이 그녀 앞에 영원히 나타나지 않는 것처럼 옆집 의사도 아내와 그렇게도 사랑하는 아이들 앞에 이제부터는 절대로 나타나지 않을 것이다. 죽음이란 눈앞에서 연기처럼 없어지는 것이다. 어느 날 예고도 없이 갑자기 사라져버린 사랑하는 사람들은 어디로 가는 것일까? 볼 수도 없고 이름을 부를 수 없는데 그래도 살아남은 자들은 이 세상에서 계속 살아야 한다는 것에 화가 치밀었다. 나이 들어 침대에 오래 누워 있으면서 어서 죽기를 바라는 노인의 죽음을 말하는 것이 아니다. 육체의 세포가 말라서 자연사하는 죽음에는 슬픔보다 위로가 있고 아하! 이제 우리도 죽음을 준비해야겠구나 하는 서글프지만 그래도 담담히 죽음을 받아드릴 수 있는 여유를 주는데 이렇게 청청한 나이에 갑자기 아프지도 않고 사라지는 경우에 저들은 어디로 가는 것일까. 살아야 할 만큼의 기간을 어디서 보내는 것일까.

윤회를 하다면 그 앤 지금 남자로 태어났을까 아니면 다시 여자로 태어났을까. 딸이 갑자기 눈앞에서 없어진 지 일 년이 되었으니 지금쯤 어느 집의 갓난아기로 태어나서 앙앙 울고 있는 것일까. 이 엄마를 보면 알아볼까. 아니다. 절대로 그래서는 안 된다. 내 딸이 어떻게 남의 집 딸이 될 수 있단 말인가. 그렇다면 소나 돼지로 태어났을까. 아니다. 착하게 살다 갔으니 분명히 사람으로 태어났을 걸 확신한다. 내가 죽어서 바로 만날 수 있는 딸이어야 한다. 나도 이 땅 위에서 영원히 사는 것이 아니다. 분명히 잠시 살다가 갈 것이다. 아아! 사람이 죽는다는 것은 참으로 아름다운 것이다. 죽음이란 이생과 저생의 현관문이다. 그렇다면 죽음은 축복이다. 상실의 형벌을 받으면서 이 땅에서 영원히 산다면 얼마나 끔찍한가! 죽어서 곧바로 딸이 있는 곳으로 가서 만나야 하는 것이 진리일 것이다. 그렇다면 윤회는 싫다. 억겁을 두고 윤회를 하다가 어쩌다가 다시 모녀의 관계로 태어나는 것을 어떻게 기다린단 말인가. 금방 죽으면 곧 바로 가서 만나는 곳이 있을 것이다. 딸이 가있는 곳이 분명히 있을 것이다. 이 지상에 없다면 분명히 그 모습 그대로 딸은 어딘가에 가 있을 것이다. 죽음은 이 세상에서 영원히 사라지는 것이지만 이 지상이 아닌 다른 곳에서 만나는 것이 분명하다. 그렇게 믿고 싶다. 이 지구 위에서 잠시 나그네처럼 살다가 가는 것이 인생이라면 영원히 머물 수 있는 곳이 있을 것이다. 딸 희영이는 분명히 거기 있다.

그러나 거기가 어디란 말인가?

그녀는 소파에 똑바로 누워 천장을 향해 눈길을 던졌다. 미움도 그리움도 사랑도 이 땅에서 하는 것이라면 지금의 괴롬의 멍에는 헛된 것일까. 딸을 그날 픽업하지 않고 동창회에 가서 희희낙락했던 자신이 미워서 미칠 것만 같았다. 동창회에 가지 않고 평상시처럼 딸을 태워서 발레학원에 가서 데려왔다면 행복한 생활이 계속되고 있을 터인데 아무리 생각해도 자신의 소행을 용서할 수가 없었다. 도저히 그대로 누워있을 수가 없었다. 자식을 죽인 어미가 숨을 쉬고 있다는 것이 지겹도록 역겨웠다. 아직도 그 애는 이 지구상 어딘가에서 숨을 쉬고 있을 것이고 시간이 흐르면 곧 돌아올 것이다. 남편의 말처럼 딸은 조기유학을 가서 먼 곳에 있는 것이다. 언젠가는 활짝 웃으며 엄마 하고 부르면서 들어설 것이다. 해서 그녀는 아직도 희영의 방을 꾸미고 있다. 미국에 올 적에도 딸의 짐을 고스란히 가지고 왔다. 방 하나는 딸의 방이다. 거기에는 집을 나간 날 벗어둔 옷까지 그대로 있다. 침대 커버며 책이며 책상까지 그대로 가져다 장식해놓았다. 언제라도 문을 열면서 들어설 것이기 때문이다. 딸이 좋아했던 아기 크기만한 곰인형도 그대로 침대 발치에 놓여있다. 딸이 제일 좋아하는 쌉싸래한 향기를 품은 흑장미를 일주일 간격으로 책상 위에 꽂아놓는 것도 딸이 아직 살아있다는 증거가 된다. 어느 날 갑자기 문을 열면서 엄마! 하고 외칠 것이다. 배가 고프다고 어미 등 뒤로 와서 허리를 꼭 껴안고 이마를 어깨 위에 푹 박고는 엄마 냄새를 맡으려고 코를 킁킁거릴 것이다. 그럼 딸이 제일 좋아하는 떡 볶기를 해줄 준비를 항상 해두어야 한다. 핑크색 잠옷도 새로 빨아서 다림질해놨으니 언제나 오면 입을 수 있다.

그녀는 맥없는 눈으로 현관문을 응시했다. 초인종이 울

릴 것만 같았다. 딸아이는 언제나 초인종을 세 번 짧게 누른다. 그러나 깊은 안개 속으로 빠져든 듯 초인종은 침묵뿐이다.

일주일이 지나자 옆집에 신경이 쓰였다. 그녀처럼 상실을 경험한 여자는 지금 어떻게 지내고 있을까. 아이들의 웃음소리가 사라진 옆집은 괴괴했다. 서툰 영어지만 무엇이라고 말을 해야 하는 것이 예의일 것이다. 해서 울타리 없는 옆집을 기웃거렸다. 아이들의 재잘거림도 없는 걸 보면 모두 깊은 슬픔 속에서 말도 잊은 것이 틀림없었다. 그 때 어깨에 손을 얹는 사람이 있었다.

"왜 여기 이렇게 서 있어요. 들어오세요."

놀랍게도 까만 옷을 입은 옆집 여자였다.

"괜찮아요?"

핏기가 가신 여자의 얼굴은 창백하고 눈빛도 흐렸다. 일주일 전만해도 생기가 넘치고 기름기가 자르르 흐르던 얼굴이 생판 다른 사람으로 변해 있었다. 상실은 누구에게나 뿌리칠 수 없는 아픔이기 때문이다. 안으로 따라 들어가서 괴괴한 가족실(family room) 쪽을 기웃거렸다.

"아이들은?"

"모두 친정으로 보냈어요. 외할머니하고 있으면 슬픔을 조금이라도 잊을 것 같아서요."

"아이들이 외할머니를 좋아하는 모양이군요."

"모든 아이들은 할머니보다 외할머니를 더 좋아하지요."

"아하! 그건 한국도 마찬가지예요."

고인이 된 남편의 사진 앞에 흰 국화가 듬뿍 꽂힌 큰 화병이 놓여있었다. 너무 젊은 나이에 가서 아깝다는 생각이 들었다. 우두커니 두 여자는 고인을 바라보면서 눈물만 글썽거렸다.

"마음이 너무 아프지요? 어떻게 위로해야 할지……."

"이곳보다 더 좋은 곳에 갔으니 그 사람이 부럽지요."

"부럽다니요? 그럼 슬프지 않단 말인가요?"

"저도 언젠가는 가서 만날 터인데 뭐가 그리 슬프겠어요."

두 사람은 눈물이 그렁한 눈을 마주하고 서로를 응시했다. 쓸쓸한 미소를 삼키면서 옆집 여자가 입을 열었다.

"이 세상은 여관이란 말이 실감나요. 우리 모두 나그네이니 누구나 이 지상을 떠나게 마련이지요. 평상시의 그 사람 성격처럼 빨리 먼저 가버린 걸 어떡하겠어요. 바람나서 다른 여잘 따라 가버린 것보다 훨씬 낫지요."

바람나서 멀리 가버렸어도 이 땅 위 어딘가에 살아있다면 만나볼 수 있는 소망이 있으니 그 편이 더 좋지 아니할까. 어떻게 저렇게 쉽게 깊은 상실을 접어버릴 수 있을까. 옆집 여자는 아주 침착하고 태연하다. 아아! 죽음을 저렇게 받아드리는 사람도 있구나. 삶과 죽음을 아는 그 자체로도 궁극적인 평안을 지닐 믿음의 체제를 갖는 것 같았다. 남편이 죽으면 하늘이 보이지만 자식이 죽으면 하늘도 보이지 않는다고 한다. 자식은 가슴에 묻히기 때문이라나. 이 여자는 자식을 잃은 규희보다 덜 가슴이 아프다는 뜻일까. 나오면서 물었다.

"아이들 아빠가 가있는 곳을 확실히 아세요?"

여자는 머리를 자신 있게 끄덕였다.

"거기가 어떤 곳이지요?"

"거긴 세상의 모든 꽃이 다 모인 향기로운 곳이랍니다. 뱀과 사람이 함께 놀고 맹수들이 친구래요. 고통도 아픔도 슬픔도 미움도 없대요. 배고픔도 눈물도 없고 질병도 죽음도 없이 영원히 사는 곳이래요. 어둠도 없고 전쟁도 없으며 나쁜 사람들이 없는 곳이랍니다. 그런 곳에 갔으니 기뻐해야죠. 얼마나 그 곳에 가고 싶었으면 서른다섯의 젊은 나이에 사랑하는 아내와 자식들을 놔두고 가버렸겠어요."

"오늘 저녁이라도 웃으면서 남편이 이 현관문을 열고 들어설 것 같지 않으세요?"

"오! 노우. 절대로 그런 일은 없어요. 이미 이 땅을 떠난 사람이 어떻게 문을 열고 와요. 그렇게 온다면 저는 절대로 노우하고 거절할 것입니다. 제 두 눈으로 땅 속에 묻히는 걸 확실히 보았는데 어떻게 그런 일이 일어날 수 있어요. 그 사람은 이 지구를 떠나 영원히 사는 곳으로 가버렸답니다."

아아! 이 여자는 죽음을 그대로 받아들이고 있구나. 그렇지. 죽은 사람이 돌아올 리 없지. 어떻게 저 여자는 저렇게 빨리 죽음을 그대로 직시하며 인정할 수 있는 것일까. 그건 신비였다. 목숨처럼 아낀 걸 어떻게 그렇게 포기할 수 있단 말인가.

규희는 멍하니 그녀를 한참동안 응시하다가 현관문을 닫으면서 찬란한 햇빛 속으로 나왔다. 내 딸도 젊은 의사가 가있는 거기에 있는 것일까. 이곳보다 더 좋은 곳에 갔으니 얼마나 재미있게 지내고 있을까. 딸이 그곳에 가있다는 걸 인정해야 하는데 그녀의 마음은 그걸 도저히 받아드릴 수가 없었다.

옆집 여자가 규희를 따라 밖으로 나왔다.

"오늘은 산들이 벌거벗은 몸을 아주 시원하게 드러냈군요."

규희도 여자가 보는 쪽으로 눈을 들어 바라보았다. 나무 한 그루 없는 민둥산이 벌거벗은 나체를 부끄러움도 없이 드러냈다. 순간 그네는 나신을 드러낸 산이 당당하게 부끄러움도 없이 자신의 엄위(嚴威)를 자랑한다는 사실을 알게 되었다.

"내일 저랑 저 산에 가실래요. 여기서 보면 벌거벗고 보잘것없는 산처럼 보이지만 저 산 뒤쪽으로 가면 몇 백 년 된 고목이 우거지고 산골짜기로 개울물이 시원스럽게 홀러가요. 사실 사막인 로스앤젤레스가 싫어서 제가 이곳으로 이사 오는 것을 반대했었지요. 그런 절 설득하기 위해 바로 저 산 뒤 깊은 계곡으로 그 사람이 절 데려갔어요. 솔직히 고백하자면 저 산 뒤쪽에 숨겨진 거대한 숲을 보고 놀랐어요. 바위틈에 절경을 이루면서 흘러가는 산 개울물과 깊고 험한 골짜기와 수백 년을 한곳에 서 있는 상수리나무들을 보고 이주할 것을 결심했거든요."

"정말로 거기에 고목이 있고 개울이 있단 말인가요. 사막에 어떻게 그런 곳이 있을 수 있나요. 여긴 모든 나무들과 꽃들이 수돗물을 먹고 자라고 있어요."

"거긴 땅속에서 샘물이 일 년 내내 솟아나요. 우리 함께 갑시다. 이곳에서 보는 것 하고 아주 달라요."

딸의 방으로 들어갔다. 아직도 딸의 체취가 남아있는 잠옷을 가슴에 끌어안았다. 그간 울지도 못했다. 우는 것이 딸의 죽음을 인정하는 것이기 때문이다. 이제 딸을 보내주어야 한다. 연분홍 잠옷의 레이스가 딸의 머리카락 냄새를 풍기고 있다. 이 잠옷을 사기 위해 둘이는 손을 잡고 백화점으로 가서 서로 투덕투덕 말씨름을 벌리며 골랐던 기억이 생생하게 떠올랐다. 딸애의 숨소리까지 귓가를 스쳤다.

"너를 어떻게 혼자 보내니? 얼마나 혼자 무서웠니? 내가 곁에 있어주지 못해서 정말 미안하다. 널 혼자 학원에 가도록 내버려두어서 정말 미안하다. 날 용서해주겠니?

이 못난 어미를 미워해라. 마구 때리면서 미워해라."

순간 목젖을 타고 울음이 입 밖으로 터져 나왔다. 가슴 깊은 곳에 빙하처럼 얼어붙었던 덩어리들이 입 밖으로 쏟아져 나왔다. 막힌 하수도를 뚫은 것처럼 봇물처럼 마구 뿜어 나왔다. 그간 흘리지 못한 눈물이 슬픔의 샘을 더 깊게 채웠던 모양이다. 딸의 잠옷을 부둥켜안은 채 온방을 뒹굴면서 목청껏 울어댔다. 가슴 깊은 곳에 그 많은 울음이 넘치도록 저장되었다가 쏟아져 나오는 것일까. 마치 실타래가 술술 풀려나오듯 했다. 울음소리가 딸애의 방안에 차곡차곡 쌓이기 시작했다. 울음을 멈출 수가 없었다. 몇 시간을 그렇게 울었을까. 기운이 진해지면서 소리가 작아지기 시작했다. 풍선에 바람이 빠지듯이 가슴이 홀렁해지면서 차분해지기 시작했다. 갈증이 왔다. 냉장고에서 얼음물을 한 잔 마시고 나니 머릿속이 맑아졌다.

천천히 몸을 일으킨 규희는 딸의 방안을 한번 찬찬히 둘러본다. 아아! 그러고 보면 인생이란 죽음을 알아간다는 뜻일 게다.

"그래 보내주마. 넌 이 땅 위에 없는 거야. 그래 가거라. 내 생명만큼 사랑했던 내 딸아! 뒤돌아보지 말고 가거라. 널 보내주마. 잘 가거라. 평안히 가거라. 나도 이 땅 위에서 살다가 네가 간 곳에 가마. 기다려라. 이 못난 어미가 네가 이 땅 위에서 하지 못한 일까지 다 하고 가마. 사랑하는 내 딸, 희영아. 널 끔찍하게 사랑했단다. 그 곳에서도 이 엄마를 잊지 말고 기다리고 있어라. 알았지."

가슴에 안고 있던 딸애의 잠옷을 베개 위에 내려놓고 딸의 방을 나왔다. 방안의 모든 것들이 딸의 부재를 자극하는 덫이었다. 모든 짐을 버리고 이제 가리라. 남편에게 가리라. 다짐하면서 밖으로 나왔다. 평상시에 하던 것처럼 산책길을 따라 걸었다.

멀리 눈길이 닿는 곳까지 높은 산이 확연히 눈에 들어왔다. 산비탈에 서 있는 작은 바위까지 다 보이는 쾌청한 날씨였다. 가려진 것이 환히 보이면서 벌거벗은 거대한 산 뒤 계곡에 무성한 나무와 시원스럽게 흘러가는 물이 오아시스처럼 앞에 어른거렸다. 도토리 키 재기를 하듯 뒤로 물러서면서 켜켜로 둘러선 산들이 전신을 다 들어내면서 멀리 딸이 간 곳까지 보이는 듯했다.

"사랑하는 딸! 네가 간 곳이 분명히 있다. 그런 곳이 없다면 엄마는 억울해서 살 수 없을 터이니 말이다. 이제 네가 간 곳을 찾아나서는 것이 이 엄마가 앞으로 할 일이구나."

가슴이 시원하고 눈도 시원하고 사방이 탁 트인 기분이라 그녀의 얼굴에 오랜만에 웃음이 피어올랐다. ✦

— 2007년, 『한국소설』 12월호

어느 젊은 목사 아내의 수기

윤한심은 이 교회의 문제인물이다. 아무리 예쁘게 보려 해도 징그럽다는 생각이 들어 무시하자면서도 자꾸 신경이 쓰이는 여자다. 일반사회 같으면 피해서 살 수 있지만 교회라는 한 울타리 안에 묶여있으니 싫으나 좋으나 얼굴을 맞대고 살아야 한다. 더구나 한심은 권사이고 그녀의 남편은 이 교회 수석장로이고 보니 목사의 아내인 행숙은 어쩔 수 없이 눈치를 볼 수밖에 없는 처지였다.

문제는 나이다. 60대의 한심 권사보다 허리를 뚝 잘라 절반이 어린 30대 중반인 목사의 아내인 행숙은 어느 모로 보나 이 여자를 당해낼 재간이 없다. 더구나 등치도 권투선수처럼 떡 벌어진 한심 앞에 서면 사모는 조그마한 가녀린 새 한 마리에 불과하다.

오늘도 운 나쁘게 시장에 나갔다가 한바탕 당했다.

"왜 구역예배를 매주 금요일에 본다고 그래요. 한 달에 한 번 하기도 힘들어 죽겠는데 젊다고 호기를 부리는 거요."

"구역예배는 매주 금요일에 드리게 되어 있잖아요."

"우리가 정하기에 달렸지 남이 한다고 다 따라서 하기요. 난 구역장으로 한 달에 한번만 할 터이니 그리 알아요. 누가 뭐라 해도 난 이런 사람이란 걸 꼭 명심하세요."

"교회 규칙을 지키셔야지요."

"아니 나하고 한바탕 붙고 싶어서 그래."

갑자기 반말지거리로 돼지 멱따는 소리를 천둥처럼 발하는 바람에 시장터 사람들이 꾸역꾸역 모여들었다. 행숙은 창피해서 머리를 들지 못하고 시장을 빠져나와 사택으로 줄달음질쳤다. 이 나이까지 살아오면서 어디서도 이런 모욕을 당한 적이 없다. 억울하다는 내심의 소리가 천장을 뚫고 치솟아 올랐다. 부글부글 끓어오르는 내심의 소리를 어디엔가 털어놔야 한다. 그래야 숨통이 트일 절박한 심정이다. 그러나 상대가 없다. 현관입구 골방으로 들어가서 문을 꽉 닫아놓고 미친 듯이 한심이란 여자의 얼굴을 짓밟기 시작했다. 멧돼지처럼 씩씩거렸던 그녀 얼굴의 코나 입이나 눈이나 이마를 한참 콩콩 힘을 다해 짓이겼다. 콧등에서 땀이 송송 나도록 밟으면서 위를 향해 기도했다.

'제가 잠깐 목사의 아내란 자리를 돌려드립니다. 제가

이러는 것을 용서해주세요. 지금은 저도 사람이라 이렇게 해야 살 것 같으니 잠시만 가만 놔두세요.'

이러고 나니 속에 막힌 것이 확 뚫리는 기분이었다. 콩콩 밟아주는 것이 어린 목사의 아내인 행숙이 할 수 있는 전부였다.

주일에는 예쁘게 차리기보다는 검소하고 눈에 띄지 않을 묵직한 이중색이나 삼중색의 칙칙한 옷을 입어야 한다. 눈에 확 튀는 색깔이 한심 권사의 눈에 띄는 순간 입방아에 오르기 때문이다.

이렇게 조심을 하고 있는 판에 옷장사를 하는 강 집사가 진홍색 원피스를 선물했다. 이 옷을 무시하고 처박아두면 서운해 할 것이니 한번쯤은 교회에 입고 가야 한다. 개나리꽃이 교회 뜰에 화사하게 핀 어느 봄날 몇 번을 거울 앞에 서서 머무적거리다가 용기를 내서 곱게 차려입고 교회에 갔다. 문간에서 주보를 주면서 인사를 하고 있던 한심 권사와 눈이 마주쳤다. 눈 꼬리가 살짝 올라가더니 뺨의 근육이 씰룩했다. 어린 목사의 아내 가슴이 철렁 내려앉았다. 일그러진 얼굴과는 달리 상냥한 목소리로 한심 권사가 누구나 들을 수 있는 큰 목소리로 소리친다.

"아유! 사모님 옷 때문에 교회 안에 새빨간 철쭉이 만발한 것 같군요. 활짝 핀 뜰의 개나리 색과 아주 잘 어울려요."

"감사합니다."

행숙은 기어들어가는 목소리로 응하고는 죄지은 여자처럼 어깨를 웅숭그리고 맨 뒷자리에 앉는다. 그러자 등에 대고 이죽거리는 그녀의 우렁우렁한 목소리가 성전 안에 있는 모든 사람들이 다 들을 수 있을 정도였다.

"여기가 옷 자랑 쇼를 하는 곳으로 아나보지. 사모가 점잖은 옷을 입지 않고 저런 난한 옷을 입고 와서 쓰겠어."

그녀의 가슴에 다시 불기둥이 치솟는다. 내가 바깥세상에 산다면 저런 사람을 멀리 하고 가까이 하지 않을 터인데 교회 울타리에서는 벗어날 수 없으니 미칠 지경이었다. 입술을 잘근잘근 씹으면서 가만히 눈을 감았다. 가슴이 덜덜 떨려서 긴 숨을 마셨다.

행숙의 진홍색 원피스는 교회의 말거리가 되었다.

'교회에서 주는 생활비가 꽤 많은데 그걸 다 어디에 쓰고 하루 벌어 하루 먹고 사는 가난한 집사가 장사하는 곳엘 가서 어떻게 구워삶았기에 옷을 공짜로 받아 입고 다녀. 이거 창피해서 교인들을 대할 수가 없네. 설령 그런 옷을 준다 해도 거절했어야지 마음에 든다고 덜렁 받아 입고 나대니 이거 우리 교회 사모가 너무 어려서 문제야.'

이렇게 떠들어대는 한심 권사의 말에 교인들은 모두 머리를 주억거렸다. 한번 공중으로 내뱉은 말은 바람을 타고 사방으로 흩어지게 마련이다. 사모의 옷이 동네북이 되어 소란해지자 다음주일에는 좀 비싼 옷을 사 입고 가라는 남편의 충고에 따라 생활비를 축내가면서 비싼 옷,

유행의 첨단을 걷는 옷을 백화점까지 가서 샀다. 치렁치렁 치마 끝에 매달린 레이스가 집시를 연상케 하는 연녹색 원피스였다. 그랬더니 이번에는 한심 권사가 이렇게 떠들어댔다.

'여기가 명품 전시장인 줄 알았나. 생활비가 남으면 우리 성도들 중에서 가난하여 끼니를 거르는 사람도 많은 판에 그런 사람들을 도와줄 것이지 교회가 화려하게 차려입고 쇼하는 곳으로 착각하는 모양이야. 아무튼 이 교회는 철없는 사모가 문제다.'

목사의 아내를 마구 동네북처럼 다루는 한심 권사는 교회에서 막강한 힘을 지닌 여걸로 부상하여 두드러지게 눈에 띄었다. 사모의 머리 위에서 이래라저래라 교회를 지휘하고 있는 인상을 짙게 드리웠기 때문에 사람들 눈에는 한심 권사가 아주 높은 분으로 보였다.

이미 이런 말의 난무함을 들었는지 남편인 목사는 아내에게 이렇게 말했다. 그것도 피식 웃으면서 말이다.

"이것도 저것도 야단이면 아무래도 당신은 발가벗고 다녀야 되는 것이 아닌지 모르겠다."

부부는 배꼽을 잡고 웃어댔다. 눈가에 눈물이 진물거릴 정도로 웃고 나니 하루의 피곤이 싹 가시는 듯했다.

이 교회를 개척할 당시의 일들이 파노라마처럼 행숙의 눈앞을 스쳤다. 결혼과 동시에 개척을 한다는 남편을 따라 무조건 목회전선에 나섰다. 신혼의 보금자리로 얻은 단칸방 전셋돈을 찾아서 허름한 상가의 이층에 강대상을 놓고 시작한 목회다. 물론 이층의 한 귀퉁이에 칸막이를 하고 밑에 스티로폼을 깔고 침실 겸 부엌 겸 식당 겸 썼다. 눈을 뜨면 부부는 힘차게 기도를 하고 각각 흩어져서 전도를 했다. 교인들을 데려와야 식생활이 해결되기 때문이다. 하나, 둘 사람이 늘어가면서 쥐꼬리 만한 생활비를 받았으나 그게 모두 동네 조무래기들의 코 묻은 동전이거나 시장 상인들의 땀이 어린 꼬질꼬질 냄새나는 지폐였다. 이런 돈으로 식생활을 영위한다는 것이 편치가 않았다. 그 뿐인가. 그 돈으로는 입에 겨우 풀칠할 정도였다. 게다가 성도들이 뼈 빠지게 벌어 헌금한 돈을 한 푼도 낭비하지 않고 써야 하는 스트레스가 대단해서 꼭 사야 하는 생필품을 사면서도 주눅이 들었다.

행숙은 많은 생각 끝에 리어카에 굴뚝을 세우고 호떡장사를 시작했다. 아이가 연년생으로 둘이나 태어났는데 그 벌이로 군것질도 하고 옷도 사 입힐 겸 시작한 호떡장사가 얼마나 재미가 있는지! 돈이 쏠쏠 들어왔다. 그것으로 아이들 장난감도 사주고 남편의 옷도 미끈하게 사 입힐 수 있었다. 교인들의 돈이 아니고 자신이 번 돈을 쓰는 재미는 꿀맛이었다. 제법 돈도 모아졌다. 자신을 위해 고급스러워 보이는 옷을 사 입을 수 있었고 헌금도 듬뿍 낼 수 있었다. 그렇게 사고 싶었던 침대도 사드렸고 초라한 집에 어울리지 않을 만큼 호사스러운 소파도 구입했다. 심방하고 나면 항상 교인들의 화려한 집치장에 기가 죽어 있었는데 이젠 어깨가 으쓱했다. 창가에 초록빛을 창창하게 뿜어 올리는 홀리 페페나 치자 꽃 색깔로 피는 난초도 사서 놓으니 집안에 생기가 돌았고 참말로 살맛이 났다. 자신의 힘으로 손수 벌어 쓰는 호떡장사가 너무 재미있고 행복했다. 남편이 생활비 때문에 헌금에 신경을 쓰지 않아도 좋았다. 교인들 눈치를 보지 않아도 좋았고 교회에서 돈이 나오지 않아도 먹고 살 수 있으니 이렇게 편한 삶도 있나 해서 매일 얼굴에 웃음이 만발했다. 자신의 손이 수고하여 번 돈으로 사는 재미에 행숙은 흠뻑 빠져있었다.

그러나 성도의 수가 늘어나서 100명 선에 이르자 목사 아내의 호떡장사가 문제가 되었다.

'우리 교회 사모님이 길거리에서 호떡장사를 하는 것이 너무 창피하다. 이웃 사람들 대하기가 부끄럽다. 도대체 낯 뜨거워서 얼굴을 들고 다닐 수가 없다.'

이런 여론이 들끓자 남편인 목사는 이제 호떡장사를 그만두라고 했다. 세상에! 이렇게 재미있는 장사를 그만두라니 아무리 생각해도 받아드릴 수 없는 제의였다. 그러나 개척기를 지나 이제 어엿한 교회로 알려졌으니 남편과 교인들의 체면을 생각해서라도 그들의 말을 따를 수밖에 없었다. 2년 동안 식구들의 생계를 이어주었고 행복을 실어다주었던 호떡 리어카를 접는 날 행숙은 목이 쉬도록 숨어서 울었다. 그러나 그게 목사 아내의 갈 길이라면 접기로 했다. 교회를 위해 성도들을 위해 모든 것을 희생하는 것이 목사 아내의 갈 길이 아니겠는가.

교회가 성장하면서 들어온 한심 권사의 행패는 날이 갈수록 심해졌다. 교회란 자기가 좋아하는 사람만 모이는 곳이 아니니 모두를 수용해야 한다는 남편의 주장은 맞는 말이다. 교회란 만민이 기도하는 집이니 그래야 하는 법이다. 그러니 싫으나 좋으나 저들과 어울려 천국까지 가는 길 위에서 동고동락하며 동행해야 한다. 어울려 함께 훈련을 받으면서 하나님의 나라를 향해 대행진을 해야 한다. 교회란 천국 가기까지 훈련을 받는 천국행 훈련소인 셈이니 배정받은 사람들끼리 죽으나 사나 어울려 살아야 한다. 훈련을 받으면서 불상사도 생기고 낙제생도 생길 터이고 말썽꾸러기도 있게 마련이 아니겠는가. 어린 사모는 마음을 가다듬으면서 모든 걸 수용하려고 노력했다. 피할 수 없는 길이라면 그걸 기쁨으로 누려야 한다는 결론을 내렸다.

한심 권사의 옆에 경심 집사가 들어서자 문제는 더욱 복잡해졌다. 경심은 10명 정도 들어가는 자그마한 잔치국수집을 운영하는 여집사인데 한심의 오른팔이 되어서 무엇이나 지시하는 걸 실시하는 행동파였다. 거기에 들러

리로 두 사람이나 더 따라붙었다. 한심 권사가 자기 패를 만들려고 매일 먹을 것을 사가지고 꼬드겨서 경심 집사 외에도 이런 여집사들이 2명이 합세하니 교회로 봐서는 큰 반항집단이 생긴 셈이다.

저들과 평화를 이루면서 살아가자니 하루하루가 줄타기를 하듯 아슬아슬했다. 그러던 중 큰 사건이 터졌다. 강단에 올리지 말아야할 물건이 올라간 것을 보고 사모가 이렇게 중얼거렸다.

"아니 저건 강단에 올려놓으면 안 되는 물건인데⋯⋯."

그 말을 바로 뒤에 있던 한심 권사가 듣고 말았다.

"왜 그게 어째서. 그게 뭐가 잘못이야. 내가 올려놨다. 왜 그래. 어린 사모가 나서기는 눈꼴사납네. 나를 무시하다니 이건 내가 못 참아."

그러더니 의자 위로 올라가서 성경을 내던지고 발을 굴러가면서 고함을 쳤다.

"감히 내가 한 일에 거역을 해. 나는 그런 일 당하면서 못 사는 성격이야. 내 남편도 나를 꺾지 못했어. 이런 나에게 딸 또래인 어린 사모가 말이 많아 못 살겠다. 입 다물고 조용히 있지 사사건건 무슨 말이 그렇게 많아."

축도가 끝난 뒤라 밀려나가는 모든 교인들이 이런 그녀를 쳐다보고도 모른 척 한다. 정신 나간 여자하고 상대해야 다치니 모두 머리를 돌리는 것일까. 때로는 대중이 무섭다. 육중한 바위산처럼 덤덤하고 답답하여 무감각해 보이기 때문이다.

밖은 이른 봄을 맞아 산기슭에 지은 교회에는 개나리가 노란 몽우리를 아름답게 터뜨리고 조화처럼 진한 색을 토해내는 철쭉과 한창 아우러져서 황홀한 정경이었다. 성도들 앞에서 폼을 잡으면서 포즈를 취하고 있던 한심 권사가 갑자기 사모에게 다가와서 사진을 찍자고 한다. 조금 전에 교회 안에서 성깔을 부리던 행동과는 전혀 다르게 나오는 한심 권사의 사근사근한 태도에 사모는 마음을 다스릴 수 없을 정도로 무서워 숨이 막혔다.

두꺼비처럼 큰 손으로 어깨를 잡아끄는 한심 권사에게 끌려가면서 어린 사모는 벌벌 떨었다. 도저히 몸을 가눌 수가 없었다. 너무 무서워서 손발이 달달 떨리더니 두 다리에서 힘이 쑥 빠져나가 털썩 주저앉을 지경이었다. 어쩔 수 없이 그녀는 힘을 다해 뛰어 도망가기 시작했다. 한심 권사가 릴레이를 하듯 힘차게 그녀의 뒤를 따라붙었다. 그래도 30대의 젊은 여자를 60대의 노파가 잡을 수가 없었다. 뚱뚱이가 뒤룩거리면서 따라붙고 몸이 작은 목사 아내는 다람쥐처럼 달아나서 한참 오후 집회를 준비하는 성전으로 꼴인 했다. 거기까지 따라왔다가 목사님과 장로들의 눈을 의식했는지 돌아서는 한심 권사는 입맛을 다셨다. 마치 잡아먹으려 했던 토끼를 놓친 호랑이 같은 형상이었다. 몇몇 사람들이 숨어서 이 광경을 지켜보고 쿡쿡 웃었다.

그 뒤부터는 더 극성스럽게 한심 권사가 나대기 시작했다. 네가 감히 내 명을 어기고 사진 찍기를 거절해. 어디두고 보자 하는 심보가 터져 나오기 시작했다. 이 일 말고도 왜 이렇게 한심 권사가 무쇠 빛 바위산처럼 버티고 서서 되잖게 나대는지 어린 사모는 그 내막을 짐작하고 있다. 사건의 핵심은 남편이 작년에 죽고 어린 아들 둘을 데리고 혼자 사는 김 집사의 전화사건 때문이다. 남편이 공군 파이로트로 일하다가 순직했으니 매달 생활비도 나오고 위로금도 꽤 받았다는 소문이 나돌았다. 그 돈을 탐낸한심 권사가 사업자금에 쓰려고 다가간 모양이다.

"사모님, 한심 권사가 제 돈을 일수로 쳐서 이자를 듬뿍줄 터이니 은행에 두지 말고 빌려달라고 하는데 어쩌지요. 그 돈은 남편의 생명과 바꾼 것으로 일생 아이들을 먹이고 교육시켜야 하는 큰 액수예요."

한심 권사란 말만 들어도 머리가 아찔했다. 그러나 호랑이에게 잡혀먹는 토끼를 그냥 놔둘 수는 없었다.

"안 돼요. 절대로 빌려주지 마세요. 성경에는 이자놀이를 하지 말라고 되어있어요. 그러니 나중에 마음고생 하지 말고 돈을 은행에 맡겨놓고 내놓지 마세요. 돈이란 독수리의 날개를 달고 있어서 일단 공중으로 날아가면 다시되돌아오기 힘들어요."

"그렇지요. 사모님 감사합니다. 이자를 일수로 쳐서 준다는 바람에 잠시 마음이 흔들렸어요. 권사님이니 신용이

만점이라고 생각했으니까요. 충고 고맙습니다."

그러고 전화를 끊었는데 그 사건이 기막힌 토네이도가 되어서 어린 목사의 아내를 강타했다. 아마도 끈질기게 유혹하고 달라붙는 한심 권사를 떼어내는 수단으로 사모님이 빌려주지 말라고 했다는 방패를 내밀었던 모양이다. 이 일로 앙심을 품은 한심 권사는 핵무기를 손아귀에 쥔 독재자처럼 나대기 시작했다. 가볍게 찌르는 공격이 아니라 아주 깊숙이 뒤에 숨어서 정렬을 갖추고 특공대처럼 맹공을 가해 오기 시작했다. 이런 숨겨진 사연으로 인해 한심 권사는 성전에서 의자 위에 올라가 발을 구르고 물건을 내던지는 치기어린 행동에까지 이른 셈이다. 사업자금이 촌각을 다툴 만큼 필요한 터에 그 물꼬를 사모가 막아버렸으니 오장육부가 다 타들어가고 있는 모양이다. 그래도 어린 사모는 입을 앙다물고 모른 척 참아냈다. 홀로 외롭게 서서 누가 죽나 겨뤄보자는 식으로 날뛰는 한심 권사를 묵묵히 그저 지켜볼 뿐이었다. 매일의 삶이 고문을 당하는 기분이라 행숙은 점점 수척해지고 눈에 띄게 얼굴에 병색이 짙어갔다.

교회가 성장하면서 교인 수는 늘어났다. 장로, 권사나 안수집사를 뽑는 것은 마치 한 국가의 선거전처럼 치열하게 마련이다. 권사나 안수집사 특히 장로가 되는 것이 명예직이 아니건만 다분히 교인들에게는 겁나게 탐나는 자리인 모양이다. 목사님이 아무리 이런 직분이 순교의 서

열이라고 강단에서 외쳐도 저들은 시궁쥐처럼 몸을 감추고 서로 눈치만 본다. 그 때 여왕처럼 군림한 한심 권사의 행동은 가히 가관이었다.

'장로나 권사, 안수집사가 되려면 내 손안에 들어와야 한다. 내가 너희들에게 그 직위를 줄 수 있다. 내게 붙어라.'

이런 말을 실실 흘리면서 다니는 한심 권사 곁으로 마치 국회의원 선거처럼 거기 붙어야 장로가 되고 권사가 되고 안수집사가 되는 줄 알고 끌려가는 교인들의 수가 늘어났다. 어떻게 그런 일이 일어날 수 있는가. 행숙은 머리를 갸웃거렸다. 명예를 위해선 지성도 재물도 필요 없는가 보다. 모두 그 대열에 줄을 섰다. 선거일은 다가오고 조용한 가운데 투표는 이뤄졌다. 그 결과 한심 권사를 따르는 사람들이 무더기로 당선이 되었다.

'한심 권사는 기도를 많이 하는 분이라 이미 누가 당선된다는 사실을 기도 중에 계시를 받고 점친 것이 틀림없어. 영력이 있는 분이라 장차 뽑힐 사람들을 미리 알고 있었어. 참말로 족집게 같구나. 한심 권사는 우리 교회의 보배라고. 당선자를 미리 아는 걸 보니 목사보다 영력이 더 있는 셈이다. 하긴 어린 목사와 사모가 무얼 알겠어. 아직 풋내 나는 목사부부보다 한심 권사는 경력이 있잖아. 참말로 영력 있는 권사다.'

이런 칭송이 날로 더해 가더니 차츰 교인들 마음이 한

심 권사에게 쏠리고 있었다. 심지어 어느 때는 장로인 한심의 남편이 결혼식 주례까지 하는 사건으로 퍼지고 말았다. 그러자 일부에서는 이런 말이 나돌기 시작했다.

'결혼주례를 어떻게 목사를 놔두고 장로가 할 수 있냐. 목사를 무시하는 처사가 아니냐. 이 교회는 장로부부가 목사머리 위에서 날뛰는구나. 이 교회는 J장로 부부의 교회다. 저들 부부가 목사의 머리 위에서 날뛰고 있으니 이거 군대로 말하면 쿠데타가 아니냐. 교회에 질서가 무너졌다.'

이런 요동 속에서도 목사는 침묵하며 묵묵히 설교하고 심방하고 교육했다. 겉으로는 잔잔하게 흘러갔으나 속으로는 곪은 부위가 점점 커가고 있다는 점을 누구나 감지할 수 있었다. 졸졸 흐르는 시냇물이 아니라 강폭이 넓고 깊게 흐르는 강물처럼 유유히 도도하게 흘러갔으나 밑바닥에서는 자갈이 물결을 따라 굴러가고 큰 바위덩이도 뒹굴고 밑바닥에선 물결 따라 잡다한 물건들이 몸체를 들썩이며 썩어가는 정경과 비슷했다. 한심 권사에게 교회 일을 전혀 시키지 말고 가만히 한 구석에 밀어 놔두라고 하는 여론이 젊은 층 사이에서 나도는 판이었다.

그 와중에 또 사건이 터졌다. 구역끼리 대항해서 찬송 경연대회를 했다. 욕심이 많은 한심 권사가 맡은 구역은 반드시 3등 안에 들어야 했는데 실력이 되질 않아 떨어지고 말았다. 정확히 말해서 4등을 했으니 열외가 된 셈이다.

그 사건으로 다시 목사의 아내가 들볶이기 시작했다. 갑자기 불쑥 사택으로 찾아온 한심 권사는 사모를 다그치기 시작했다.

"사모님이 듣기에도 우리 구역이 일등감이지요?"

"……."

"다섯 명의 심사위원이 위법을 했어요."

"그렇지 않아요. 심사하신 분들은 전부 음악을 전공한 분들이고 더구나 거기엔 장로님도 한 분 끼어 있잖아요."

"상을 번복하시오. 우리 구역을 최소한 3등으로 해서 다음 주일에 상을 앗아서 우리 구역에 줘야 합니다."

"3등은 청년부가 했는데 권사님 구역이 설령 3등 자격이 있다 하더라도 젊은이들을 위로하고 권장하여 밀어줘야 되는 것이 아닙니까. 어떻게 한창 자라고 있는 청년들의 상을 앗아서 나이 지긋한 분들로 구성된 구역에 줍니까."

"그래도 사모님이 목사님을 졸라서 그 상을 앗아서 우리 구역에 줘야 합니다. 이건 제 자존심이 달린 문제예요. 제가 꼭 상을 받을 수 있다고 선포했으니까요."

"저는 교회 행정에 낄 수가 없습니다. 목사의 아내는 그렇게 상을 번복할 힘이 없습니다."

"그렇다면 우리 부부가 이 교횔 떠나겠습니다. 우리 없이 목회할 수 있다고 생각해요? 어디 두고 봅시다."

교회를 떠나겠다고 마구 협박조로 나가니 사모는 기어 들어가는 목소리로 이렇게 대답할 수밖에 없었다.

"권사님이 교회를 떠나셔도 어쩔 수 없습니다. 이미 준상을 다시 앗아서 권사님 구역에 줄 수는 없습니다."

"우리 부부 보고 이 교횔 떠나가라고?"

"……"

"분명히 떠나라고 했지?"

"……"

"우리가 왜 이 교횔 떠나. 목사는 교회에서 생활비를 받으니까 교인들이 싫다면 떠날 수 있어도 권사나 장로는 여기서 죽을 때까지 교회를 지켜야지. 내 말이 틀려, 맞아."

어머니 벌 되는 권사님이 으르렁거리면서 나대니까 사모는 기어들어가는 목소리로 대답했다.

"그 말은 맞아요."

"그럼 목사부부가 이 교회를 떠나야겠군."

일방적으로 당한 마음 여린 사모는 그저 멍멍하기만 했다. 이 일로 속이 너무 상해 잠을 이룰 수가 없어 불면증에 시달리면서도 성전에서 이 문제를 놓고 소리 질러 기도할 수조차 없었다. 다른 사람들이 들으면 교회가 소란해질 것이 두려워서였다.

어쩔 수 없이 시이모에게 물어서 아주 외진 산골짜기 기도원을 찾아 나섰다. 아이들을 시부모님에게 맡기고 목숨을 건 기도를 하리라 마음을 다잡고 가야산 한 줄기 깊숙이 박힌 산꼭대기 기도원을 찾아 나섰다. 아무도 없는 깊은 산속에서 맘껏 하고 싶은 말을 외치리라 생각하니 막힌 가슴이 펑 뚫리는 기분이었다. 인간의 생사화복을 한 손에 쥔 분이 바로 하나님이 아닌가. 그러니 목사 아내를 죽여 데려가든지 아니면 한심 권사를 데려가든지 둘 중에 하나를 택하라는 결단을 내려야 할 상태에 이른 셈이다. 그래도 그렇게 함께 어울려 지내라고 끝까지 주장하면 그 더러운 한심 권사의 성격이라도 고쳐놓으라고 떼를 쓸 속셈이었다. 어린 사모가 이 문제를 놓고 결판을 내리란 앙팡진 다짐을 하고 산골 기도원행을 나섰다.

외진 곳, 인적이 드문 기도원으로 가고 싶다고 했지만 이렇게 깊은 산골짜기인 줄은 몰랐다. 버스에서 내려 기도원까지 한 시간을 족히 걸어 올라가야만 하는 거리였다. 산꼭대기에 암자처럼 지어진 기도원이니 차가 갈 수도 없고 전기도 수도도 들어오지 않는 그야말로 외진 곳이다. 행숙은 터덜터덜 산허릴 타고 올라갔다. 복더위라 산허리를 휘돌아가는 길이 너무 험하고 울퉁불퉁 돌이 많아서 진땀이 술술 등골을 타고 흘러내렸다. 개울물이 산의 속살 깊숙이 파고들어 흘러내리고 산은 올라갈수록 점점 곤두서서 숨이 찬 어린 사모는 더 이상 걸을 수가 없었다. 인적이 끊긴 산골짜기는 적막해서 그녀의 숨소리만 살아 움직였다. 개울가 너부죽한 돌 위에 앉았다. 사방을 둘러봐도 혼자뿐이었다. 어쩌다가 다람쥐가 지나가고 산새들이 울었다. 맑은 개울물이 골짜기의 돌들 사이를 비집고 흘러가고 있었다. 아하! 여기서 기도를 하고 가야지. 행숙은 땀으로 푹 젖은 얼굴과 손을 차가운 개울물로 씻었다. 험준한 산 중심에서 곰삭아 흘러나오는 물은 찌는 날씨에도 어름처럼 차가웠다. 기도하려고 눈을 감았다.

'주님! 교회에서 기도할 수 없어서 이렇게 깊은 산중으로 올라왔습니다. 여기서는 소리쳐서 기도해도 들을 사람이 없으니 응답해주세요. 오직 당신만이 제 마음을 아실 것입니다.'

이렇게 서두를 꺼내놓고 기도하려하니 어찌나 매미가 울어대는지 온 정신이 매미울음 소리에 쏠려서 도저히 정신을 집중할 수가 없었다. 슬그머니 화가 치밀기 시작했다.

'하나님, 교회에서는 못된 한심 권사 일파가 있어서 기도를 할 수 없고 여기 오니 매미들 때문에 기도할 수가 없네요. 사람 대신 매미가 절 귀찮게 한단 말입니다. 저 매미들 입을 단 10분 만이라도 막아주지 않으시렵니까. 저 매미소리 때문에 도저히 기도할 수 없습니다.'

그러자 세미하게 이런 음성이 울려나왔다.

'매미 울음소리 때문에 기도할 수 없다고? 그럼 나무 위에 올라가서 저 매미들을 전부 잡아 죽이고 하면 되지 않겠니.'

기도하다 말고 눈을 들어 매미들이 시끄럽게 울어대는 나무들을 올려다보았다. 병풍처럼 서 있는 바위 위 부분에 울창하게 자란 나무숲에서 매미들은 마음 놓고 시끄럽게 울어댔다.

행숙은 기가 막혀서 팽 토라진 음성으로 외쳤다.

'하나님, 제가 어떻게 저길 올라갑니까. 저 깎아지른 바위를 여자의 몸으로 어떻게 기어 올라가 매미를 잡으라고 그러십니까? 이건 억지입니다.'

그러자 세미하게 이런 마음이 밀려왔다.

'매미는 저렇게 울다가 여름이 가고 찬바람이 불면 죽는 것이 소명이니라.'

매미의 소명은 우는 일이라고? 순간 머릿속으로 섬광이 스쳤다. 아아! 매미는 매미로구나. 한 여름에만 시끄럽게 울도록 태어난 것이 소명이구나. 그 진리를 몰랐다니! 해서 어린 사모는 매미를 용서하기로 했다. 다시 개울가에 앉아서 기도를 시작했다. 그러나 이번에는 개울물 소리가 어찌나 큰지 정신을 집중할 수가 없었다. 자연은 자연의 소리로 충만해서 갇힌 공간에서만 기도하던 그녀에게 자연 속에 묻혀 하는 기도에 익숙하지 않았다. 슬슬 개울물 소리에 화가 치밀기 시작했다. 또다시 위를 향해 목청껏 외쳤다.

'하나님, 저 개울물 소리 때문에 도저히 기도할 수가 없습니다. 저 물소리를 잠잠하게 해줄 수 없나요. 주님, 저는 당신의 일을 한다고 호떡 장사하던 재미도 다 팽개쳐 버렸잖아요. 이런 여자가 한심 권사 때문에 속이 상하여 이렇게 애원하니 저를 불쌍하게 봐서라도 저 개울물 소리를 잠시 그치게 할 수 없습니까? 당신은 천지를 창조하신 분이 아닙니까. 나무도 산도 물도 새도, 매미도 개울물도 심지어 하늘과 땅도 다 만드신 분이 마음이 잔뜩 상해있는 제 소원을 좀 들어주세요. 당신의 일을 하는 여자의 간청입니다. 제 신원하는 기도를 들으시고 절 도와주세요.'

나중에는 제가 언제 목사 아내가 된다고 했느냐. 강제로 불러다가 그 자리에 앉혀놓고 왜 이렇게 힘들게 만드느냐 하면서 마구 투정을 부리는 어린 사모를 향해 그분은 다시 세미한 음성으로 다가왔다.

'지금 당장 산을 내려가서 시멘트와 모래를 등에 지고 올라오너라. 그걸로 저 개울물을 막고 기도해라. 물을 막아놓으면 네가 기도하는 동안 잠잠할 것이다.'

화가 불끈 치민 어린 사모는 엉엉 울어가면서 외쳤다.

'이 험한 산까지 어떻게 무거운 시멘트와 모래를 져 나르라고 그러세요. 그건 말도 안 돼요. 당신은 말씀으로 천지를 창조하셨고 홍해도 말 한마디로 짝 가르신 분이 아닙니까. 저를 위해 잠시 저 개울물도 멈추게 할 수 없단 말인가요? 요만한 제 요청도 거절하실 것입니까? 저는 지금 속이 곪아서 뭉그러졌다고요.'

그러자 그분은 세미한 음성으로 다시 가만히 다가왔다.

'산속의 개울물은 소리를 내면서 흐르는 것이 소명이니라.'

순간 그녀는 그 자리에 쓸어졌다. 완전히 손을 들고 항복했다. 기도의 응답은 간단했다.

'매미는 매미, 개울물은 개울물.'

바로 그것이다. 한심 권사는 목사 부부를 괴롭히고 교회를 소란하게 하는 소명을 지녔다는 뜻이다. 그렇다면 그의 모든 괴짜 성품을 그대로 받아들이라는 뜻이구나. 서서히 마음에 평안이 임하기 시작했다. 사방을 둘러보니 산자락에 찬란한 광채가 어리면서 모든 사물이 경쾌하고 아름답게 다가오기 시작했다. 새 마음이 물밀듯이 가슴 속으로 밀려들어왔다. 어린 사모는 돌아서서 산을 내려갔다. 기도원까지 갈 필요 없이 응답을 받았기 때문이다.

그 다음부터는 교회에서 한심 권사를 만나도 행숙은 이렇게 속으로 외쳤다. '매미는 매미, 개울물은 개울물.' 그는 우리 부부를 괴롭히는 소명을 받았다. 그걸 인정하고 받아드리자. '매미는 매미, 개울물은 개울물'이라고 받아드린 뒤부터 마음의 평안을 얻은 어린 목사의 아내에게 재숙 집사가 찾아왔다.

"사모님께 회개할 것이 있어서 왔습니다."

"회개는 하나님께 해야지 제가 회개를 받을 수는 없지요."

"아니요. 사모님이 아셔야 합니다."

"회개할 것이 있으면 성전에서 하시든지 아니면 조용한 기도원에라도 올라가셔서 은밀하게 하나님께 고하고 오세요."

"기도원에 가서 회개하고 왔습니다. 저 혼자 너무 울어서 눈가가 진물을 정도입니다. 제 개인 기도방에서도 매일 기도하지만 이걸 사모님께 토해내야만 제가 이 큰 짐덩이 밑에서 풀려납니다. 지금 전 숨을 쉬기도 힘든 상태입니다."

"그게 뭔데요. 집사님이 그래야 짐을 벗는다면 어서 하세요. 그 문제를 놓고 같이 기도합시다."

재숙 집사는 한참을 망설이더니 눈을 내리깔고 말을 못하고 고민스러운 모습을 감추지 못했다.

"마음이 개운해진다면 저랑 함께 집사님의 회개를 하나님께 고합시다."

"사실은 한심 권사 문제예요."

한심이란 이름이 나오자 가슴이 철렁했다. 사모님이 당한 행패를 이 어린 집사가 당하고 있나 해서 걱정이 앞섰다.

"사실은 제가 교회와 하나님 앞에 큰 죄를 지었습니다. 용서받지 못할 죄입니다. 그래서 사모님께 말씀을 드려야 이게 풀릴 것으로 압니다. 제가 너무 괴롭습니다."

"뭐지요?"

자기처럼 재숙 집사도 한심 권사에게 당해서 견디지를

못하고 찾아왔구나 하는 마음에 동정심이 일기도 했다. 그녀에게도 매미는 매미, 개울물을 개울물이란 진리를 어떻게 설명해줄까 고심하면서 내심 설득할 말을 준비했다.

"지난번 투표일에……."

차마 말을 못하고 재숙 집사는 고개를 푹 숙인다.

"말씀하세요. 지난 투표일에 무슨 일이 있었나요."

"사모님은 한심 권사에게 붙으면 다 권사나 안수집사 심지어 장로에 당선될 수 있다고 소문내는 걸 어떻게 생각하세요?"

"그야 그분이 살아온 연륜이 있으니 사람들 앞에서 경험한 인생살이로 미뤄서 예견을 하고 그런 말을 하고 다니겠지요. 별 뜻은 없을 것입니다. 왜 그런 말이 마음에 시험이 되었습니까?"

"우리 교회를 우습게 여기고 한심 권사가 교회를 소란하게 하고 있습니다. 하긴 그분이 전에 다녔던 교회에서도 그랬답니다. 타고나길 악하게 생긴 모양입니다."

"그분이 오케이를 내려야 당선되는 건가요? 그냥 농담으로 흘리세요. 정치판 투표에서도 예견이라는 것이 있잖아요."

"그분이 된다면 꼭 되지요. 족집게가 되는 감춰진 카드가 있으니까요. 사람들은 그걸 다 알고 따라붙는 것입니다."

"감춰진 카드라니요?"

"표를 만들어 넣어주면 되니까요."

"네! 표를 만들어 넣다니요?"

"부정투표를 하는 것입니다."

"그걸 무엇으로 증명하지요? 그런 건 명확한 확증이 없이 말하면 못 씁니다. 교회에 큰 시험이 될 수 있습니다. 절대로 그런 일을 발설하지 마세요. 설령 그랬다 해도 증거가 있든지 아니면 증인이 둘 이상 있어야 합니다."

"바로 제가 그 증거입니다. 지난 번 투표에 20장의 투표용지를 제가 받아서 다섯 사람에게 나눠줘서 넣었으니까요."

"네에!"

행숙은 큰 망치로 뒤통수를 한대 세차게 얻어맞은 기분이었다.

"어떻게 그런 일에 낄 수가 있었어요?"

"전 그 당시 그분을 믿었어요. 교회에서는 여자들 중에서 권사가 제일 높은 분이고 우리가 따라야 할 지도자라고 생각했거든요. 그래서 권사가 시키는 일이니 그저 순종했을 뿐인데 시간이 지나면서 큰 잘못을 저질렀단 생각에 이르러 이렇게 울고 회개하고 있습니다."

"이미 지난 일을 표면화 하면 교회가 시끄러울 것입니다. 그리고 우리 부부가 책임이 있습니다. 표가 그렇게 늘어난 것도 모르고 투표결과를 발표했으니 함께 죄를 지은 것입니다."

재숙 집사가 돌아간 뒤에 어린 사모는 고민했다. 이걸

표면화해서 징계할 수도 없는 일이다. 한심 권사가 절대로 인정하지 않을 것이고 그런 일에 조금도 양심의 가책이 없는데 어떻게 화인 맞은 양심에게 고할 것인가 하는 점도 문제였다.

남편인 목사에게 그 말을 전할 수도 없었다. 성격이 직선적이고 급하니 설교단에서 당장 호통을 치는 날이면 이건 수습할 수 없을 정도로 크게 번질 것이 뻔했다. 더구나 텔레비전 화면에 난무하는 정치판이 바로 사회 판이 되고 그게 곧바로 교회 판이 되는 흐름에서 학처럼 고고하기는 어려운 현실이다. 교회란 작지만 하나의 국가이기 때문이다.

재숙 집사가 한심 권사에게 찾아가서 반기를 들었고 이 사실을 사모님에게 말했다는 걸 알게 된 한심 권사는 본격적인 목사 반대 운동에 발 벗고 나서기 시작했다. 일을 성사시키기 위해서 교인들을 한 사람씩 포섭하기 시작했다. 귀가 여린 순한 교인들의 집집에 선물을 사가지고 다니면서 순진한 교인들을 하나, 둘 설득하기 시작했다. 이러니 남편에게 알리지 않으면 문제는 더 확산될 것이 뻔했다. 포섭된 교인들이 교회를 나오지 않았다. 심지어 새벽기도회 반주를 맡은 여집사까지 그랬다. 신앙심이 약한 저들은 하나님 자리에 한심 권사를 놓고 바라보았다. 그건 목사가 사임을 해야 된다는 뜻으로 해석되기도 했다.

어린 사모는 어쩔 수 없이 모든 걸 뒤로 하고 하나님 앞에 엎드릴 수밖에 없었다. 교인들이 성전을 비우는 시간대는 자정에서 새벽기도회가 시작되는 4시까지다. 그 시간대에 그녀는 담요를 뒤집어쓰고 하나님 앞에 앉았다. 너무 힘이 든 남편은 결국 교회를 뜨자고 말하기도 했다. 저들의 행패를 맞서서 싸우느니 조용히 물러가자는 것이다. 하나님의 집을 싸움판으로 만들어 난장판이 되는 걸 막아보자는 계산이었다. 다시 개척을 해야 된다는 뜻이다. 어디로 갈 것이냐. 얼마나 고생하면서 키워온 교회인데 이걸 두고 어디로 간단 말인가. 어디를 둘러봐도 모두 손때가 묻고 눈물과 기도가 어려 있었다. 고난 중에 있는 사람들을 위해서 무릎이 젖도록 울어준 사랑하는 성도들을 두고 어찌 떠난단 말이냐. 어린 사모는 자꾸 눈물만 질질 나왔다. 세상 여자들처럼 집을 지니고 예쁘게 가꾸고 살지도 못했는데 이제 길거리로 나가서 어디로 갈 것이냐. 게다가 어린 두 아이들을 데리고 어떻게 살아갈 수 있단 말이냐. 울다 지쳐서 스멀스멀 밀려오는 잠속으로 빠져들었다. 잠속에서 놀라운 환상이 극장의 화면처럼 앞에 확 펼쳐졌다.

어느 가을의 해질녘이었다. 서쪽 하늘은 엷은 홍시 빛으로 물들었고 점점 농익은 감처럼 검은 빛이 짙어지기 시작했다. 행숙은 열심히 가랑잎을 헤치면서 반짝이는 보석 알을 줍기 시작했다. 그게 구슬 같기도 하고 예쁜 돌 같기도 했다. 한참 정신없이 주우면서 해가 지고 있으니 집으로 돌아가리라 생각하고 있었다. 그러나 가랑잎 속에서는 예쁜 것이 자꾸만 나왔다. 일어설 수가 없었다. 조금만 더 주워서 가방을 채우고 가자. 이곳은 사나운 짐승들이 많이 출몰하는 곳이니 어둡기 전에 빨리 가야 한다. 그때 옆에서 지껄지껄 교인들의 웃음소리와 말소리가 들렸다. 아하! 저들도 아직 가질 않고 나처럼 가랑잎 속에 묻힌 보석들을 찾고 있구나 하면서 마음을 놓고 더 열심히 예쁜 것들을 줍고 있었다. 그러자 갑자기 까르르 소름끼치는 이상한 웃음소리가 그 쪽에서 났다. 그리로 머리를 돌린 행숙은 놀라운 것을 보았다. 검은 머리를 젖가슴까지 내린 7명의 검은 옷을 입은 여자들이 그녀를 향해 하얀 이를 드러내놓고 웃고 있었다. 저들의 눈은 피로 물들어 벌겋고 입가에는 피가 줄줄 흘러내렸다. 순간 목사 아내는 도망가려고 일어서려 했으나 발이 땅에 들러붙어 떨어지질 않았다.

덜덜 떨면서 간절하게 하나님을 찾았다.

'결국 이렇게 죽게 하시는 것입니까. 하나님, 저를 구해주세요. 저는 이렇게 죽을 수는 없습니다.'

그러자 갑자기 노을진 하늘 반대쪽에서 밝은 새털구름들이 몰려오기 시작했다. 그 쪽으로 눈을 돌린 사모는 놀라운 광경을 보았다. 갑자기 웅장한 하늘의 코러스가 온 천지에 울려 퍼졌다. 무대 아래 숨어 앉아있는 오페라 공연의 오케스트라 연주처럼 악기가 총동원된 음악이었다.

그 화음에 황홀해진 그녀는 가만히 귀를 기울였다.

너는 하나님의 사람
너는 하나님의 종
내가 네 손을 잡고 어디든지 가리니
두려워 말라, 두려워 말라, 두려워 말라.

이런 가사가 또렷하게 행숙의 귀에 들어왔다. 한 번만이 아니다. 계속해서 다섯 번이나 같은 내용이 하늘에서 코러스로 울려 퍼졌다. 믿기지 않을 정도로 웅장한 음악이 하늘의 오케스트라까지 동원하여 천사들의 합창으로 온천지가 화답했다.

순간 땅에 들러붙은 발이 가볍게 움직여서 걸을 수 있었다. 코러스가 울리는 천상의 음악을 따라 노을진 숲속, 7마리의 악마들이 있는 산속을 빠져나올 수가 있었다. 두 다리에 힘이 생겨서 마구 뛸 수가 있었다. 마음도 몸도 가뿐해서 새처럼 훨훨 날아다닐 수 있는 상쾌함이 넘쳐흘렀다. 그녀는 허공을 향해 경쾌하게 웃으면서 두 팔을 내둘렀다.

"아니 여보! 웬 잠을 이렇게 험하게 자고 있어. 두 팔을 휘두르면서 펄펄 뛸 듯이 온 몸을 뒤트니 아직도 당신은 오줌싸게 아이 같군. 이렇게 구부리고 발버둥치면 다리가 아플 터인데 고만 일어나서 아이들 학교에 갈 준비를 해야지."

남편의 음성에 부스스 눈을 뜬 행숙은 오랜만에 행복한 얼굴을 들어 남편의 얼굴을 향해 환하게 웃었다.

"어! 오늘 당신 아주 행복해 보이네."

"나 지금 무척 행복해요. 기쁨이 충만하다고요."

"당신한테 나 고백할 말이 있다. 어제 우연히 길에서 옛날 친구를 만났는데 그분이 한심 권사에 대해서 아주 잘 알더라고. 글쎄 한 살 때 부모님이 모두 교통사고로 돌아가시자 한심 권사님은 이집 저집 친척집을 돌면서 커서 성격이 이상하다고 하더군."

"어머! 그래요. 그래서 이상한 사람이 되었군요."

"어디서나 자기를 나타내고 싶은 거야. 나 여기 있으니 봐주시오. 나는 남보다 이렇게 위로 솟아올라 눈에 확 보이잖아요. 그러니 나를 사랑해주시오. 외치면서 괴상한 짓을 한다는 거야. 그런 사연이 숨겨진 불쌍한 권사를 내가 그간 너무 미워했어."

행숙은 머리를 주억거리면서 남편의 손을 꼭 잡았다. 눈물이 그렁한 눈으로 아내의 얼굴을 주시하는 남편이 이렇게 말하고 싶다는 걸 그녀는 꿰뚫어 읽을 수 있었다.

'우리 그녀를 사랑합시다. 큰 사랑으로 품어 안읍시다. 아주 불쌍한 여자야. 이런 사람을 우리가 버리면 누가 돌보겠어.' ✈

— 2009년 『한국크리스천문학』 봄호

원초적 본능

봄바람이 성깔부리는 노망난 노인처럼 현수막을 잡아 흔든다. 채순은 겨드랑이로 파고드는 봄바람을 막으려고 왼손으로 반코트 자락을 잡아 가슴과 배를 감쌌다. 오른손에는 환자에게 줄 간식과 속옷을 들고 있어서 어깨가 삐딱하게 한쪽으로 기울어졌다. 양로병원으로 가는 버스는 금방 지나갔는지 15분을 기다려도 소식이 없다. 방향 감각을 잃은 봄바람이 미친 듯 불어와서 눈이 깔깔했다. 택시를 탈까 하는 유혹이 그녀를 사로잡았다. 하지만 거기까지 나올 택시요금을 아껴야 병원비를 충당할 수 있으니 참아야 한다. 쓸 것 다 쓰고는 남편의 벌이로 이 집안 경제를 감당할 수 없지 아니한가. 만 원을 내고 버스표 10장을 사니 그것도 500원을 아낄 수 있었다. 행여나 봄바람에 오른손에 짐과 함께 쥔 버스표가 날아갈 것 같아

연신 표를 든 손에 눈길을 던졌다. 재잘거리는 젊은이들의 옷차림이 바람에 관계없이 봄빛을 따라 산뜻했다. 자신의 차림을 훑어보았다. 어둔 색에 낡아서 나긋나긋한 소매부리가 눈에 띄면서 연한 슬픔이 잔잔하게 가슴 속으로 파고든다. 순간 사람됨이 거쿨지고 허우대도 헌걸찬 시아버지의 모습이 앞을 스친다. 병원에 기저귀를 차고 누워있지만 풍채가 좋고 의기가 당당해서 그 앞에 서면 며느리인 채순은 언제나 오그라든다.

돈을 내놓으라고 아우성이다. 당장 갚지 않으면 너 죽고 나 죽자고 칼을 내놓고 옴나위없이 생난리를 치는 사나이는 시장바닥에서 이름난 사채업자다. 꽃샘추위가 한참인 삼월 초순에는 모두가 웅숭그리고 방안으로 기어들어가서 돈이 돌지를 않는다. 아무리 용트림을 치고 몸부림처도 남의 손에 있는 돈을 강제로 앗아다가 갚을 수도 없는 일이다. 그는 아내의 등 뒤로 숨어서 시장을 빠져나왔다. 무조건 뛰어서 뒷산으로 향했다. 언뜻 보기에는 남루한 민둥산이건만 도망치는 사람에게 완만한 산비탈도 힘겨웠다. 어느 누구도 녹녹한 사람 없다더니 어느 산도 만만한 산은 없는 모양이다. 3월이건만 눈발이 제법 굵다. 안개 속처럼 희뿌옇게 흐린 산야에 강풍을 타고 휘날리는 봄눈이 아예 옆으로 누워서 어디로 내릴지 몰라 당황하는 듯했다. 날씨가 어쩌면 그의 속내와 똑 닮아 있었다. 바람이 잉잉거리는 소리가 뿔난 황소가 씩씩거리는 것 같았다. 코끝이 시려온다. 어쩌다 그의 얼굴에 부딪힌 봄눈은 눈물처럼 그의 뺨 위로 흘러내린다. 갑자기 그의 등을 세차게 움켜잡은 손힘에 끌려 뒤로 미끄러져 내린다. 도망가려고 두 발에 힘을 주었으나 단 한 발자국도 떼어놓을 수가 없다. 몸부림을 치면서 안간힘을 쓰지만 진땀만 흘릴 뿐 손 하나 까딱 할 수가 없다. 아내 몰래 참새 눈물 만큼의 돈이라도 통장에 저축하고 있는 것을 혹시 빚쟁이가 알고 앗아갈까 봐서 통장이 든 가슴속 주머니를 두 손으로 감싸 안고 고함을 치면서 힘차게 몸을 위로 솟구치다가 눈을 떴다.

사위는 고요하다. 돈이 힘이다. 거액의 돈을 모아야 이 세상에서 큰소리 할 수 있다. 통장이 주머니에 있는지 감촉으로 확인하고 마음을 놓는다. 손발을 움직이려 했으나 꼼짝할 수가 없다. 두 손목이 침대모서리에 단단히 묶여 있었다. 발을 들어올려 보았으나 두 발목도 침대 난간에서 떨어지질 않는다. 일본 순경에게 잡혀온 것일까? 숨이 우욱 막혀온다. 독립운동 자금을 가지고 압록강을 넘다가 잡혔던 바로 그 취조실임에 틀림없다. 두 눈을 질끈 감았다. 사위가 너무 조용하다. 코끝을 스치는 방안의 공기가 아늑하고 따사롭다. 무시무시한 순경이 곁에 있는 것 같지가 않았다. 살며시 눈을 떠서 옆을 살폈다. 그르렁대는 남자가 코에 빨대를 꽂고 입을 딱 벌리고 있다. 살쾡이처럼 날렵하게 눈을 옆으로 돌려 다른 쪽을 살펴보니 거기에는 목에 구멍을 뚫고 역시 빨대를 꽂은 남자가 입을 딱 벌리고 꼬르륵 거린다. 여긴 일본 순경이 있는 곳이 분명 아니다.

몸을 일으키려고 했으나 여전히 조금 출렁했을 뿐 꼼짝할 수가 없다. 된침이라도 한방 맞은 것일까. 바짝 마른 혀를 달싹거려 소리를 질렀다.

"할아버지. 자꾸 이러시면 아픈 주사를 놔드릴 것입니다. 조용히 하세요. 너무 힘이 세셔서 아까는 장정들 셋이서 땀을 얼마나 많이 흘렸는지 몰라요."

"여기가 어디요?"

"병원입니다."

병원이라. 어떻게 병원에 와있단 말인가. 간호사가 팔뚝에 따끔 주사를 놓는다. 가물가물 아득하니 밑으로 가라앉는다.

손끝이 시리도록 기다린 버스에 오르니 손님들로 만원이다. 손잡이에 매달려 버스가 흔들리는 대로 몸을 내맡기면서 채순은 시아버지를 양로병원으로 옮겼던 일을 떠올렸다.

자정을 넘겼어도 한낮인 것처럼 전화를 걸어대는 시어머니의 채근에 밤잠을 설친 지 벌써 두 달째. 밤 1시를 넘겨 가물가물 잠속으로 빠져들 즈음 전화벨이 방정맞게 울리는 바람에 눈을 떴다. 시계를 보니 새벽 4시. 자동응답기처럼 재빠르게 수화기를 집어 들었다. 시어머니의 고함이 귀청을 찢었다.

"나 못 살겠다. 짐을 싸들고 가출할 것이니 그리 알아라. 억울하고 분해서 더 이상 여기서 못 산다."

"아버지가 많이 편찮으세요?"

"네가 모셔가라. 이건 네 몫이다. 왜 내가 이렇게 고생을 해야 하는지 모르겠다. 이러다가는 여기서 내가 급사할지도 모른다."

"어제 사다드린 기저귀하고 대소변 받는 기구로도 감당하기 어렵습니까?"

"네가 사다준 기저귀를 채놓으면 손으로 모두 뭉그적거려 방바닥에 팽개친다. 똥을 싸서 방바닥에 이겨 바르고 벽에도 처발라서 집안이 악취구덩이다. 더 이상 못하겠다. 네가 맡아라. 이건 맏며느리인 네 몫이다."

"어머님이 포기하시면 그럼 제가 맡겠습니다. 나중에 후회하지 않을 거지요? 어머니 인생의 마침표를 찍는 것입니다. 아버지와의 관계가 끊어지는 것입니다. 죽음처럼 말입니다."

"지긋지긋한 이 인간을 더 이상 보지 않는 것이 내 소원이다. 당장 와서 데려가라."

채순은 앰뷸런스를 불러서 들것에 그를 실고 병원으로 옮겼다.

"어디로 가는 것이냐?"

"편안한 곳으로 모시겠습니다. 여긴 어머니가 너무 구박을 해서 더 이상 못 계십니다. 아주 편안한 곳으로 모셔 갑니다."

그는 알겠다는 듯 미소를 머금고는 머리를 끄덕거렸다.

며느리를 따라 앰뷸런스에 실린 기억이 가뭇하게 살아난다. 일본 순사의 취조실이 아닌 것이 다행이라 깊은 평안이 임한다. 뭉게구름 위에 실린 듯 전신에 힘을 빼고 숨을 길게 내쉬었다. 제비처럼 날렵하게 끝없이 깊은 하늘 속으로 날아오른다.

두메산골 충청도 얼음골을 벗어나야 한다. 문강을 지나 충주로 해서 서울로 가는 것이 유일한 탈출구였다. 괴나리봇짐을 지고 봄 아지랑이가 아른거리는 봄날 훌쩍 산골을 빠져나왔다. 아직 잎이 나지 않은 앙상한 나뭇가지 사이에서 아른거리는 진달래가 베일 뒤에 숨은 요염한 여인처럼 알찐거렸다.

도시의 소음과 매캐한 공기로 인해 몸이 짠지처럼 절도록 일을 했으나 손에 쥔 것이 없다. 입에 풀칠하기도 어렵다. 지게를 지는 짐꾼이 되어 물건도 배달했으나 손에 남는 것이 없다.

그런 와중에 19살 난 장남이 기댈 수 있는 거목으로 그에게 다가왔다. 하늘처럼 뻥 뚫린 광활한 땅 위에서 할 수 있는 짓을 다 해보았으나 손에 잡히는 것이 없었다. 그런데 장남인 큰 아들은 무언가 달랐다. 아무튼 이아들만 붙들고 늘어지면 모든 것이 만사 오우 케이가 될 듯했다. 시간이 흐를수록 그건 증명이 되었다. 하늘 속을 흘러가는 구름처럼 산골짜기를 타고 흐르는 시냇물처럼 모든 것이 손가락 사이로 빠져나가 붙들 수 없지만 요 자식 하나만 붙들고 늘어지면 살아갈 길이 보였다. 결사적으로 붙들기로 했다. 아들은 땅에 뿌리를 박고 하늘까지 치솟은 믿음직한 기둥이었다. 등으로 아무리 비벼대고 두드리고 걷어차도 끄떡하지 않는 듬직한 바위요, 거대한 산이었다. 하늘은행이었다. 가서 눈만 부라리고 손을 치켜들면 모든 것이 해결되었다. 세상을 헤집고 다녀도 모든 것이 손가락 사이로 빠져나갔는데 오직 이 아들만 움켜잡으면 만사가 다 되었다. 돈을 버는 길도 이 아들을 통해서 하면 된다는 확신이 들자 모든 짐을 전부 큰 아들에게 맡기고 아내만을 데리고 농촌으로 독립을 했다. 생활비를 몽땅 받아내고 농사비도 받아내고 요리조리 핑계를 대서 돈을 앗으면서 통장에 돈이 불어나기 시작했다. 이렇게 살아가는 방법을 터득한 것이 신기할 정도로 신바람이 났다.

과일은 돈이 되질 않는다. 뒷산의 복숭아와 자두나무를 전부 잘라 파내버리고 흰 콩을 심었다. 10년 이상 자란 과일나무를 파내는 일은 쉬운 일이 아니었다. 끙끙거리면서 그는 하루 종일 땀을 흘리면서 나무를 파내고 그 자리에 흰 콩을 심었다. 가을에 20가마를 추수하여 모두 내다 팔아서 그 돈을 몽땅 통장으로 넣었다. 자꾸 자꾸 통장의 돈이 불어났다. 그 재미가 세상에서 제일이었다. 경운기를 사는 돈은 큰 아들의 몫이다. 비료를 사는 것도 큰 아들의 몫이다. 며느리인 채순의 까칠한 얼굴이 마음에 걸렸으나 그 애들은 세상을 살아가는 비법을 알아서 하늘의 구름이라도 잡을 수 있는 능력이 있지만 그에게는 그런 숨겨진 카드가 없다. 그러니 아들내외를 잡고 늘어지는 것이 가장 현명한 길이었다.

장남이 공부한다고 고학해서 사드린 책을 아들이 외출한 사이 몰래 헌책방에 몽땅 내다 팔았을 적에 손에 들어온 몇 돈을 보고 놀란 것이 이런 삶의 시작이었다. 울타리를 친다고 큰돈을 아들에게 요구했을 적에 며느리가 머리를 살래살래 흔들었다. 그게 괘씸해서 일수를 얻어다 썼더니 어쩔 수 없이 며느리가 그 돈을 몽땅 갚아주었다. 돈을 벌 수 있는 유일한 길이 아들에게 매달리는 것이란 점도 살아가면서 날마다 터득한 지혜였다. 그러기 위해서는 아들과 며느리를 조정하는 기술만 날마다 연구하면 되었다.

"돈이 있으니까 빚을 갚아주고 생활비도 주고 밑에 동생들도 기르는 것이 아닌가. 저희들이 돈이 없다면 무슨 수로 그런 일을 할 수 있겠어."

이건 그가 늘 혼자서 뇌까리는 말이다. 세상에서 그가

살아갈 수 있는 유일한 수단은 이아들에게 거머리처럼 달라붙으면 되는 것이다. 재미있는 것은 단단한 거목처럼 아들도 며느리도 그저 묵묵히 그 자리에 서서 말이 없었다. 이들은 비탈진 따비밭을 가는 소처럼 순했다. 다랑논을 가는 황소처럼 헉헉거리면서 어깨살을 뭉클뭉클 내보이면서도 앞만 보고 진군하는 탱크 같았다.

시아버지를 병원에 입원시킨 다음날 이번엔 시어머니의 전화를 받았다.

"네 아버지 때문에 너무 고생을 해서 나도 병원으로 가야겠다. 영양제 주사도 맞고 이제 나도 늘그막에 호강을 하고 싶구나."

채순은 시어머니를 같은 병원에 입원시키려 했다.

"네 아버지는 꼴도 보기 싫다. 같은 병원에는 들어가지 않겠다. 가능하면 멀리 떨어진 병원에 가겠다. 이제야 너희들에게 말하지만 네 아버지는 나를 발샅에 때만큼도 여기지 않았다."

어쩔 수 없이 두 분을 상당한 거리를 두고 입원시켜놓고 이리저리 뛰느라고 정신이 없었다. 다행히 미꾸라지처럼 빠져나가던 작은 며느리가 득달같이 달려왔다. 그 며느리를 붙들고 시어머니는 간절하게 매달렸다.

"나를 집에 데려다 다오. 집단속을 잘 해놓고 오지 않아서 그런다."

채순은 그러잖아도 두 분이 살던 집에 도둑이라도 들면 어쩌나 해서 여러 번 문단속을 하러 다녀왔기에 걱정 말라고 시어머니를 다독였다.

"내가 가봐야 한다. 너는 백번 가도 모른다."

"일러주시면 단속을 잘 할 터이니 그렇게 하세요."

시어머니는 큰며느리를 이런 저런 말을 하면서 옆으로 밀어놓고 병실에서 빠져나와 막내며느리를 데리고 득달같이 살던 집을 다녀와서는 느닷없이 작은 아들집으로 간다고 한다.

"이젠 밥도 해먹기 싫다. 네 아버지는 큰애가 맡고 나는 여생을 평안히 지내고 싶구나. 작은 아들이 나를 맡는다고 하니 나는 그리로 가련다."

반세기가 넘도록 함께 살을 맞대고 살아온 남편을 어찌하고 혼자서 작은 아들 집으로 가려고 하는지 걱정이 되어서 채순은 그리 말고 살던 집으로 가시자고 했으나 고개를 심하게 흔들었다.

"아무래도 어머님이 작을 아들네서 살 것 같군요."

일생 많은 식구들 때문에 허리가 휜 남편이 그녀의 말에 대꾸가 없다. 부모님을 봉양하느라고 허리가 휜 그는 말이 없는 사람이 되었다. 묵묵히 황소처럼 굄대인 가장으로 살아온 탓인지 아내에게도 바위처럼 입이 무겁다.

새벽녘 남편이 어깨를 심하게 잡아 흔드는 바람에 눈을

떴다. 옷을 단정하게 차려입은 남편이 어서 일어나라고 성화였다. 말이 없는 남편이 갑자기 왜 이러나 해서 비척거리면서 일어났다.

"아버지가 아무래도 거액을 모았을 것이란 생각이 퍼뜩 들었어. 그 돈을 빈 집에 가서 찾아봐야겠어."

"무슨 그런 꿈을 꾸세요. 돈이 있었다면 우리에게 그렇게 늘 손을 내밀면서 이악스럽게 굴었을까요."

"지금까지 당신에게 늘 죄를 짓는 것 같아서 속마음을 다 털어놓지 못했어. 콩 농사만도 큰돈이라고. 그 돈을 다 어디에 쓰고 우리에게 일일이 다 타서 쓴 것이 이상해. 돈을 모으는 재미로 사신 것이 아닌가 하는 생각이 들어. 그러니 어서 가서 통장을 찾아야겠어. 경운기도 팔아서 꿀꺽했고 무엇이나 몽땅 쇠붙이를 먹는 괴물처럼 아버지, 어머니는 좀 이상한 인생을 사셨어. 아버지는 이제 병원에서 나오지 못해. 똥오줌 싸는 노인이 되어 정신이 오락가락하니 아무래도 통장관리는 우리가 해야 하는 것이 아니겠어."

40년이 넘도록 생활비를 드리고 일일이 세세하게 살아가는 일에 드는 돈을 다 댄 마당에 무슨 돈이 있다고 그러느냐고 툴툴대면서 남편을 따라나섰다.

"당신은 정말로 아버지가 거액의 통장을 가지고 있다고 생각하세요?"

"내 짐작이 맞을 거야. 앞집 노인의 환갑잔치에 낸 축의

금도 따로 타내갈 정도로 아버지는 돈을 모두 우리에게서 타갔어. 시골집 고치는 것도 일일이 다 우리 손에서 뜯어 갔잖아. 그분들이 돈을 어디에 썼겠어. 하다못해 전기밥 솥을 사도 드린 돈에서 더 나갔다고 오만 원이라도 더 받아가야 직성이 풀리는 분들이었어. 얼마 전까지만 해도 쌀을 한 가마씩 사달라고 했잖아. 생활비는 생활비대로 받아가고 쌀은 쌀 대로 사달라고 하고…… 그리고 무슨 쌀을 두 분이 한 가마씩 먹어. 다 우리를 통해 돈을 벌려는 수단이었지. 아마도 엄청난 돈을 통장에 모아놓았을 거야."

저들은 졸린 눈을 비비면서 시골집을 향해 새벽안개를 가르며 달렸다. 그 때 시어머니의 전화가 걸려왔다.

"기름통에 일 년 동안 쓸 기름 12드럼을 사놓고 왔는데 아까워서 어쩐다지. 한 드럼에 18만 원씩 주고 샀으니 200만 원은 받아야겠다. 보일러도 새로 하느라고 돈이 들었지만 그건 고만 둬라."

채순이 처음으로 바락 화를 냈다.

"그 기름을 제가 쓰면 억울하신가요?"

"왜 화를 내느냐. 내 돈인데."

"기름을 짜내듯이 한 평생 돈을 뜯어갔으니 저희 부부도 힘들었어요. 우리 부부는 어머니의 친자식 맞아요. 어떻게 그렇게 힘들게 하세요."

"일생 그렇게 해오고 갑자기 왜 그러니. 여직 잘 해오다가 이제 이 늙은이 몇 년 더 산다고 불효를 하려고 그러느냐. 성경에도 내 부모를 공경하라고 했잖니."

저쪽에서 먼저 전화를 딱 끊었다.

채순은 졸린 눈을 비비면서 남편과 시부모님이 살던 집으로 향했다. 새벽 어스름에 잠긴 텅 빈 집은 썰렁했다. 몸뚱이가 빠져나간 누에고치처럼 구멍이 뻥 뚫린 느낌이었다.

"당신 여기 그렇게 많이 드나들었으면서도 부모님이 귀중품을 어디에 두는지 정말 몰라."

"거실 천장에 작은 구멍을 뚫어놓고 거기에 금붙이랑 현금을 둔 것으로 알아요."

남편은 의자를 거실 천장 한 구석에 가져다 놓고 합판을 들어올렸다. 바짝 마른 쥐똥이랑 세월의 더께로 쌓인 먼지가 눈을 뜰 수 없을 정도로 쏟아져 내렸다. 천장 안쪽으로 손을 넣고 휘저었으나 아무 것도 없었다. 남편의 옷만 먼지투성이가 됐다.

간호사들의 구시렁거림에 주눅이 든 채순은 병원에 가면 언제나 머리를 들지 못했다.

"노인이 무슨 힘이 그리 센지 장정들이 덤벼도 휙휙 날아가요. 아마도 젊은 시절엔 이름난 씨름선수였던 것 아닌가요."

"제가 와있는 시간만이라도 손발을 풀어놓으면 안 될까요?"

그러자 수간호사가 조용히 한 구석으로 그녀를 불렀다.

"노인이 아직도 수음을 하는지 거시기를 주물럭거려서 문제예요. 아마도 성생활이 굉장히 강했나 봐요. 똥을 싸놓고도 그걸 거시기와 함께 주무르니 묶을 수밖에 없어요."

채순은 울적한 마음을 누르지 못하고 묶인 그의 손을 쓰다듬었다. 그러자 그는 아주 다정하게 속삭였다.

"아가야, 너 돈 가진 것이 없니?"

"여기서 무슨 돈이 필요하세요?"

"쓸데가 많다. 담구석이 허물어져서 보수해야 하고 좋은 감자씨앗을 미리 농협에 선불해야 봄에 제일 먼저 차례가 온다는구나. 그러니 돈을 다오."

"아버지는 이제 농사를 짓지 못해요. 여기 누워서 무슨 농사를 짓는다고 그래요."

그러자 기가 푹 죽은 그는 입을 오물거리다가 죽을 듯이 귀를 틀어막았다.

"빚쟁이들이 야단이다. 돈 달라고 야단이다. 네가 돈을 내놓지 않으면 나는 맞아 죽는다. 제발 나를 살려다오. 돈을 다오. 돈을 내 손에 쥐어다오. 일수 돈이 얼마나 무서운지 아냐."

간호사가 살짝 얼굴을 찡그리면서 어서 가라고 턱짓을

한다. 채순은 쓸쓸하게 그를 뒤로 하고 병실을 빠져나왔다.

막내동서네 두 아들이 유럽여행을 떠났다고 한다.

"돈이 어디 있어서 유럽여행을 갔지? 두 아이 비행기 값만도 몇 백만 원이 넘을 터인데."

저녁 밥상을 앞에 놓고 채순이 옹알거리자 피곤으로 흰 자위까지 핏빛이 도는 남편이 한마디 한다.

"살만하니까 어머니도 모셔가고 자식들 세계여행도 시키고…… 좋은 소식이야. 우리는 부모 돈 대느라고 뼈 빠지게 일만 하고 아무 것도 못했지만 동생네라도 그러니 좋구면."

"그래도 항상 돈이 없다고 구시렁대던 동서예요. 부모님에게 주는 돈을 철저하게 아끼면서 한 푼도 내놓지 않더니 갑자기 여행을 가니 이상하지요. 부모를 모시니까 축복이 마구 비처럼 쏟아지나 봐요."

"벌려놓은 장사가 이제야 돌아가는 모양이군. 한 사람이라도 형제 중에 잘 사는 사람이 있으니 얼마나 좋아."

남편의 손마디에 박힌 못이 반지도 들어가기 어려울 정도로 옹이가 굵었다. 뼈 빠지게 일해서 부모와 형제 뒷바라지로 애를 먹었는데 반쪽 부모라도 막내가 맡았으니 숨통이 트이는 것 같아서 채순은 기쁨의 숨을 내쉬었다.

저녁 설거지를 하고 느긋하게 일일드라마라도 보면서

쉬려고 막 누우려는 참에 병원에서 전화가 왔다.

"아무래도 오셔야 할 것 같습니다. 자꾸 집엘 가겠다고 병원을 탈출하려고 기어나가니 감당하기 어렵습니다. 무얼 가지러 간다고 야단인데 무슨 소린지 모르겠습니다."

채순은 환자가 갈아입을 내복과 알사탕봉지를 싼 보따리를 들고 나섰다. 병실이 따뜻해서 다른 환자들은 환자복으로 만족하는데 유난히 추위를 타는 시아버지는 내복을 입히라고 성화였다.

"내일 가보지 그래. 노인이 하는 일이 늘 그렇지. 그냥 안정제주사라도 놓고 밤에 주무시게 하라고 해."

몸이 퉁퉁 부어서 노래진 얼굴로 나서는 아내를 보다 못해 남편이 한 마디 한다.

"그래도 얼마나 힘이 들면 간병인이 전화를 했겠어요. 꼭 만나야 할 일이 있나보지요."

병실은 노인들 특유의 욕지지 나는 퀴퀴한 냄새가 울컥 풍겼다. 문 쪽을 향해 비스듬히 누워있던 그가 반가움에 손을 번쩍 들고 환호한다. 며느리가 올 걸 굳게 믿고 기다리고 있던 눈치였다. 병실에 들어서자마자 기쁨에 젖어 환호했다.

"네가 올 줄 알았다. 너를 보니 천사를 만난 듯하구나. 우리 어서 집으로 가자."

"아버지, 지금 집에 갈 수 없어요. 거기 가야 아무도 없거든요. 텅 비어있어요."

"네 어머니가 있잖니. 나를 기다리고 있을 터이니 어서 가야 한다. 네 어머니가 보고 싶어 미치겠다. 어떻게 이렇게 오래 우리 부부가 떨어져 살 수 있는지 이해가 가지 않는구나."

순간 채순은 말이 막혔다. 어제 전화한 내용이 떠올랐기 때문이다.

"아버님이 어머니를 얼마나 보고 싶어 하는지 아세요. 병실의 환자들이 모두 항의를 해요. 저렇게 눈물을 흘리면서 어머니를 보고 싶어 하는데 한번쯤은 와보셔야 하는 것 아니냐고요."

채순의 말에 시어머니는 금세 화난 목소리로 치받았다.

"그 웬수를 다시는 보지 않겠다. 지긋지긋한 사람이다. 나를 얼마나 부려먹었는지 아니. 지금도 날 종처럼 시켜먹으려고 그러는 거다. 손 하나 까딱 하지 않고 일생 소처럼 부려먹다가 이제 떨어져 있고 보니 아쉬운 거다. 절대로 다시 보지 않을 거다."

"어머니는 무슨 말씀을 그렇게 하세요. 70년을 함께 산 남편에게 그게 무슨 말이세요."

채순이 기가 막힌다는 음성으로 다그쳤다.

"일생 나를 고생만 시킨 사람이다. 다시 그 꼴을 내가 본다면 내 손에 장을 지져라. 돈도 벌지 못하는 주제에 나만 고생시키고 밥만 해달라고 해서 식모로 일생 살았다. 네가 매달 생활비를 내 손에 쥐어주었어야지 꼭 네 아버지 손에 주니 돈도 마음대로 못 쓰고 난 완전히 개돼지만도 못한 짐승으로 살았다."

결혼해서 이 집안에 들어와 처음에 생활비를 어머니 손에 넘겼으나 어찌나 헤프게 쓰는지 한 달 쓸 돈을 일주일 만에 다 써버리고 다시 손을 내미니 어쩔 수 없이 아버지 손에 쥐어준 것이 시작이었다. 물론 시어머니의 씀씀이는 낭비가 아니다. 계산을 못 하는 것이다. 예를 들면 한 달치 생활비로 참기름을 대두 두 병이나 사고 소고기를 10근, 그리고 돼지고기 10근을 들여놓고 나머지는 당신이 입을 옷가지와 자잘한 장신구를 사면 그만이었다. 이 지경이니 객관적으로 판단해서 절대로 어머니의 손에 돈을 맡길 수가 없었다.

"아내가 남편 밥을 해주는 것은 당연한 일이 아닌가요."

"여기서 막내며느리 밥을 얻어 먹어보니 얼마나 편한지 이제야 나는 살 것 같다. 다시는 부엌에 들어가지 않을 것이다."

시아버지는 어머니 보기를 간절히 소원했으나 어머니는 원수라고 이를 갈면서 등을 돌리는데 이를 어쩔 것이냐. 언제부터 두 분 사이가 이렇게 버그러졌는지 모르겠다.

그런 속내도 모르고 아버지는 며느리의 손을 잡고 늘어진다.

"너에게 이제 고백하는데 통장에 돈이 꽤 많이 있다. 집을 살 수도 있는 돈이다. 그 돈으로 작은 아파트를 하나 사고 거기서 네 어머니랑 신혼살림을 차릴 것이다. 내 말 알아듣겠니?"

"아무리 돈이 많아도 이제 아버지는 집에 가실 수 없어요. 지금 기저귀를 차고 있거든요. 등창도 나서 매일 의사가 치료해야 하는데 어떻게 아파트를 사서 신혼살림을 차려요."

"나 할 수 있어. 화장실도 나 혼자 갈 수 있어. 밥도 내가 할 거야. 시장도 내가 손수 직접 봐올 거야. 그러니 어서 통장을 가져오너라. 그리고 금붙이도 꽤 많다."

"아버지는 이제 집으로 갈 수 없어요. 어머니가 허리가 휘어서 일을 못해요. 어머니도 기저귀를 차고 병원에 있었어요. 지금 작은 아들네 가 있거든요. 이런 상황에서 어떻게 어머니랑 다시 사실 수 있다고 생각하세요."

그러자 그는 두 손으로 짧은 상고머리 백발을 북북 쥐어뜯다가 나중에는 백발머리를 두 손으로 부둥켜안고 신음을 토했다. 몹시 괴로운 모습이었다.

"내 돈, 내 돈을 찾아야 한다. 어떻게 모은 돈인데. 일생을 두고 모은 재산이다. 그 돈을 찾아야 해. 내 통장이 내 생명이야. 그걸 위해 내 일생을 보냈는데 이를 어쩌지. 내 통장, 내 통장…… 내 돈을 찾아야 해. 얼마나 아끼면서 모은 돈인데……."

옆에서 보다 못한 간병인이 안쓰러운 표정을 감추지 못하고 채순에게 속삭인다.

"헛소리를 하시는군요. 망상에 빠져든 것이에요. 노인이 되면 일생 이루지 못한 꿈을 현실로 받아드리는 경우가 종종 있어요. 마음에 담지 마세요."

답답해진 심정을 가누지 못하고 채순이 막내시동생 집에 전화를 했다. 마침 동서가 받았다.

"아이들이 유럽여행을 갔다면서 돌아왔나? 대학도 3월이면 개학할 때가 되었잖아."

"우리 두 아이가 여행간 걸 어떻게 아셨어요?"

"시누이가 전화해서 알았지. 왜 그렇게 놀래."

"사실 형님 혼자서 아버님 병원비를 다 대고 있기 때문에 아이들 여행간 걸 말하지 못했어요. 형님 혼자 모든 걸 감당하시는데 저희 아이들이 외국여행을 갔다고 하면 우리가 나쁜 사람이 되잖아요. 아이들이 여름방학 내내 알바를 해서 모든 돈으로 여행 간다고 하니 막을 재간이 없더라고요."

"아이들이 번 돈으로 간다는데 누가 막겠나. 여행도 한철이야. 그 나이 지나면 가고 싶어도 못가는 것이니 잘 했어."

"아버님은 어떠세요?"

"통장타령이 아주 심해. 엄청나게 많이 저축한 통장이라고 어찌나 난리를 치는지 모르겠어. 치매중증단계라 별

별 망상을 다 하시는 모양이야."

"노인이 되면 다 그렇게 된다고 하더라고요. 너무 신경 쓰지 마세요. 우리 동네 노인들도 전부 그래서 병원으로 가더라고요. 헛소리를 많이 해서 가족들이 참지를 못하는 거지요. 노인들의 그런 소리를 자식들이 다 믿으면 형제 간에 결별하고 싸우는 걸 많이 봤어요."

작은동서는 대수롭지 않게 받아 넘겼다.

그러나 그녀가 병원에 갈 적마다 시아버지는 통장에 대한 집념을 버리지 못하고 있었다. 내 통장을 찾아야 하니 집에 데려가 달라고 아우성이었다. 걷지도 못하면서 침대를 내려오려고 발버둥을 쳐서 채순이 혼자 씨름을 하다못해 간호사들이 달려오고 남자 간병인이 매달리는 소란이 반복되었다.

보다 못한 수간호사가 그녀에게 의견을 제시했다.

"그 통장이 무엇인지 모르겠으나 사연이 있는 것 같군요. 저렇게 집요하게 물고 늘어질 때는 현장에 모시고 가서 확인하는 것이 좋다고 생각합니다. 대부분 노인들은 이러다가 마는 법인데 이분의 경우는 무엇인가 얽힌 것이 있어서 풀어야 할 것 같습니다. 그 일로 인해 정신적 안정을 잃고 저렇게 날뛰니 보기에 아주 딱합니다."

걷지도 못하는 분을 앰뷸런스를 불러 시골집에 오가는 것도 그렇고 참으로 난감했다. 이러도 저러도 못하고 시간이 흘러가면서 그에게 이상한 버릇이 생겼다. 두 손을 맞잡고 천장을 향해 방아를 찧듯이 쿵덕쿵덕 하면서 통장, 통장, 내 돈, 내 돈만을 외쳤다. 하긴 침대만큼의 넓이에 갇힌 몸이니 다르게 몸을 움직일 수가 없잖은가. 나중에는 입이 바짝 말라붙어 입 언저리에 우유가 말라붙은 것처럼 허옇게 되었건만 그는 멈출 줄을 몰랐다. 나중에는 입술만 달싹이면서 소리를 내지 못할 정도가 되도록 몸부림을 쳤다.

날이 갈수록 그의 목은 가라앉아서 그저 입술만 움직였다. 소리가 안으로 꼬꾸라져 들어갔다. 눈에는 눈물이 홍건하게 고였고 흐린 눈을 들어 며느리를 쳐다보는 표정이 통장만을 찾아 헤매는 눈임을 짐작할 수 있었다. 그의 일과는 두 가지로 집약되었다. 거시기를 주무르는 일과 통장과 돈을 찾아달라고 입만 달싹이는 것이 전부였다.

작은 아들네로 간 시어머니는 아주 평안한지 조용했다. 매일 전화를 하면서 아버지를 질타했던 그녀는 너무하다 싶게 조용했다. 벌써 두 계절이 흘러서 감나무에 몇 개 남은 농익은 감을 까치들이 쪼아대는 한나절 시부모가 떠난 빈 집을 치우다가 눈을 들어 풍덩 빠질 것 같은 가을 하늘을 채순은 하염없이 올려다보았다. 이 집을 어찌할 것인가. 아직도 두 분이 살아있는데 옷이고 헌 가구들을 어떻게 할지 난감했다. 겨울에 집을 비워두면 모두 얼어터질 것이다. 집과 여자는 가꾸기에 달렸다고 하지 않던가. 사람이 살지 않으면 폐가 되어서 주저앉을 것이 뻔했다. 그냥 두자니 전기 값이랑 유지비가 그냥 나갔다. 이미 출가하여 떠나버린 여섯 명이나 되는 자녀들이 이사할 적마다 쓰지 못할 것이나 오래 된 가구들을 가져다 놓은 것이 몇 트럭을 내다버려도 끝없을 것 같았다. 채순이 시집올 적에 해드린 이불이랑 한복도 그대로 나긋나긋 낡은 채 작은 방에 보관되어 있고 이미 장가들어 장년에 접어든 손자들의 돌잡이 옷까지 그대로 농속에 쌓여있었다. 콜라병이나 주스 병 심지어 야쿠르트 병까지 하나도 버리지 않고 모아놓은 것이 하치장의 쓰레기더미처럼 여기저기 쌓여있었다. 한마디로 거대한 쓰레기하치장이었다.

살아계신데 이것들을 다 태우기도 그렇고 쓰레기만을 끌어안고 있는 이 집을 그냥 방치하기에도 마음이 편치 않았다. 정말로 시어머님은 집으로 돌아오지 않을 것인가. 확인전화를 넣었다.

"절대로 그 집으로 돌아가지 않는다."

시어머니는 단호하게 잘라 말했다.

"옷이랑 가구랑 모두 어떻게 하지요? 두 분이 몸만 싹 빠져나가서 모든 것이 그대로 있어서 그래요."

"모두 태워버려라."

"아직 살아계신 분들의 물건을 어떻게 태웁니까."

"난 그런 구질구질한 것들 꼴도 보기 싫다. 그간 멋대가리 없는 남자를 따라 애면글면 살아온 것이 징그럽다. 이젠 그 흔적이 고인 더러운 것들 다 소용 없다. 비싸고 좋은 새 것만을 사서 맘껏 쓰다가 가도 내 인생이 짧다. 이제부터 자유롭게 내가 하고 싶은 것을 하면서 마음껏 돈을 쓰고 훨훨 날아다닐 것이다."

일생 남편과 함께 사용한 것들을 구질구질하다니 도저히 이해할 수 없는 말이었다. 화려한 날개를 지닌 나비가 되었다고 어머니 자신을 생각하는 것일까. 마치 누에고치를 뚫고 나간 나비처럼 자유롭게 허공을 날면서 그전에 살았던 집을 우습게 보는 것이 비위가 상해 채순은 왈칵 화를 내면서 신경질적으로 외쳤다.

"전 무어예요. 전 버려진 쓰레기나 치우는 여자인가요?"

"이 애가 여직 잘 해오다가 왜 이래. 나도 이제 몇 년 남지 않았다. 살아있는 동안 평안하고 귀부인답게 살고 싶다. 잔소리 하지 마라."

"아버지는 통장을 찾아 달라고 난리고 어머니는 집까지 버리고 일생 살아온 남편에게 등을 돌리고 있으니 두 분이 왜 그렇게 사셨는지 이상해요. 그래도 평생을 함께 살아온 부부가 아닙니까. 아버지가 불쌍하지 않아요?"

"통장을 찾는다고? 그 말을 나도 들어 안다. 네가 작은 동서에게 말했다면서. 돈이 듬뿍 든 통장을 내가 가지고 있다고."

"노망난 노인의 말에 왜 그렇게 신경을 곤두세우세요?"

"네가 돈이 있다고 말하는 바람에 이 집 아이들 등록금을 내가 다 대주었다."

"대학 등록금을 다 대주었다고요?"

"그래. 네가 통장 이야기를 하는 바람에 내 돈만 날렸다. 너도 입을 다물고 있으면 안 되니?"

채순은 아찔해서 비틀했다. 그랬구나. 그랬어. 통장이 있었구나. 많은 돈을 여뤄두었을지도 모른다고 남편이 말했을 때 머리를 흔들었는데 그게 현실이라니! 그 통장의 돈으로 손자들 외국여행을 시켜주고 대학등록금을 내놓고 호탕하게 살아가고 있구나. 통장이 있으니 구질구질한 쓰레기하치장 같은 집에 돌아올 리가 없지 아니한가. 큰며느리를 재껴 놓고 작은며느리를 데리고 가서 통장과 금붙이를 챙겨간 걸 모르고 형광등처럼 나중에 남편과 함께 통장을 찾겠다고 휑뎅그렁하게 빈 집에 간 것이 얼마나 우스운 일인가! 그것도 시간이 날 적마다 감춰둔 통장을 찾느라고 집 구석구석을 뒤지고 먼지를 뒤집어쓰고 돌아온 적이 수십 번이나 되었다. 그 연세에 시어머니는 큰며느리를 가지고 노는 것이 능수능란하다는 생각에 이르자 몸이 부르르 떨렸다. 시동생과 시누이에게 그리고 시부모에게 바친 일생이 너무 아깝다는 생각에 이르자 눈물이 뺨을 타고 줄줄 흘러내렸다.

시아버지는 매일 하늘을 향해 두 손을 맞잡고 방아를 찧는다. 쿵더쿵쿵더쿵. 이미 목은 쉬어 소리는 되어 나오지 않지만 그는 절규하고 있었다. 바짝 마른입을 달싹이면서 속으로 외치는 말을 채순은 알아들을 수가 있었다.

'내 통장, 내 통장. 내 통장을 찾아다오. 일생 아들과 며느리까지 속여가면서 모은 내 통장을 찾아다오. 내 꿈을 돌려다오. 일생 이뤄놓은 내 꿈을 누가 훔쳐갔느냐.'

침묵의 절규를 알아들을 수 있는 사람은 이 세상에 며느리인 채순이밖에 없었다. 돈을 따라다니다가 혼자 외롭게 버려진 그의 절규는 한 마디의 소리도 되어 나오질 않았다. 아무리 침묵의 절규를 되뇌어도 손을 들어주는 사람 없이 몸 안에서 메아리치다가 입안에서 맴돌았다. 그러다가 이따금 손을 거시기에 넣고 주물럭거렸다. 이런 그를 채순이 끌어안았다. 집에 농마다 그득 쌓인 옷도 소용이 없는 분이다. 일생 아들 내외의 등골을 뽑으면서 모아두었던 거액의 통장도 그렇게 믿었던 아내에게 강탈당한 배신의 자리에 처한 그를 어떻게 위로할 수 있을까. 거시기를 열심히 주무르지만 그게 그에게 무슨 일을 할 것인가.

채순이 시아버지의 귀에 대고 큰소리로 외쳤다.

"아버지. 이 세상을 떠날 때는 누구나 빈손으로 간단 말이에요. 다 버리고 잊어버리고 용서하고 편안히 가세요. 그만 방아를 찧으세요. 절구를 내려놓고 위를 보세요. 멀리 보세요. 거긴 혼자 가는 곳입니다. 혼자 맨몸으로 가는 곳입니다. 어머니처럼 지상에 발붙이고 땅의 것만 바라보면서 살지 말고 직통으로 하늘나라로 가세요."

며느리의 말귀를 알아들었는지 그는 방아를 찧던 손을 얌전하게 내려 무릎 위에 가지런히 놓았다. 눈가에 지적지적 눈물이 고이더니 주르륵 뺨을 타고 흘러내렸다. 떨리는 몸을 가누지 못하면서도 방아를 찧던 두 손을 합장하고 조용히 머리를 숙였다. 죽음을 앞둔 그의 얼굴에 놀라운 평안이 내려앉고 있었다.

밖을 보니 토우가 내린다. 풍년이 들 징조다. 외식을 하자던 남편의 가슴에서 풍기던 시척지근한 냄새가 피곤으로 부어터진 얼굴과 겹친다. 아내를 위로하기 위해 외식을 들고 나오는 그가 가엾다. 맛있는 저녁상을 차려야지. 봄에 잠깐 나왔다가 쇠하기 때문에 부지런한 사람만 먹을 수 있다는 홑잎 나물을 들기름을 듬뿍 넣어 무치고 원추리를 사다가 된장을 풀고 멸치를 넣은 구수한 국을 끓여 내야지. 채순은 잔잔한 평안을 누리면서 양로병원 문을 빠져나왔다. ✄

— 2007년, 『창조문예』 5월호

언니의 집

ㅇㅓㄴㄴㅣㅇㅡㅣㅈㅣㅂ

이사할 돈이 부족하다. 어떻게든 꾸어보려고 내키지 않는 마음을 가다듬으면서 천희는 친구 실숙의 집 현관문을 들어섰다. 둘 사이는 대학시절 가장 가까웠으나 결혼한 뒤부터 벌어지는 생활차로 인해 그간 격조(隔阻)했던 사이다. 아파트 입구에서부터 마치 고위층을 만나러 온 듯 복잡한 수속과정을 거쳤기 때문에 주눅이 잔뜩 들어 괜스레 마음까지 시렸다. 거지나 도둑은 물론 그 누구도 여기 사는 사람과 조금이라도 연고가 없이는 절대로 들어갈 수 없을 정도로 철통같은 보안이 되어있는 곳이다. 마치 독재시절 안기부에라도 들어선 듯 섬뜩한 기분이 들 정도였다. 가장 작은 평수가 80평이고 대부분 100평이라는 이 고층아파트 단지는 이름도 괴상한 외국이름을 부쳐놔서 발음하기도 거북살스러웠다.

친구의 거실은 영화에서 본 유럽의 화려한 왕궁의 내실 분위기였다. 어느 것 하나 버릴 것이 없는 고가품들로 모두 번쩍번쩍 빛을 발한다. 너무 비싼 것들이라 몸을 조금이라도 잘못 움직여서 혹여나 흠집을 내면 어쩌나 하는 걱정에 숨도 크게 쉴 수 없었다. 벽에 걸린 시계도 예사것하고 거리가 멀 만큼 돈 냄새가 물씬 풍겼다. 이런 호사스러운 자리에서 엉뚱하게도 난바다 위에 홀로 떠있는 돛단배처럼 외로움이 왈칵 밀려왔다.

비밀 전화라도 받는지 안방으로 들어간 실숙이 시간을 끄는 동안 천희는 자신이 입고 있는 옷이 이런 거실에 어울리지 않을 정도로 너무 초라하다는 느낌이 왔다. 시간이 흐를수록 자꾸 몸이 오그라들어 스스로를 추스르려고 긴 호흡을 했다.

친구를 혼자 놔두고 전화로 노닥이는 것이 불안한지 이따금 수화기를 손바닥으로 막고 물어본다.

"너 몇 평 아파트에 사니?"

"난 아파트에 살지 않아."

"저런! 그럼 아이들은 어느 학교에 다니니?"

"어머! 너 몰랐었니? 나 아이들이 없어."

"저런! 쯧쯧……. 너 요즘 건강하냐?"

"으음. 난 아주 건강하게 살고 있어."

"너 돈을 빌려달라고 온 것 같다. 근데 어떡하니. 난 지금 신도시가 개발된다는 정보를 최근에 입수하고 그곳 땅을 사느라고 은행에서 이 집을 저당 잡히고 돈을 끌어다 쓸 정도야. 지금 내 형편이 네가 상상도 못할 액수의 부채를 지고 있단다."

친구 실숙은 무테안경을 들썩이고 유난히 새하얀 뺨을 어루만지면서 모들뜨기 눈을 하고는 편안치 않은 몸짓을 한다. 영양분이 터질 듯 넘치는 몸에선 오동통 물이 올라 농익은 과일냄새가 물씬 풍겼다.

속으로는 이런 큰 아파트에 살면서 왜 또 땅을 사려고 그러느냐 물으려다가 눈치를 보면서 거실 바닥에 눈길을 던졌다. 눈처럼 흰 대리석이 깔린 거실은 아늑하기보다는 찬 기운을 듬뿍 안겨주었다. 밖은 한겨울이지만 거실창가에 줄지어 놓여있는 희귀하고 비싼 화초들로 인해 이국적인 기운이 감돌았다. 좋은 환경에 걸맞게 한창 흐드러진 식물들로 인해 열대지방의 수림 한 자락에 와있다는 기분이 들었다. 벽면에 걸린 대형 텔레비전은 작은 영화관에라도 온 듯 범접할 수 없는 당당함이 서려있었다. 100평 아파트라고 하니 어림잡아도 20억이 넘을 터인데 도대체이 친구는 무슨 짓을 해서 이런 아파트를 살 수 있었을까.

천희는 용기를 내어 얼굴을 붉히면서 어눌하게 입을 열었다.

"넌 어떻게 이렇게 큰 아파트를 샀니?"

"남편의 노루 꼬리 만한 월급으론 어림도 없다. 그 남자가 벌어오는 돈은 우리 부부 용돈으로 쓰기에도 부족하다. 결혼하고 내가 그 남자보다 돈을 몇 백배 더 벌어드린 셈이다. 이런 아파트를 사느라고 이사를 얼마나 자주 다녔는지 모른다. 따지고 보면 집이 돈을 번거야. 요즘 세상에 돈을 모아서 집 사는 사람은 멍청이란다. 결혼할 적에 시집에서 해준 전셋돈이 종자돈이 되어서 이만큼 불린 거야. 부동산이 돈을 벌어드린 셈이지. 그건 이 나라에 살고 있는 모든 사람들이 다 알고 있는 상식이 아니겠니. 정보에 빨라야 한다. 요즘은 정보시대가 아니냐."

부자 친구 실숙이 주는 쓰디 쓴 커피를 마시고 나온 천희는 아파트 빌딩 사이를 헤집고 맹렬하게 몰아치는 찬바람에 어깨를 움츠렸다. 빌딩 숲 사이를 지나가는 바람은 들판의 바람보다 더 날카로운 발톱을 내밀었다. 그래도 한때 서로 속을 터놨던 가장 친한 사이었으니 어깃장을 놓고 몽사납게 굴었다면 돈을 빌릴 수 있었을까. 이런 다급한 상황에 있으면서 그래도 수중에 돈이 있는 부자친구에게 맨땅에 박치기하듯 돌진할 것을 그랬나? 아니다, 아니야. 돈을 가진 자들이 가난한 사람들보다 더 밴댕이 속을 지녔다는 점을 왜 잊고 여길 찾아왔단 말인가. 돈으로 처발라서 번뜩이고 있는 끗발 날리는 사람들에게 눈곱만치도 파고 들어갈 틈이 없다는 사실을 부자들을 대하면서 이미 터득했는데 어쩌자고 여기까지 어루더듬어 찾아와서 이런 홀대를 받는단 말인가. 괴물처럼 하늘을 찌르면서 우뚝우뚝 서 있는 아파트 숲 한가운데서 자신이 한참

다듬어야 할 잡석처럼 느껴지자 마치 집단따돌림을 당하고 있다는 기분이 들었다.

아파트 초입 길가 한 모퉁이에 보자기를 펴놓고 비닐하우스에서 농사지어 들고 나온 채소를 늘어놓고 파는 할머니와 마주쳤다. 얼굴 피부가 진갈색 가죽을 뒤집어쓴 것처럼 겉돌았고 지문이 남아있을 것 같지 않은 거친 손은 이미 여자이기를 포기한 모습이었다. 보자기에 놓인 것을 다 팔아야 2만 원이나 될까. 할머니의 손이 천희의 눈물선을 자극했다. 그렇다. 이런 가난한 사람들이 오히려 역사의 큰 물살을 이루어 강하고 엄청난 힘을 발하면서 흘러가고 있다. 저들이 성실하고 열심히 살아가고 있기 때문에 이 나라가 이렇게 서 있다는 생각에 이르자 아직도 치졸하게 상대적 빈곤감에 젖어있는 자신이 밉기까지 했다.

천희도 결혼할 당시 시부모님이 장만해준 24평 아파트를 친구처럼 종자돈을 삼아 사고팔고 몇 번 했으면 저런 평수의 아파트에서 살 수 있었을 터인데 하는 생각에 이르자 가눌 수 없을 정도로 칙칙한 우울함이 왈칵 밀려왔다.

남편이 갑자기 진로를 바꿔서 잘나가던 직장을 때려치우고 신학교에 가서 공부를 하고 목회를 하는 바람에 24평 아파트를 팔았다. 상가 2층에 30평 전세를 얻고 강대상, 의자, 성가대 석, 게다가 피아노랑 화분대, 방석까지

다 들여놓고 보니 아파트는 흔적도 없이 날아가버렸다. 개척 5년 만에 전세보증금을 자꾸 깎아먹어서 이젠 지하실로 쫓겨난 처지다. 그런 자리에서도 그냥저냥 꾸려갈 수 있었는데 남편의 호흡기질환이 극에 달했다. 아무리 생각해도 사면이 땅속에 묻힌 공간 한쪽에 뻐끔하게 뚫린 출입문으로 드나드는 공기만으로는 남편의 병증상이 더 깊어만 가서 어떤 수를 써서라도 땅 위로 올라가야만 하는 처지가 되었다.

일생 한두 번 당하는 초미(焦眉)의 급한 일이 생길 때 어쩔 수 없이 피붙이를 찾아갈 수밖에 없다. 지희 언니는 이 세상에 단 하나뿐인 피붙이니 하나뿐인 동생의 고통을 이해하고 돈을 빌려줄 수 있을 것이다. 언니가 사는 동네는 산비탈에 게딱지처럼 지어진 집들이 있는 곳이다. 찌걱거리는 방문을 여니 골마지가 잔뜩 낀 묵은 김치냄새가 코끝을 스친다. 대문을 열어놓은 채 식구들 모두가 나가버린 집안에선 가난으로 찌든 냄새가 확 풍겨왔다. 영하 10도를 오르내리는 추운 날씨지만 산비탈을 오르느라고 얼마나 헐떡거렸는지 코끝에 땀이 배어나고 목 언저리가 흠뻑 젖었다. 언니가 사는 집은 처마가 낮아서 불빛도 새어나올 수 없을 정도로 고개를 짓 숙이고 있다. 게다가 슬레이트지붕 처마 끝에 고드름이 주렁주렁 매달려 그나마 벽 한가한데 콧구멍처럼 뚫린 작은 창문마저 가리고 있다. 찬찬히 집안을 훑어보았다. 엇비슷한 싸구려 플라스틱 서

랍장을 맞물려 방 가장자리에 빙 둘러놓고 방 끝에 혹처럼 툭 튀어나온 입식부엌 한 구석엔 누렇게 들뜬 시래기 다발이 담배 잎을 말리듯 매달려있다. 무숙자들이 집단으로 기숙하는 방처럼 너절한 물건으로 가득한 방안에는 탐내서 훔쳐갈 만한 귀한 것이라곤 단 한 개도 눈에 띄지 않았다. 아랫목에 깔려있는 헝겊조각을 이어 만든 이불 밑에 발을 디미니 썰렁하다. 귤 봉지를 방바닥에 내려놓고 그냥 돌아갈까 아니면 조금만이라도 기다려 언니를 보고 갈까 망설인다. 그래도 가난한 사람들끼리 서로 돕게 마련이니 하나뿐인 피붙이의 요구를 거절하지 않을 것이란 확신이 왔다. 밖을 보니 겨울 해가 져서 서녘하늘이 농익은 감빛으로 물들어가고 있다. 손목시계를 보니 다섯 시. 썰렁하니 빈 집에는 사람의 온기라고는 조금도 없다. 아아! 불쌍한 언니! 부자 친구의 아파트를 본 끝이라 그런지 가난의 감도(感度)가 더 심각했다.

언니는 왜 이렇게 살까? 오십 고개를 넘어섰으면 따뜻한 아파트에서 더운 물, 찬 물을 쓰면서 편안히 살 수도 있으련만 결혼하여 벌써 25년이 넘도록 가난의 구덩이에서 벗어나지 못하고 이렇게 구접스럽게 살고 있으니 참으로 가여웠다. 형부가 초등학교 교사로 25년이 넘게 일하고 있으니 매달 받는 돈만으로도 충분히 잘 살 수 있으련만 어째서 언니는 이렇게 너저분한 바닥인생을 살고 있는지 그 이유를 가늠할 수가 없다. 형부가 술을 마시지만 잔주가 심한 편도 아니다. 더구나 도박을 할 리도 없다. 콩 심은 데 콩 나고 팥 심은 데 팥 나는 식이라 매사에 틀림 없고 타고난 새님인 형부이니 돈을 헤프게 쓸 사람도 아니다. 두 딸들은 잔병치레도 없이 투덕투덕 공부를 잘 해서 좋은 대학에 갔으니 그 애들을 위해서 특별나게 과외비를 썼다는 말을 들은 적도 없다. 더구나 학교 다니면서 그 애들은 가정교사도 하고 잡다한 아르바이트도 해서 용돈 정도는 벌어 쓴다고 한다. 그럼 딸들의 비싼 등록금을 대느라고 이렇게 어렵게 산단 말인가. 아무튼 언니가 이 지긋지긋한 가난의 굴레에서 벗어나지 못하는 이유를 아는 사람은 주위에 아무도 없다.

문소리가 난다. 언니가 온 모양이다. 문틈으로 내다보니 언니는 목이 내려앉을 정도로 큰 보따리를 이고 들어선다. 엉거주춤 언니를 맞는 동생을 바라보는 눈이 예사롭지가 않다. 언니의 눈에선 살아서 펄펄 뛰는 충만한 밝은 빛이 번쩍인다. 삶에 취해서 기쁨이 넘치는 얼굴이다. 그러고 보니 몸에서도 열기가 후끈하여 빛이 어려 있는 듯했다. 세포 하나하나가 전부 살아나서 너무 재미있고 좋다고 외치는 형상이다. 마치 풋사랑에 빠져 들떠있는 십대 소녀의 눈에서나 감지할 수 있는 그런 빛이 눈에서 뿜어 나왔다. 삶에 지쳐있는 동생에 비해 언니는 물에서 갓 건져 올린 물고기처럼 팔딱팔딱 뛰는 생동감이 넘쳐흐른다.

"왜 왔니?"

"돈 좀 꿔달라고."

"……."

"지하에서 햇빛이 들어오는 이층이나 삼층으로 셋집을 옮겨야겠어. 남편이 지하 공기를 견디지 못해 병이 났어. 땅속이라 항상 습기가 차서 한 여름 장마철에는 조그마한 달팽이가 기어다닐 정도로 눅눅해서 건강에 문제가 생겼나봐. 내가 유아교육을 전공한 것을 언니도 알지? 그 자격증으로 직장여성들을 위한 어린이집을 경영하려고 해도 지하 교회는 꺼려해서 그래. 딱 일 년만 빌려줘. 열심히 벌어서 꼭 갚을 터이니. 어린이집이 수입이 괜찮다는 소문이야. 언니가 어려운 것을 나도 잘 알아. 이자도 두둑하게 줄 터이니 제발 돈 좀 내놓아라."

달동네의 비탈을 헉헉거리면서 올라오는 동안 준비했던 말들을 한숨에 풀어놓았다.

"우리 형편에 그런 돈이 어디 있니. 신혼 초부터 넌 집이 있었잖아. 그 집을 그렇게 간단하게 없애는 사람들이 어디 있어. 그걸 키워서 큰 집을 사야했다. 남편을 어떻게 조정하기에 넌 그렇게도 지지리 못난이 생활을 하냐. 젊어서는 한뎃잠을 자도 견디지만 나이 들면 그렇게 못 사는 법이다."

언니는 이고 온 보따리를 방바닥에 펼쳐놓는다. 거죽이 살짝 상한 양파가 한 알 데굴데굴 방구석으로 달아난다.

오십이 넘은 몸 어디에서 그런 민첩함이 나오는지 언니는 쥐를 잡으려는 고양이처럼 냉큼 덮쳐 양파 알을 집더니 가슴팍에 싹싹 문지른다. 풀어헤친 보따리 내용물에서 유통기간이 지나 썩어가는 야채 특유의 냄새가 뭉근하게 방안에 깔린다. 시들어서 버려진 무, 배추, 당근, 시금치, 숨죽은 부추 심지어 말라비틀어진 무청까지 보따리 안은 유효기간이 지난 시들한 야채로 가득 했다.

"오늘은 날을 잡아서 농수산물시장에 갔었다."

놀래서 입을 딱 벌리고 서 있는 동생 앞에서 주섬주섬 야채들을 분류하는 언니의 몸에선 갓 피어난 느릅나무 잎들의 싱그러움이 고여 있고 머리 위엔 후광이라도 어린 듯했다. 마치 성모 마리아의 머리 위에 나타나는 오로라를 연상케 했다. 이런 가난을 언니는 즐기고 있단 말인가. 알 수 없는 일이다.

포식하자마자 잡혀죽은 거대한 반추동물의 배를 가르고 탈취한 물건처럼 보자기 밖으로 몸을 드러낸 야채는 시들부들 했다. 언니는 조금 몸채가 성한 무와 당근을 고르고 고른 머드러기처럼 자랑스럽게 흔들면서 검은 비닐봉지에 담아서 동생의 손에 쥐어준다. 귀한 보석이라도 주듯 사뭇 얼굴엔 만족함이 흘러넘친다. 마지못해 그걸 받아 쥐고 천희는 퉁명스럽게 뱉어낸다.

"언니는 왜 이렇게 살아. 꼭 넝마주이 굴속 같네."

"번데기가 뭔지 너 아니? 난 지금 번데기야. 누에고치

속에 숨어있는 번데기지만 얼마 안 있으면 고치를 뚫고 밖으로 나간다. 그 때 세상에서 제일 아름다운 색깔의 나비가 되어 창공을 날아오를 것이다. 두고 봐라. 얼마 남지 않았어. 그 땐 너도 놀래서 나가넘어질 게다."

언니의 눈에 는개가 내리 듯 몽롱한 평안함이 고여 온다. 아직도 어름처럼 차가운 야채가 든 검은 봉지를 지그시 가슴팍에 대고 눌러본다. 인사를 하는 둥 마는 둥 언니네를 빠져나왔다. 언니가 말한 번데기와 누에고치란 말이 귀에 거슬린다. 그 말에서 이상하게 죽음 냄새가 풍긴다. 누에고치란 바로 언니의 골마지 냄새가 잔뜩 낀 달동네집일 것이고 그걸 벗어나 예쁜 날개를 지닌 나비가 된다는 것은 이런 데서 살고 싶지 않아 어서 빨리 죽어 화려한 저 세상으로 가겠다는 뜻으로 해석이 되었다. 번데기와 나비가 주는 묘한 뉘앙스가 그녀를 불안하게 했다.

일생을 60년을 잡아보면 그 세 쪽 중의 하나는 잠을 자느라고 보낸다니 다리를 쭉 뻗고 편안히 자기 위해 제집이 있어야 하는데 그들 자매에겐 집이 없다. 달동네의 조붓한 골목을 내려오면서 발밑에 깔린 불 밝힌 도심지가 눈에 안겨온다. 고층아파트들이 숲의 나무들처럼 우뚝우뚝 서서 빛으로 전신을 들어낸다. 큰 키를 자랑하는 아파트 주위에 시루 번을 두른 것처럼 미미하게 빛을 발하는 자잘한 포도송이 형상의 주택에서 껌벅껌벅 희미한 빛이 어른댄다. 솔직하게 표현하자면 땅 위의 빛들이 하늘의 별들보다 엄청나게 더 많다. 공해로 찌든 밤하늘에는 별이 드물다. 어쩌다 흐릿한 별이 멀리서 눈물을 잔뜩 머금은 채 몇 개 어른거릴 뿐이다. 아버지와 함께 어린 시절 해변 가에서 총총히 박힌 밤하늘의 별을 센 적이 있다. 그때처럼 차분하게 별 하나, 나 하나를 외치면서 셀 수가 없을 정도다. 마치 바닷가의 모래알처럼 도시의 불빛이 너무 많다. 이 지상의 불빛 하나에 한 가족씩 산다고 쳐도 저 많은 불빛을 다 차지하고 살아가는 인간들이 참말로 위대해 보였다. 그런 많은 불빛 중에 자신의 등불을 밝힐 집이 없는 언니와 그녀는 존재도 없이 이 지상에서 희미하게 흐느적거리는 매가리 없는 빛처럼 여겨져서 어깨에 힘이 쭉 빠져나갔다. 서러움이 목울대를 타고 흐르면서 괜스레 강하게 불을 밝힌 불특정 다수에 대한 미움이 스멀스멀 고여 왔다.

언니는 참으로 특이한 체질의 여자다. 작년 아버지 고희에도 늦게 나타나서는 우선 대문에서부터 울음보를 터뜨렸다. 아버지 고희 상을 차리려고 삼십만 원을 은행에서 찾아가지고 나오다가 쓰리를 당해서 이렇게 빈손으로 왔다고 꺼이꺼이 울어댔다. 언니는 언제나 그랬다. 무슨 일에나 친척들의 대소사에 돈을 내는 일이 없다. 사람구실을 못한다고 할까. 으레 그러려니 하고 친척들도 지희 언니를 옆으로 밀어놓고 있을 정도다. 친 외사촌들 중에서는 언니가 가장 연장자이니 앞에서 대놓고 따지지도 못하고 뒤에서 입을 삐죽거렸다. 요즘 무슨 소매치기가 그렇게 많다고 그러느냐 하는 투였다. 그까짓 삼십만 원을 그렇게 잃었을까 하며 모두 눈짓으로 은밀하게 속마음을 주고받았다. 더구나 고희를 맞는 친정아버지 잔치 집에 맏딸이라는 사람이 와서 두 다리를 쭉 뻗고 눈물도 나지 않는 눈을 비비면서 청승맞게 통곡을 한다고 지희 언니 등 뒤에 종주먹을 들이댄다. 같은 나이 또래의 사촌들은 예서제서 말이 많았다. 한마디로 언니가 돈을 아끼려고 의뭉스럽게 연극을 하고 있다는 내용이다.

저들 말거리에 등장한 인물이 바로 영조 때 충북 음성 삼봉리 사람으로 유명한 구두쇠 조륵이란 자린고비 이야기였다. 너무 재미있어서 까르륵 웃어대는 저들 속으로 천희도 어쩔 수 없이 빨려들어갈 수밖에 없었다. 된장독에 앉았던 쇠파리가 날아가니 왜 내 된장을 먹고 가느냐고 단양의 장외나루까지 따라가서 그 놈의 쇠파리를 잡아 왔다고 한다. 그 뿐인가. 부채가 닳는다고 벽에 걸어놓고 머리를 흔드는 우둔한 자린고비는 제삿날 굴비를 천장에 매달아놓고 밥을 먹으면서 흘끔흘끔 쳐다보고는 짜다고 호통을 치기도 했단다. 보기에 너무 딱해 이웃이 생선 한 마리를 조륵의 마당에 던져주었더니 밥도둑이 왔다고 냉큼 밖으로 도로 집어 내던졌다나.

이건 모두 지희 언니를 두고 빈정거리는 내용이었다. 진짜로 언니는 돈을 자린고비처럼 움켜쥐느라고 가난을 자처하고 있는 것일까. 정말 돈이 없어 고생을 한다면 언니 몸에서 뿜어 나오는 그 싱싱하고 눈부신 광채는 과연 무엇이란 말인가. 비난의 덤터기를 써가면서도 태연하고 자신감이 넘치며 평안한 언니의 모습은 해미 낀 포구처럼 아득하게 깊어 보이기까지 했다.

그녀에겐 내밀하게 언니하면 떠오르는 장면이 있다. 이날까지 어느 누구에게도 말 못하고 가슴에 깊이 각인된 사건이다. 심지어 살을 맞대고 사는 남편에게 조차도 입을 열지 못한 비밀이기도 하다. 동창들이 모인 장소가 강남에서도 손꼽히는 부촌 아파트였다. 친구네서 커피를 마시고 함께 점심을 먹으러 나오는 길에 옷 수거함에 엎드려 열심히 헌옷들을 꺼내고 있는 언니를 보게 되었다. 친구들의 눈이 두려워 슬쩍 못 본 척하고 비껴가면서 우연히 정면으로 마주친 언니의 얼굴이 눈 속에 사진 찍듯 박혔다. 열에 들떠서 기쁨으로 충만한 얼굴이었다. 새벽 첫빛이 스며드는 밤나무 밑에서 밤새 바람에 떨어진 알밤을 줍듯 언니는 흥분한 얼굴을 감추지 못하고 옷 수거함에서 언니부부와 조카들 몸에 맞는 옷을 뒤져 보따리에 싸느라고 정신이 없었다. 그 순간 동생의 입장에서는 모골이 송연할 만큼 창피했다.

참으로 이상한 점은 그 때의 얼굴이 조금 전 농수산물 시장에 버려진 야채를 주워온 언니의 얼굴과 똑 닮았다는 사실이다. 어떻게 그때 얼굴과 지금의 얼굴이 그렇게도 똑같단 말인가. 언니의 눈 가장자리에 두어 개 자잘하게 파고든 주름살 말고는 나이에 비해 그다지 늙은 얼굴도 아니다. 얼굴에서 풍기는 싱싱함 때문일까.

그렇다면 구접을 떠는 이유가 언니에게 매달린 시댁식구들 때문일까. 그것도 아니다. 언니는 막내며느리였으니 말이다. 아무리 생각해도 언니는 그렇게 가난하게 살 이유가 없다. 형부가 초등학교 선생이면 평수가 작은 18평 짜리 아파트라도 지니고 살아야 할 위치가 아닌가. 그렇게 가난하게 사는 이유가 먼 훗날 자린고비 조륵처럼 환갑에 가난한 이웃들을 모아놓고 재산을 분배하려고 그러는 것일까. 아니면 형부가 버는 모든 돈을 몽땅 진짜로 가난한 이웃에게 분배하여 왼손이 하는 일을 오른 손이 모르게 선행을 베풀고 있는 것일까. 쓰레기통을 뒤지는 그 억척으로 어쩌면 무숙자들을 돌보고 있는지도 모른다. 그래서 언니의 몸에선 빛이 나고 있는 것일까. 아무튼 모를 일이다. 언니만큼 거대한 철의 장막에 가려진 여자도 없다. 말을 전혀 하지 않으니 그 내막을 알 수가 없다. 친정 어머니라도 살아 계시면 자투리 내용이라도 건져 올리련만 어릴적 돌아가신 어머니 자리엔 계모가 들어와 있어 그런 처지도 아니었다. 그렇다면 또 형부란 어떤 인물인가. 언니의 그런 몰상식(?)한 행동에 반기를 드는 것도 아니고 묵묵히 끌려가는 황소처럼 꾸벅꾸벅 아내가 하는 대로 따라가고 있으니 형부 또한 험한 산골짜기의 푸르스름한 이내 속에 가려진 인물이다.

천희는 지하 교회 계단을 지친 몸을 이끌고 천천히 내려갔다. 문 앞에 가출 소녀가 난간에 기대어 앉아 기다리고 있다. 늘 있는 일이라 그녀를 안으로 들어오게 해서 라면을 끓여주었다. 허겁지겁 먹고는 물 한 대접 마신 뒤 횡하니 나가버린다. 하루에도 몇 건씩 있는 일이라 이것저것 저들에게 한 마디도 물어보지 않고 돌려 보낸다. 인간이 산다는 것은 먹고 자고 배설하는 것이 기초가 된다. 이건 전부 집에서 이뤄지는 일이다. 가출한 소년소녀들이 그래도 교회라고 간판을 내걸고 있는 초라한 지하실을 찾아오는 심리는 돈을 많이 처발라 번쩍이는 대형교회에는 감히 들어설 수 없는 위압감 때문일 게다.

지금 그녀 코앞에 하늘을 찌르듯 서 있는 고층아파트들은 작은 것이라도 모두 35평이 넘는다고 한다. 과연 그 공간이 인간의 삶에 꼭 필요할까. 그녀가 살고 있는 지하의 개척교회 한 모서리에 방 한 칸을 들이고 그게 서재이고 침실이며 부엌이 된다. 단 6평의 방이지만 충분하다. 인간이 사는 공간으로 더 이상 필요치 않다는 점을 이렇게 살면서 깨닫게 되었다. 좋은 점도 많았다. 청소할 시간을 아낄 수 있었고 추우면 작은 온풍기를 틀면 금세 방안이 따뜻해졌다. 침대가 의자가 되어서 좋았고 식탁도 필요 없이 남편이 설교를 준비하는 책상으로 족했다. 지하방이라 밤하늘을 향해 힘차게 토해내는 불빛을 하나 만들지 못한다는 점이 아쉬울 뿐 생활에는 지장이 없다. 옷은 일 미터 길이의 행거를 하나 놓고 거기에 외출할 적에 입는 옷들만을 걸고 다른 것은 서랍에 넣어놓고는 그때 그때 꺼내 입으면 족했다. 이런 삶이 불편하지만 옛날 동굴에서 살았던 사람들보다는 더 낫다는 생각이다. 동굴 속에는 물도 나오지 않았을 것이고 화장실도 없었을 터이니 방이 좁다는 이유 말고는 만사오케이인 이 삶이 얼마나 편리하고 복된 삶인가! 그렇게 보면 언니가 살고 있는 구질구질한 달동네 허름한 집에서도 나름대로 멋이 숨어있어 자신보다 더 싱싱한 얼굴을 하고 있는지 모른다. 단지 동생처럼 목회를 하느라고 고생하는 삶이 아니고 정기적으로 돈이 들어오는 가장이 있는 위치에서 그러고 사는 것이 이해가 되질 않았다.

천희의 생활은 더 이상 돈을 줄일 수 없을 정도로 바닥 인생이다. 감사할 일은 사십 줄에 있으면서도 아이가 없다는 점이다. 이런 삶에서 아이가 딸리면 만에 하나 불행을 아이에게 심어줄 수도 있을 터인데 남편과 단 둘이서 오손도손 소꿉장난하듯 사는 일상이 감사할 뿐이다.

아침이면 천희 부부는 각자 갈 길을 간다. 남편이 동쪽으로 가면 아내가 서쪽으로 가고 한 사람이 북쪽으로 가면 다른 한 사람은 남쪽으로 가면 된다. 일주일에 단 한 사람이라도 교회로 끌고 오면 되는데 어떤 때는 한 달이 되어도 단 한 사람을 교회로 인도하기 어렵다. 이건 시급한 문제였다. 입에 풀칠하는 일하고도 관계가 있으니 말이다. 무작정 동서남북으로 각자 헤매는 것보다 햇볕이 드는 이층이나 삼층을 전세로 얻어 낮에 직장에 나가는 부모를 둔 어린 아이들을 돌보는 어린이집이라도 경영하면 나을 터라 언니를 찾았는데 동생의 삶보다 더 궁상을 떨고 있으니 기가 막혔다.

점심을 거른 채 천희는 전도지를 들고 아예 멀리 번잡한 도심지로 나갔다. 눈을 현란하게 하는 번화가를 걸으면서 그 옛날 남편과 연애를 하면서 드나들었던 커피숍과 국수집 안을 기웃거렸다. 그 시절엔 달콤한 꿈에 들떠있었다. 결혼을 하면 발등까지 내려오는 치렁치렁한 드레스를 입을 꿈을 꾸었다. 아마도 드레스는 진달래 색이 좋을 것이다. 하늘이 훤히 보이는 정원으로 뚫린 통유리에는 황금색 커튼을 달고 거실 바닥은 푹신한 연록색의 양탄자를 깔기로 했다. 벽난로에서는 소나무가 타올라 은은한 나무향이 집안에 고이고 벽난로 옆에는 매주일 절반쯤 입을 벌린 흑장미를 듬뿍 사다가 장식하리라. 봄철에는 노란 수선화를 양동이 크기의 백자 항아리에 꽂으면 벽돌로 만든 벽난로에 어울릴 게다. 거실에서는 은은한 고전음악이 퍼지고 장미향이 그득한 거실의 안락의자에 몸을 깊숙이 묻고 책을 읽으면서 세상을 끌어안고 즐기리라. 일층에는 거실과 부엌이 있고 이층에는 침실이 있으며 옷을 걸어놓을 수 있는 큰 옷 방도 만들어 좋아하는 옷을 다 사드려 걸어놓을 터다. 뭐 이런 그림들이 그 당시 데이트를 하면서 꿈꾸던 그녀의 결혼생활이었다.

그러나 이런 꿈을 접어놓을 수밖에 없었다. 남편은 신학을 공부하고 목사가 되겠다고 어느 날 선포했다. 절친한 배꼽친구가 갑자기 교통사고를 당해 현장에서 죽은 뒤에 온 변화였다. 아내의 꿈을 알고 있던 그는 늘 이렇게 귀에 못이 박히도록 말했다.

'눈에 보이는 것은 다 헛된 거야. 인간이란 이 지상에 나그네로 왔다가 가는 거야. 펄펄 살아있던 내 친구가 순간에 살아져버린 걸 보면 인생이란 잠깐 있다가 사라지는 아침안개이고 들풀처럼 피었다가 지는 존재란 말이야. 이런 땅에 우리 미련을 두지 말자. 햇살이 퍼지면 사그라지는 아침안개처럼 잠깐 있다가 가는 나그네인생길 위에서 잠시 머물 여관 같은 집에 대한 미련일랑 버리자. 우리 둘이 누울 공간만 있으면 족하다. 우리 집은 이 지상이 아닌 천상에다 마련하자구나.'

천상의 집이 남편의 꿈이었다. 아무리 그래도 그녀는 이 땅 위의 집을 버리기 힘들어 무척 오랫동안 고통스러워하면서 깊은 갈등 속에 빠져 하릴없이 많이도 쏘다녔다. 참으로 기이한 일은 인간이란 아무리 어려운 역경에 처해도 그런 생활에 익숙해지는 법인가 보다. 그렇게 살다보니 이제는 부촌의 거대한 궁궐 같은 집을 보면 저런 집을 청소하고 가꾸느라고 얼마나 그 집에 사는 여자는 힘이 들까 하는 연민의 정을 누를 수가 없다. 잔디 깔린 정원이 넓으면 나무와 잔디를 가꾸느라고 그 집 여주인은 얼마나 신경이 쓰일까 하면서 혀를 끌끌 차는 경지까지 이르렀다. 젊은 시절의 꿈을 접어두고 이제야 그녀는 남편이 말하는 하늘에 집을 짓는 꿈을 꾸고 있었다.

춘설이 날리는 변덕스러운 날씨에 천희는 번화한 대로를 피해 뒷길에 줄이어 문을 연 가구점으로 향했다. 이런 날씨에는 사람들이 어깨를 움츠리고 음울한 얼굴을 하고 있어 전도지를 주어도 짜증어린 반응을 보인다. 얼어붙은 몸을 가구점에라도 들어가 풀어볼 셈이었다. 이제 가구들은 그녀 하고는 먼 물건들이 되었다. 일생 지상의 집이 없을 터이니 그런 가구를 들여놓을 공간도 능력도 없기 때문이다. 그래도 그 옛날 처녀시절 결혼하면 어떤 가구로 집을 꾸밀 것인가 하는 꿈을 안고 거닐던 골목이다. 시대를 따라 가구도 여인의 옷처럼 패션이 변하고 있었다. 어머니가 결혼할 적에는 번쩍번쩍하는 통영자개농을 선호했다고 한다. 봉황새나 노송을 자개로 박았거나 십장생이 주축을 이루었다. 그러나 요즘 유행하는 가구는 고풍스러운 유럽풍으로 우아하고 고상한 빛을 발한다. 사람이나 동물이 추위, 더위, 비바람 따위를 막고 그 속에 들어가 살기 위하여 마련한 동굴인 집을 장식하는 가구들이 유행을 따라 여인의 치맛자락처럼 오르내렸다. 한 폭의 동양화를 박은 장롱이나 특히 나비와 꽃을 하단에 깔거나 밀레의 만종을 그려 넣은 장롱도 있었다. 백두산 천지를 넣은 한 폭의 사진 같은 장롱도 있다. 특히 이태리 가구는 백미를 이뤄서 손님들이 꽤 붐볐다. 천희는 눈요기라도 할 겸 안으로 깊숙이 들어갔다. 안쪽에 놓인 가구들은 고가품으로 어찌나 비싼지 가격표를 보고는 입을 딱 벌렸다. 이건 물건이구나! 참 좋다 하는 것들은 몇 백만 원대를 넘어섰고 진짜 보석처럼 보기 좋구나 하는 가구는 몇 천만 원대를 호가하여 가난한 사람들이 거주할 작은 집한 채 값이었다. 유럽 궁궐이나 귀족 집에 놓여 있음직한 우아한 빛을 토해내는 가구들 중에 이탈리아에서 직수입했다는 장식장의 가격표에 눈이 멎었다. 장장 천만 원하고도 반을 더하는 가격이라 자세히 보려고 다가가니 지희언니가 그걸 만지고 있었다. 그녀는 숨이 멎는 듯했다. 언니가! 세상에 언니가! 거지 굴 같은 달동네에서 사는 언니가 이런 비싼 가구점에 그것도 이태리 수입품 앞에 서있다니! 감이 잡히질 않았다. 옆에 동생이 서 있는 것도 모르고 언니는 완전히 가구들에 몰입하여 황홀한 표정을 짓더니 힘차게 계산대 앞으로 가는 것이 아닌가. 너무 가난하게 살아서 잘 사는 아파트 족들로 인해 마치 외상 후 스트레스장애라도 받아서 이런 엉뚱한 짓을 하고 있는 것일까. 걱정이 되었다.

"언니! 여기서 뭘 해?"

그러자 깊은 잠에서 깨어난 듯 몽롱한 눈을 들어 동생의 얼굴을 보면서도 처음에는 상대방이 누군지 감을 잡지 못해 한참 머무적거렸다. 언니는 앞을 볼 수 없을 정도로 짙게 낀 안개 속을 헤매는 어린아이처럼 보였다.

"아하! 너로구나. 너 여기에 어쩐 일이냐?"

"나야 전도하러 나왔지만 언니는 뭐하는 거야?"

그러자 어색한 미소를 흘리면서 무안한지 살짝 얼굴을 붉힌다.

"언니가 이 비싼 가구를 왜 보러 다녀? 집도 없으면서……."

"나는 이런 가구를 살 자격이 없다고 생각하는 모양이구나. 인간은 마지막 승부가 아름다워야 하는 법이다. 인생이란 장거리 마라톤이다. 골인할 적에 그 가치를 알 수 있단다."

"아하! 나처럼 그냥 눈요기하러 온 것이구나."

언니는 장난기 어린 소녀처럼 혀를 쪽 내밀었다. 부끄러운 표정이었으나 아주 당당했다.

"그나저나 넌 언제 집을 마련할 거냐? 인생에서 집이란 아주 중요한 거다. 집을 갖기 위해 너도 나도 모두가 힘을 다해 뛰고 있는 판에 넌 뭐냐. 아무리 봐도 집을 마련할 기미가 없어 보인다. 하긴 있던 집까지 팔아버렸으니 너희 부부는 세상에 속하지 않은 별종들이다. 늙어서 너희들은 길거리에서 살 거냐? 쯧쯧……. 불쌍한 것들 같으니라고."

"나는 세상 사람들처럼 모래 위에 집을 짓지 아니하고 비바람이 불어와도 흔들리지 않을 반석 위에 짓고 있다니까."

"모래 위든 반석 위에든 어떤 터전이든 젊은 시절 개미처럼 스스로를 위해 열심히 갈무리하고 살아야지 노후가 편한 법이다. 모든 사람들이 겉으로는 태연한 척 살아가지만 내막으로 들어가 보면 모두가 집을 마련하느라고 별짓을 다 하면서 돈을 모아 집을 사려고 발버둥치고 있단다."

천희는 언니의 말에 피식 웃으면서 손가락으로 위를 가리켰다. 그러자 언니는 입을 삐죽이면서 한심스럽다는 표정을 감추지 못했다. 그러고 두 자매는 가구점을 나와서 헤어졌다.

그런지 한 달이 지난 뒤에 형부의 숨을 쉬지 못할 정도로 다급한 전화를 받았다.

"처제! 언니가 글쎄 그 사람이, 내 안사람이, 애들 어미가 이상해……정말, 난 몰라. 그 건강한 사람이……. 여긴 병원인데……. 어느 병원이냐고? S대학 병원 응급실이야. 이 사람이 눈을 딱 감고……. 움직이지도 않아. 숨도 쉬질 않고 이상해. 흑흑……. 아이쿠! 이거 큰일 났네. 아무래도 일을 당한 거 같아. 이를 어쩌면 좋아. 엉엉……."

형부는 숨을 쉴 수가 없는지 헉헉거리면서 말을 잇지 못하고 토막말을 횡설수설 늘어놨다.

"언니에게 무슨 일이 있어요? 형부 왜 그래요?"

"빨리 와봐. 빨리, 빨리. 이를 어쩌지. 이를 어째."

울부짖는 형부의 목소리가 귓가를 맴돌았다. 형부는 정신을 차릴 수 없는지 마구 흐느끼면서 허둥거렸다. 대형 교통사고라도 당한 것일까. 남편과 함께 대학병원의 영안실을 거쳐 장례식장에 이르는 사흘간은 마치 구름 위를 걷는 것처럼 시간이 정지된 듯했다. 마지막 입관 때 본 언니의 손이 화인 맞은 것처럼 천희의 가슴에 각인되어서 대못이 가슴에 박힌 듯했다. 언니의 손은 그야말로 갈퀴손이었다. 굳은살이 딱딱하게 박인 손은 거칠어서 고목의 뿌리처럼 앙상했다. 그런 손을 하고 어쩌자고 언니는 고급가구점엘 갔었을까. 자신이 처한 자리가 너무 가여워서 눈요기라도 하면서 위로를 받고 싶었을까. 언니는 얼마나 그런 것들이 갖고 싶었으면 그렇게 방황하고 있었을까. 이 사흘간 눈물을 많이도 흘렸건만 가구점 생각을 하니 가슴이 에이면서 주체할 수 없을 정도로 철철 눈물이 흘러내린다.

화장장에서 언니의 유골함을 안고 형부는 그저 혼 빠진 사람처럼 말을 잃고 멍청했다. 화장터를 나와서도 형부는 아직도 정신을 차릴 수 없는지 휘청거렸다. 나중에는 방향감각도 없는지 그저 멍청히 서 있기만 했다.

"이제 납골당으로 가야지요. 어디쯤에 정했나요?"

보다 못한 천희의 남편이 유골함을 안은 동서를 잡아 흔들면서 정신 차리라고 귀에 입을 바짝 대고 소릴 질렀다.

"이 사람을 이대로 그냥 보낼 수는 없어. 절대로 그렇게 할 수 없어. 엉엉……. 파출부까지 하면서 그토록 고생하고 살았는데 어떻게 그냥 보내. 이 가엾은 사람을 어떻게 이대로 보내느냐고."

형부는 언니의 유골함을 안고 맹하니 초점을 잃은 눈으로 허공을 향해 짐승처럼 울부짖었다. 대학생인 두 딸들도 아버지와 함께 엉켜 붙어 서로 껴안고 울어서 천희는 저들을 데리고 나가 무엇이라도 먹여야겠다고 생각하면서 조카들의 옷자락을 잡아끌었다. 유골함을 식당의 한 구석에 놓은 채 우선 식사를 했다. 죽음과 삶의 갈림길은 무엇일까? 산 사람은 먹어야 하고 죽은 사람은 수저를 놓은 것이 달랐다.

형부는 택시를 불러 타고는 뒤 따라오라고 처제부부에게 눈짓을 한다. 두 대의 택시는 나란히 도심지를 벗어난 외곽 길로 접어들었다. 유골함을 안치할 납골당을 찾아가는 것이려니 했는데 형부의 가족이 탄 택시가 최근에 새로 분양된 대형 고층아파트 단지 앞에 멎었다. 이런 납골당도 있나 해서 천희는 얕은 구름에 머리를 박고 하늘을 향해 높이 치솟은 고층아파트 옥상을 향해 고개를 꺾어가면서 올려다보았다. 아파트 빌딩 옥상에 걸린 구름이 흔들려서 건물들도 몸도 함께 흔들렸다. 구름 따라 건물 따라 천희는 휘청거리는 두 다리에 힘을 주었다. 형부는 유골함을 안고 두 딸들은 그저 고개를 푹 숙이고 묵묵히 엘리베이터 앞에 섰다. 어리둥절한 천희 부부도 저들과 함께 승강기에 올랐다. 20층에 선 승강기에서 내리자 바로 아파트 문을 열고 들어갔다.

형부는 대형 벽 텔레비전 밑 장식장 위에 유골함을 놓고는 그 앞에 무릎을 꿇고 앉았다. 착 가라앉은 목소리로 유골함을 향해 마치 산 사람에게 말하듯 소곤거렸다.

"여보! 우리 집에 왔다. 여기서 몇 달은 살고 가야지. 당신이 그동안 이집을 마련하느라고 얼마나 고생했어. 이런 집을 놓고 어떻게 이렇게 갈 수가 있어. 그것도 아이들이랑 나를 남겨두고 당신 혼자서 그냥 가냐? 이 무정한 사람아! 당신 정말 나에게 이러기야. 이러면 안 되지."

눈이 휘둥그레진 천희는 집안을 샅샅이 훑어보았다. 모두가 새것이었다. 안방에는 한 달 전 가구점에서 보았던 흰 바탕에 밑 부분에 장미꽃이 만발하여 어느 부잣집 정원에라도 들어선 듯 호사스러운 장롱이 놓여있었다. 부엌에는 백만 원 대 가격이 붙었던 6인용 확장식탁도 턱 자리 잡고 있었다. 방이 셋인 아파트의 방문마다 큰딸 방, 작은 딸 방, 안방이라고 새긴 앙증맞은 팻말이 가장자리에 장미조각 장식을 달고 붙어있었다. 상당히 신경을 많이 써서 만든 팻말들이었다. 두 딸의 울음소리로 거실 안이 출렁거렸다.

형부가 안방 장롱에서 한 아름 통장들을 꺼내다 아내의 영정사진 옆에 늘어놓았다. 싱싱한 빛이 도는 새 통장도 있지만 20년이 넘었음직한 어떤 통장은 손때가 꼬질꼬질 묻어 빤질빤질 기름기가 돌았고 어떤 통장 가장자리는 먼지가 풀썩일 듯 닳아있었다. 적금을 부어 아파트를 사려고 하면 값은 저만큼 뛰어서 다시 그 돈을 은행에 맡기고 적금을 또다시 부었다는 불쌍한 언니. 뱁새가 황새걸음을 따라잡듯 25년 동안 몸부림치면서 한 푼, 한 푼 모아서 이제야 겨우 분양을 받은 아파트에 언니는 한줌의 재가되어 들어왔다. 멍청이, 바보 같은 언니는 아파트를 비워둔 채 달동네에 살면서 가구를 하나씩 마련하여 들어놓으면서 집안을 치장하고 있었다. 언니의 유골 옆에 놓인 통장들 겉표지엔 검은 매직펜으로 써놓은 언니 필체가 또렷하게 살아났다. 냉장고 통장, 세탁기 통장, 장롱 통장, 소파 통장……. 다양한 통장들이 언니의 옷가지 수보다 더 많아 보였다. 마침내 침대랑 식탁, 거실 의자들까지 몽땅새로 사드려 완전히 장식한 뒤 이사를 코앞에 두고 언니는 저 세상으로 가버렸다.

동그마니 탁자 위에 놓인 언니의 유골 항아리. 아아! 고만한 공간을 이 지상에서 차지하느라고 언니는 그토록 일생을 바쳤단 말인가! 이 넓고 넓은 세상에서 주먹이 두어

개 들어갈 정도로 작은 항아리만한 공간을 벌기 위해 일생을 바쳤단 말인가! 이 크나 큰 땅덩이 위에 고만한 공간을 벌기 위해 언니는 그렇게도 열심히 달음질을 했단 말인가. 아아! 가엾고 불쌍한 언니야!

형부 가족들의 울음소리를 뒤로 하고 천희 부부는 아파트를 나섰다. 고개를 꺾어야 올려다볼 수 있는 아파트 숲의 한 칸을 마련하기 위해 언니는 결혼하고 꼭 25년을 그렇게 몸부림쳤던 셈이다. 번데기가 누에고치를 뚫고 나와 한 마리의 화려한 나비가 되어 날아올라 편안히 지낼 20층의 작은 아파트에서 언니는 예쁜 날개를 너울거릴 것으로 믿고 꿈을 꾸었을 게다.

머리를 짓 숙이고 땅만 보고 걷고 있는 천희의 허리를 남편의 팔이 감아 안았다. 이른 봄이라 아직도 쌀쌀한 서녘 하늘에 불그레한 노을이 하루를 여물고 있었다. 흐린 눈을 비비면서 천희는 서녘 하늘을 응시했다. 그 노을 속으로 나비 한 마리가 너울너울 날아오르더니 까만 점이 되어 그네의 눈물 어린 눈앞에서 가물가물 사라졌다. ✄

— 2009년, 『계간문예』 가을호

하늘빛 커튼

ㅎㅏㄴㅡㄹㅂㅣㅊㅋㅓㅌㅡㄴ

100년이 족히 되었음직한 한옥의 문간방, 손바닥 만하게 골목을 향해 뚫린 창을 통해 들어오는 빛이 전부였다. 그 창도 신혼 방을 넘볼 사람이 있을지 모른다고 새신랑인 근식이 몇 겹으로 처발라놓은 누렇게 발한 신문지 탓에 방안은 짙은 안개 속처럼 어둑했다. 밖은 찬란한 빛이 넘치건만 이 손바닥 만한 공간은 장대비가 내리는 날처럼 묵직한 어둠이 짙게 찍어 눌러 음산했다. 이런 방을 향해 미옥은 지친 몸을 이끌고 집으로 뚫린 골목으로 들어서기 전에 싸전에 들러 봉지쌀을 샀다. 반찬은 한 달 전에 삭혀 놓은 고추가 맛이 들어 누렇게 익어있다. 꼴뚜기 한 상자를 굵은 소금에 절여놓은 지 두 달이 되었으니 그걸 종종 썰어 풋고추와 고춧가루를 넣어 버무리면 된다. 그러고 보니 온통 고추만을 먹고 사는 셈이다. 오이를 한 접 소금에 절여 시큰하게 익으면 장마철이 다가올 것이고 그러면 꼴뚜기젓과 소금에 삭힌 고추, 그리고 오이지가 긴 여름철의 반찬이 될 것이다.

결혼은 장난이 아니다. 먹고, 입고, 잠자는 것이 큰 일거리다. 그게 소꿉놀이처럼 재미있는 것이 아니고 녹록치가 않다. 남편인 근식은 신혼의 몇 년간만 잘 참고 지내면 일생 고생 시키지 않겠다고 다짐을 했으나 고등고시 통과가 그렇게 만만치 않은 모양이다. 험난한 미용바닥에서 시다시절을 통과하여 미용사란 타이틀을 달기는 했지만 손님 비위 맞추기가 어찌 그리 쉬운 일인가. 새벽부터 밤늦은 시간까지 아직도 위로 줄줄이 늘어선 선배언니들의 시중을 들면서 배우는 자리이니 주급으로 받는 것 말고는 팁도 인색한 자리에 있다.

근식은 오늘 아침에도 잔뜩 주눅이 들어 가방을 들고 아내의 뒤를 따라나섰다. 남자에게 경제권이 없다는 것은 기가 죽어 바보로 만들기에 딱 좋으니 조심하라는 친정어머니의 말을 되살리면서도 미옥은 오늘 은근히 부아가 치밀었었다. 그 이유는 시어머니가 데려다놓은 막내시누이 때문이다. 초등학교만 졸업하고 농사일을 시키다가 오빠가 장가를 들었다니 무조건 문간방에 그것도 단칸방이요 신혼 방에 집어넣고 갔으니 말이다.

"이 애는 네 몫이다."

"어머니의 딸이 왜 제 몫입니까?"

"이 애를 공부시켜 네가 시집보내야 한다. 시골에 두면 아무리 똑똑해도 바보멍청이가 되는 법이니라."

"단칸방에서 어찌 시누이를 데리고 삽니까?"

"나는 단칸방에서 아이들 여섯을 데리고 여덟 식구가 살았다. 셋이서 잘 수 없단 말을 하지 마라."

열다섯 살 난 시누이를 그렇게 작은 문간방에 버려두고 시어머니는 휑하니 가버렸다. 골방은 그래서 더 어둑해졌다. 저 창문을 어떻게 해서든지 밝게 해서 방안이 더 밝아질 방법은 없을까. 미옥은 하염없이 퍼질러 앉아 신세타령을 하다가 누렇게 발한 신문지로 덮어씌운 창문을 흘겨보았다.

흥미진진하게 방영되는 일일드라마나 주말연속극이 그녀의 심기를 상하게 했다. 언제 보아도 거기엔 사랑도 있고 질투도 있으며 깨소금처럼 고소한 맛이 있었다. 그녀의 삶처럼 질척거리고 지루하고 끈적거리는 숨막히는 생활은 없었다.

이번에도 시험에 낙방한 근식의 한숨소리가 손바닥 만한 창문의 누런 신문지에 달라붙어서 방안은 깜깜함을 더해 갔다.

주인집 부엌의 한 구석을 빌려 쓰는 고로 식사준비로 한창 붐빌 시간대를 피해서 밥을 지어야 한다. 그런 것도 모르고 천방지축인 시누이는 검정고시학원에 간다고 주인집 여자와 함께 부엌에서 나댄다. 저러다가 방을 내달라면 어쩌나 해서 그녀는 한숨을 삼키며 손바닥 만한 창을 올려다본다. 밖은 아침햇살로 찬란하건만 누런 신문지를 통해서 간신히 뚫고 들어온 빛줄기가 힘없이 그녀가 누워있는 이불 위에 떨어진다. 동녘을 뚫고 떠오르는 햇살로 밖은 빛이 충만하건만 방안은 땅거미처럼 어둠이 머무적거리고 있다.

미옥은 새끼 독수리가 되어 둥지 속에서 꼼질거리며 머리를 가슴 깃 속에 박았다. 어미 독수리가 자신의 몸길이보다 더 긴 날개를 자랑하면서 하늘로 높이 치솟는다. 긴 날개를 활짝 펴서 공중에 정지하여 오래 서 있다가 태양을 향해 곧바로 올라간다. 그런 어미 새에게 눈길을 보내다가 슬슬 찾아드는 잠 속으로 빠져든다. 어미 새가 만든 둥지는 참으로 포근하고 아늑했다. 절벽 바위틈에 지어놓은 둥지는 아득하게 아래로 강물도 보이고 질펀한 논밭과 종이를 구겨서 펴놓은 것 같은 산들이 눈 아래서 시야에다 잡을 수 없을 정도로 펼쳐지면서 멀리 하늘과 맞닿아 있다.

새끼 독수리가 된 그녀는 어미가 입에 물어다 넣어준 맛있는 살코기를 실컷 받아먹은 뒤끝이라 밀려오는 잠을 이기지 못하고 밑으로 자꾸 파고 들어갔다. 절벽 바위틈에 지어진 둥지는 모진 바람에도 끄떡하지 않고 달라붙어 있다. 더구나 가시나무 가지로 밖을 둥그렇게 싸고 그 위에 토끼나 노루의 잔털을 물어다 두툼하게 깔아놓은 위에 어미 독수리의 부드러운 가슴깃털을 뽑아 푹신하게 깔아 놓은 탓에 말로 표현할 수 없을 정도로 아늑하고 편안했다. 그 속에서 영원히 잠들고 싶었다. 광활한 하늘과 그 하늘과 맞닿은 넓은 벌판을 가슴에 안고 이렇게 포근하게 절벽의 둥지에 안겨있는 맛을 어디에 비할 것인가! 폭풍이 불어와서 천지가 난리를 치면 더 행복했다. 비바람이 몰아치는 산야와 하늘을 바라보면 둥지 안이 너무 평안하고 좋아서이다. 남의 불행을 보면서 자신의 행복을 확인하는 마음이라고 할까.

갑자기 어미 새가 날갯짓을 하면서 밖으로 나오라고 수선을 떤다. 오수를 즐긴 끝이라 기분이 만사오케이인데 공허한 허공으로 무조건 나오라니 말도 되지 않는다. 싫다고 머릿짓을 하면서 밑으로 파고들었다. 이런 새끼를 가만 놔두지 않고 강렬한 빛이 뿜어 나오는 날카로운 눈을 똥그랗게 뜨고 날카로운 발톱으로 둥지 속을 파헤쳤다. 속에 두툼하게 깔아놓은 어미 새의 가슴깃털을 강하게 불어오는 바람에 다 날려 보내고 그래도 자꾸 밑으로 파고드는 새끼를 밀어가면서 동물의 털도 마구 바람에 흩어버렸다. 이런 때는 새끼가 한 마리라도 더 있으면 좋으련만 어쩌자고 딱 한 마리만 낳아가지고 이렇게 들볶는지! 어미 새에게 강하게 반항하면서 밑으로 파고들었으나 뾰족한 가시가 어찌나 살을 아프게 찌르는지 새끼 새인 미옥은 푸드득 거리면서 둥지 밖으로 밀려났다. 어깻 죽지에 붙은 작은 날개로는 도저히 허공을 날 수가 없었다. 아래로 곤두박질했다. 아악! 죽는다고 버둥거릴 적에 어미 독수리가 잽싸게 날아와서 등에 업히라고 크고 우람한 암갈색의 등을 발아래 내밀었다. 아이쿠! 이제 살았구나. 어미 새의 등에서 한 숨을 삼키는 동안 하늘 속으로 높이 치솟더니 다시 공중에서 새끼 독수리인 그녀를 내동댕이쳤다. 어디 하나 의지할 곳이 없고 잡을 지푸라기도 없었다. 허공에 나동그라진 미옥은 악악거리면서 날개를 결사적으로 파드득거렸다.

"여보! 왜 이래. 눈을 뜨라고. 몹쓸 꿈을 꾼 모양이군. 이 땀 좀 봐. 미장원 일이 너무 힘들어 몸이 허약해진 모양이야."

근식의 근심어린 구시렁거림에 그녀는 허공중에서 허우적이던 몸을 일으켰다. 단단한 방바닥 위에 자신이 누워있는 걸 알아채고는 안도감에 가슴을 쓸어내렸다. 광활한 허공에 혼자 나동그라진 것이 아니다. 단단한 방바닥 위에 자릴 잡고 있고 더구나 곁에 남편이 있다는 사실이 큰 위로가 되었다.

시계를 보니 새벽 1시. 왜 이런 꿈을 꾸었을까. 어제 점심시간에 미용실에 켜놓은 텔레비전의 화면 탓일 게다. 동물의 세계란 제목을 달고 방영된 다큐멘터리에서 징그러운 뱀이 먹이를 잡아채는 것이랑 영양들이 무리를 지어 광야를 달리는 것을 보았다. 무엇보다도 그녀를 감동시켰던 장면이 어미 독수리의 새끼 훈련이었는데 그게 머릿속에 잠재해 있다가 꿈으로 둔갑한 것이 틀림없다. 아무리 꿈이지만 만물의 영장인 사람으로 태어난 여자가 잠시지만 새끼 독수리가 되었다니!

꿈속에서 벗어나 눈을 뜨고 현실로 돌아오니 막막한 허공에 버려진 새끼 독수리처럼 의지할 곳이 없었다. 지금까지는 그녀가 처한 상황을 정확히 표현할 수 없었는데 현실의 막막함이 허공중에 내동댕이쳐진 새끼 독수리의 신세와 비슷했다.

사실은 남편에게 솔직히 말하지 않았지만 혼자서 산부인과를 다녀와 근심에 잠겨있는 참이다. 임신 2개월. 아기를 낳으면 당장 남편의 공부가 중단되고 시누이의 학원도 포기해야 한다. 자신의 손끝이 수고해서 들어오는 수입으로 이 식구의 생계를 꾸려가는 판에 자식을 낳을 수 있을까. 그렇다고 생긴 아가를 지울 수 있는 용기도 없었다. 신문지를 몇 겹 발라놓은 창문 탓에 문간방은 깊은 수렁에 잠겨들면서 시간이 흐를수록 짙은 침침함 속으로 내려가고 있었다.

"여보! 나 아무래도 공부를 포기하고 그냥 평범한 직장으로 들어갈까 봐. 그까짓 판검사가 되어서 무얼 해. 당신이 진땀을 흘려가면서 꿈속에서도 사지를 버둥거리고 허우적이는 걸 보니 참을 수가 없어. 내일부터 공부는 집어치우고 친구들이 오라고 하는 직장으로 갈 생각이 굴뚝같아."

"절대로 우리의 꿈을 접지 말자. 우리 한번 도전해보자."

미옥은 남편을 끌어안았다. 울컥 서러움이 치밀었다. 하루 종일 서서 손님의 머릴 만졌더니 발등이 통통 부어오르고 손등도 부어서 주먹이 쥐어지질 않았다. 남편은 아내의 상태가 어떤지 그것까지 아직 신경을 쓰지 못했다.

잠 못 이루고 뒤척이는 남편 곁에서 다시 꿈속으로 빠져들었다. 이번에 미옥은 고고하게 바위틈에 지어진 둥지 속이 아니고 조그마한 들오리가 되어서 하늘 높이 날아가고 있었다. 브이 자를 그리면서 질서정연하게 들오리 떼속에 끼어 끼룩끼룩 날았다. 배가 고프고 피곤하여 도저히 저들을 따라갈 수가 없었다. 날개에서 힘이 빠져나가자 대열에서 처지기 시작했다. 맨 끝줄에서 하염없이 펼쳐진 하늘자락과 간데없이 깔려있는 흙빛의 땅을 내려다보니 멀리 어느 농가의 마당에 오리들이 떼를 지어 놀고 있었다. 혼자 살짝 빠져나와 농가의 지붕 위에 내려앉았다. 집오리들이 고생도 하지 않고 사람들이 주는 음식을 먹고 한가롭게 놀고 있었다. 이런 생활이 평안한지 살이 쪄 뒤룩거리면서 사랑놀이만 했다. 미옥은 자신이 들오리라는 사실을 감추고 잠시 쉬었다 가려고 집오리들 틈에 끼었다. 배가 부르도록 사람들이 주는 음식을 먹고 난 뒤에 앞서 날아간 오리 떼를 뒤쫓을 참이었다. 그러나 이 생활이 너무 편안했다. 조금만 쉬었다 간다는 것이 시간이 흐를수록 집오리의 아늑한 생활과 매작지근하게 밀려오는 게으름의 매력에서 벗어나질 못했다. 그냥 저들 틈에 끼어서 살다가 문득 옛 친구들이 그리워 날려고 퍼덕거리면서 날개 짓을 했으나 지붕 위에도 날아올라갈 수가 없었다. 살이 쪄서 무거운 몸을 날개가 지탱해주지 못했기 때문이다. 그래도 옛날이 그리워 날갯짓을 하다가 땅바닥으로 나동그라졌다. 위를 보니 바다보다 더 그윽하고 깊은 파란 창공이 끝 간 데 없이 펼쳐졌건만 그 속을 훨훨 날았던 과거는 단지 지난날의 추억일 뿐이었다.

어느 날 갑자기 오리구이로 팔려가는 집오리들 틈에 끼어 죽음의 행렬에 끼어있는 자신을 발견하고 이렇게 죽을 수는 없다고 몸부림을 치다가 눈을 떴다.

옆에는 남편이 코를 골고 대자로 누워 자고 있었다. 아아! 남편이 고등고시를 포기하면 이렇게 된다는 암시인가보다 하는 생각이 퍼뜩 스쳤다. 밖은 환해졌으나 손바닥 만한 창문으로 파고드는 빛이 더께로 바른 신문지를 통과하지 못하여 방안은 해거름이 내려앉은 것처럼 어슴푸레했다.

임신중독이라도 온 것일까. 발등이 소복이 부어서 손가락으로 누르면 쏙 들어간다. 주인마담의 눈치를 봐가며 일찍 퇴근한 미옥은 오랜만에 상에 올릴 간고등어를 한 손 사들고 집으로 향했다. 문간방 창문에 불빛이 새어나온다. 학원에서 공부하는 시누이가 이 시간대에 올 리는 없고 남편은 고시공부로 도서관에 있을 시간이다. 방문을 여니 남편이 머릴 싸매고 누워있다. 몹시 아픈 모양이다. 문이 열리는 소리에 머릴 든 근식이 아내를 보고는 눈가의 눈물을 감추느라고 등을 돌린다.

"많이 아파요? 동네 병원이라도 가보지 그래요."

"몸이 아픈 것이 아니고 마음이 아파서 그래."

"마음이 아프다니? 우리 조금만 더 참고 이겨내요."

미옥은 둥지 속의 가녀린 새끼 독수리를 떠올렸다. 남편은 날개가 강해지기를 기다리는 새끼 독수리일 뿐이다. 절벽 바위틈에 지어진 둥지가 바로 이 문간방이요, 손바닥 만한 창문이 둥지 아귀일 것이다. 그 둥지를 뚫고 광활한 하늘로 날아오를 때까지 참고 기다려야 한다. 미옥이 남편을 억지로 일으켜 껴안았다.

"아버님이 도서관엘 왔다 가셨어."

"특수농작물을 작년에 시작하셨다더니 문제가 생겼나요?"

그러자 근식은 창문 쪽을 향해 등을 돌리고 다시 누어버린다.

"말을 해요. 무슨 일이에요?"

"지난주에 불어온 태풍으로 비닐하우스가 몽땅 날아가

는 바람에 빚더미에 올라앉았다고 했어."

"그래서요?"

"돈을 달라고 오셨더군. 은행에서라도 꾸어오라고 하는데 내게 무슨 신용이 있어야 돈을 꾸지. 가진 재산도 없고. 두 사람이 당신한테 거머리처럼 달라붙어 뜯어 먹고 공부하고 있는 판에 이를 어쩌지. 큰일이야. 집이랑 농토를 다 내놓아도 그 빚을 감당할 수 없다고 했어."

희미한 형광등을 켠 문간방은 검은 게달의 장막이 내려 덮이고 있는 듯 서서히 깜깜해지면서 답답했다. 대문과 중문으로 막힌 문간방이라 유일한 탈출구인 창을 뚫고 날아가야 할 터인데 가위에라도 눌린 듯 몸이 밑으로 내려가면서 땅속 깊이 파묻힐 것 같은 기분이 들었다. 달팽이처럼 안으로 기어들어가지 말고 밖으로 머리를 내밀고 살아갈 방법을 모색해야 한다.

"우리 형편에 어떻게 그런 도움을 줄 수 있어요. 당신은 공부 중이고 아가씨는 검정고시를 치르고 고등학교에 가려고 학원에 다니고 있는 판에 가진 것이 있어야지요."

"아버지는 이 문간방의 전세라도 빼어달라고 했어. 우리는 사글세방으로 옮기라고 그런다."

"세상에! 그게 말이 되나요. 함께 길거리에 나앉자는 것이군요. 전 그럴 수 없어요. 더 이상 이런 생활을 참을 수가 없어요. 이 굴레에서 벗어나 아주 멀리 달아나고 싶어요."

그 밤에 그녀는 핸드백만을 들고 문간방을 탈출했다. 갈 곳이야 뻔했다. 고등학교 동창인 희선네였다. 그러나 거기에도 오래 있을 수 없었다. 등덜미를 잔뜩 움켜쥔 남편의 손에 끌려 문간방으로 다시 돌아왔다. 도망쳐봐야 남편의 손바닥 위에서 노는 것이니 갈 곳이 없었다. 숨이 막혔다. 남편의 손이 거대한 바위로 변해서 전신을 무겁게 찍어 눌렀다. 숨쉬기도 불편할 정도로 가슴이 답답했다.

미용실에서 퇴근하는 늦은 밤에 버스에서 내리니 근식이 정류장에 쪼그리고 앉아있었다. 공해에 찌든 도심지의 매연과 먼지로 얼굴에 양팽이를 그린 근식의 몰골은 말이 아니었다. 걱정 근심으로 찌든 얼굴에 연애시절 반하게 했던 패기와 열정이 눈곱만큼도 고여 있지 않았다.

"열심히 고시준비나 하지 이 시간대에 어쩌자고 여기에 나와 이러고 있어요. 공부에 촌음을 아껴야지."

아내를 쳐다보는 근식의 얼굴에 짙은 외로움이 깃들어 있었다.

버스정류장에 보자기를 깔아놓고 나이 지긋한 여인이 커튼을 팔고 있었다. 임신부임을 숨길 수 없을 정도로 아랫배가 불뚝 튀어나온 미옥은 몸을 뒤로 젖히고 숨을 헐떡였다. 그 순간 보자기 위에 늘어놓고 팔고 있는 하늘빛 커튼이 눈에 들어왔다. 하늘색바탕에 흰 실로 수놓은 독수리들이 하늘을 향해 비상하는 잔잔한 무늬의 앙증맞은 커튼이었다. 12마리의 독수리가 날개를 활짝 펴고 하늘로 치솟는 모양에 강한 힘이 서려있었다. 커튼의 크기가 문간방의 쪽 창문에 딱 맞는 사이즈였다.

"이 커튼 얼마예요?"

"오천 원이요. 우동 한 그릇 값이지."

여자는 나일론 하늘빛 커튼을 뭉떵거려 검은 비닐주머니에 넣어주었다.

"남의집살이를 하면서 이런 걸 사 뭘 하려고 그래."

"문간방 창문의 누런 신문지를 떼어내고 이 커튼을 창문에 달아요. 커튼을 달고 바라보는 하늘이 얼마나 아름다울까요. 독수리가 열두 마리나 창공을 향해 비상하고 있으니 그걸 바라만 봐도 마음이 탁 트일 거예요."

두 사람은 팔짱을 끼고 문간방으로 향했다. 하루 종일 굶었는지 남편의 뱃구레에서 쪼르륵 소리가 난다.

"당신 배고프지?"

"우리 떡볶이를 먹자."

두 사람은 포장마차에 나란히 앉았다. 턱수염이 터부룩한 근식이 게걸스럽게 떡볶이를 입에 넣으면서 대수롭지 않게 툭 한 마디 던졌다.

"나 미국으로 공부하러 갈 기회가 생겼어?"

"어머! 그래요. 그럼 고시공부는 어떻게 하고요?"

"난 판검사가 될 자격이 없어. 벌써 다섯 번이나 낙방한 걸 보면 그 방면에는 재능이 없는 것이 확실해. 차라리 유학을 가서 박사학위를 받아가지고 모교에 교수로 돌아오는 편이 좋겠어."

"미국이 얼마나 학비가 비싼 줄 알아요? 그림의 떡이니 꿈도 꾸지 말고 여기서 우리 열심히 살아요. 우리 사는 형편이 더 이상 내려갈 수 없을 정도로 맨 밑바닥에 있으니 이제 위로 치솟을 일밖에 더 있겠어요."

"장학금을 받았어. 학비를 면제해주고 비행기표 값도 나왔어. 내가 먼저 들어갈 터이니 당신은 아기를 낳은 뒤에 바로 따라 들어와. 전세 값을 빼서 아버지께 드리고 우린 모든 짐을 훌훌 털어버리고 자유롭게 미국으로 가자. 큰물에서 배우고 넓은 하늘을 날고 싶어. 속박 받지 않고 말이야."

미옥은 하늘빛 커튼을 창에 달았다. 의자를 놓고 대롱대롱 매달려 누런 신문지를 물을 뿌려가면서 뜯어내고 긁어냈다. 맑은 유리창이 몸을 드러냈다. 빛바랜 누런 신문지가 떨어져나간 창문으로 밝은 햇살이 쏴아 쏟아져 들어왔다. 한낮에도 어둑했던 문간방은 손바닥 만한 맑은 유리창으로 들어오는 빛으로 인해 먼지알갱이들이 춤추는 것까지 확연하게 들어났다. 거기에 버스 정류장에서 사온 하늘빛 커튼을 달았다. 앙증맞도록 작은 커튼이지만 형식을 갖춰서 양쪽으로 열수 있도록 두 쪽이었다.

그녀는 커튼을 보는 재미로 집에 오는 것이 즐거웠다. 비록 현실이 어둡고 각박했지만 하늘빛 커튼을 통해 들어오는 빛은 큰 힘이 되었다. 새벽에나 밤늦은 시간에도 닫힌 커튼 위에는 말할 수 없이 깊고 깊은 창공이 있었고 12마리의 독수리가 힘차게 비상하는 힘이 서려있었다. 어쩌다 비번으로 집에서 쉬는 날 하늘빛 커튼을 열어젖히면 힘찬 햇살이 맑은 유리를 통해 문간방을 파고 들어와 강렬한 빛을 쏟아놓으면 먼지알갱이들이 일렬로 늘어선 걸 구경할 수 있었다.

생활에 변화는 하나도 없었다. 날마다 암담한 하루하루가 이어졌으나 작은 창에 하늘빛 커튼을 달은 것이 그녀에게 큰 힘이 되었다. 어미 독수리처럼 날개에 힘이 생기면 둥지를 박차고 나가 창공을 날리라. 태양을 똑바로 보면서 치솟으리라. 그 탈출구가 바로 하늘빛 커튼이었다. 어둑한 방에 숨통을 터주는 하늘빛 커튼은 그녀의 힘이 되었고 숨통을 터주는 구멍이었다.

어느덧 근식이 미국으로 떠날 날이 다가왔다. 9월 학기에 가자면 복더위에 떠나야 한다. 여름의 한가운데에서 단 몇 푼이라도 쥐어줄 돈이 없어서 훌쩍 떠나보낼 수가 없었다. 이 둥지를 벗어나 창문을 뚫고 나가기엔 너무 몸이 컸다. 살을 빼고 날렵한 몸으로 만들어 하늘빛 커튼을 비비고 빠져나가야 하는데 그러기엔 날개가 아직 여리었다.

빈손으로 근식은 공항으로 향했다. 혼자서 하늘빛 커튼을 뚫고 나가 창공을 날아서 태평양을 건너 미국 땅으로 날아가고 있다. 아기를 낳아서 둘이 함께 저 하늘빛 커튼을 뚫고 나가자면 날개에 더 힘이 있어야 한다. 남편보다 더 강한 날개를 지녀야 한다. 아기가 딸렸으니 말이다. 아가를 등에 업고 날아가자면 강도 높은 훈련이 필요했다.

아기를 낳고 누워있는 동안 미역국이라도 끓여줄 처녀를 구해왔다. 10월에 태어난 아가는 먹지 못한 탓인지 겨우 2킬로그램이 넘었다. 아슬아슬하게 인큐베이터를 면한 아기였다. 너무 말라서 다리 살이 비비 돌아가고 팔뚝도 꽈배기처럼 꼬였다.

산후조리를 해주는 아가씨를 시어머니가 와서 보더니 혀를 찬다. 젊은 나이에 무슨 산후조리가 필요하냐고 성화다.

"나는 밭두렁에서 김을 매다가 배가 아프면 혼자 방문고리를 잡고 아기를 낳고 손수 태를 자른 뒤에 방에 내던져놓고 바로 밭으로 나가 김을 맸고 물지게로 물을 길어다 밥을 했다. 여자는 누구나 그렇게 하고 사는 법이란다."

며느리의 허락도 받지 않고 어렵사리 구한 산후조리를 도와줄 아가씨를 시누이가 몸이 약하다고 데리고 가버렸다. 그 때도 하늘빛 커튼을 보면서 위로를 받았다. 누가 뭐래도 아가와 함께 저 창문을 통해 창공으로 날아가야 한다. 아가의 작은 날개에도 산모의 연약한 날개에도 힘살이 오르자면 매서운 눈을 지녀야 한다. 태양을 직시하면서 치솟자면 눈을 깜빡거리지 말고 동그랗게 떠야 한다. 태양빛이 아무리 강렬해도 절대로 눈을 감지 않을 그런 패기를 지녀야 한다.

시어머니는 아가를 논두렁이나 밭두렁에 쑥 낳은 적도 있다는데 이쯤 못 참을까. 미옥은 돈을 아끼느라고 동네 산부인과에서 하루 만에 퇴원한 터였다. 아가도 엄마도 몸이 약하니 며칠 더 치료를 받아야 한다는 말을 무시하고 집으로 돌아왔고 산후조리해줄 아가씨마저 시누이네로 가버리자 벌떡 일어났다. 날개에 힘이 생겨야 한다. 그러자면 연약하게 누어만 있으면 밑으로 꺼져 영원히 어둠에 잠길 것이다. 우선 찬물로 목욕을 하고 아가의 기저귀를 빨래판에 놓고 돌 비누를 사용하여 북북 문지르기 시작했다. 허리가 아파오더니 손목이 시큰거렸다. 그래도 이쯤이야. 창공을 날아오르는 독수리가 되려면 고된 훈련을 마다할 수 없지 아니한가. 힘을 길러 창공을 힘차게 날아오르자. 둥지를 박차고 힘 있게 비상하자. 두 손과 다리에 힘을 주었다.

아기는 악착같이 젖에 매달렸다. 남편이 미국 땅에 무사히 도착했다는 소식을 듣고 힘을 내서 일어나 미역국도 끓여 먹었다. 그러나 아침에 눈을 뜨고 하늘빛 커튼을 올려다보았을 때 뿌연 안개가 눈을 가리기 시작했다. 아가의 몸을 보니 엄마의 몸에서 뿜어 나오는 열로 인해 전신이 땀띠로 뒤덮였다. 아아! 저 하늘빛 커튼을 뚫고 날아오르지도 못하고 여기 이 둥지에서 병들어 죽는 것이 아닐까. 어미 독수리가 새끼를 등으로 받아주는 일에 실패하면 가속도가 붙어 밑으로 곧장 떨어져 땅 위에 곤두박질하여 죽게 된다. 아기랑 함께 이렇게 추락하는 것이 아닌가. 자꾸만 아득하게 밑으로 갈아앉는 의식을 달래면서 눈에 힘을 주고 하늘빛 커튼을 향해 눈을 돌렸으나 가물가물 밑으로 떨어져 내렸다. 이렇게 떨어지다가 땅바닥에 내동이쳐지면 끝장이다.

  사흘이 지난 뒤에야 의식이 돌아온 미옥은 하얀 천장을 마주 하고 누워있었다. 아기는 옆에 없었다. 퍼뜩 정신이 돌아온 그녀는 무의식적으로 하늘빛 커튼이 있는 창문으로 눈을 돌렸다. 그러나 거기에는 하얀 벽만 있었다. 어디를 봐도 흰 벽뿐이었다.
  "이제 정신이 드셨군요. 하루만 더 넘겼으면 아기도 산모도 모두 건지지 못했을 겁니다."
  "제가 어떻게 여기에 왔나요?"
  "산모의 친구가 산후조리를 어떻게 하고 있나 걱정이 되어서 들렸다가 발견하고 바로 앰뷸런스를 불러 응급실로 옮겼습니다. 무식하면 용감하다고 어떻게 산모가 몸을 놀려 이런 병에 걸려요. 더구나 문간방에 세를 들어 사는데도 안채에 사는 사람들이 무심하여 세든 사람이 죽는지 사는지도 모르고 지내는 세상이 너무 무섭습니다. 인심이

메말라서 한 집에 살아도 서로 모르니 이거 말이 됩니까. 아무래도 말세가 되었습니다."

의사가 혀를 내두르면서 안타까운 표정을 지었다. 그녀는 산욕열에 시달리고 있었다. 시부모 세대에 태어났으면 이런 병으로 인해 목숨을 잃었을 터인데 지금은 약이 좋아서 생명에는 지장이 없다는 담당의사의 말을 들으면서 그저 줄줄 눈물을 흘렸다. 찬물에 목욕을 하고 마구 기저귀를 빤 것이 문제였다. 산후 약해진 몸이 악착같이 들러붙는 균에 진 것이라고 했다.

시집에 대한 미움이 솟구쳤으나 둥지를 털고 날아오르는데 미움은 큰 장애물이다. 머리를 흔들어가면서 미움을 털어내려고 안간힘을 썼다. 분노와 미움은 둥지를 벗어나려는 새끼 독수리의 가장 큰 장애물이기 때문이다.

고단위의 페니실린 주사를 맞으면서 하루하루 열도 내리고 아기의 땀띠도 사그라져갔다. 일어서야 한다. 하늘빛 커튼을 뚫고 나가 창공을 날아야 한다. 어미 독수리는 폭풍이 불면 그 폭풍을 타고 구름을 가르고 그 위로 높이 치솟아 오른다고 하니 그녀도 이 고난을 타고 높이 치솟으면 된다. 문간방 한 쪽에 나있는 하늘빛 커튼이 주는 강한 위로가 그녀를 똑바로 세워주었다.

고단위 페니실린을 맞으니 젖이 나오질 않았다. 그것도 다행이었다. 직장에 나가면 젖이 흘러내려 옷을 적신다고 선배언니들이 말하지 않던가. 손님의 머리를 만질 적에 젖이 배 위로 흘러 양말을 적시고 바닥에 흥건하게 고이는 것을 막기 위해 이런 고도의 훈련이 필요한 거다. 아가는 우유를 먹지 않겠다고 도리질을 하고 울었으나 아기도 강도 높은 훈련의 고비를 넘어갔다.

앞으로 어떤 태풍이 불어 닥칠지 모르지만 그녀는 문간 방 한쪽에 나있는 하늘빛 커튼을 바라보면서 몸을 도사렸다. 독수리가 비상하려는 것처럼 그녀도 새끼를 품어 안고 뚫어지게 하늘을 응시하면서 눈에 힘을 주고 하늘빛 커튼을 향해 날개를 퍼드덕거렸다.

드디어 모든 준비가 끝나자 아기를 안고 태평양을 넘으면서 날개에 힘이 붙은 걸 스스로도 자랑스럽게 생각했다. 그러나 미국은 아무도 반겨주는 이 없는 황무지였다. 근식은 방도 없이 친구 집에 얹혀살면서 그간 단 한 번도 편히 방에서 잔 적이 없다고 했다. 친구의 거실에서 긴 의자를 침대 삼아 잠을 자느라고 어깨가 결리고 아프다고 아내 앞에서 어리광을 부렸다. 아기까지 데리고 남의 집 거실에서 신세질 수 없어 그녀는 밤에 나가는 직장을 구하기 시작했다. 그게 만만치가 않았다. 창공을 나는 독수리 부리에 찍힐 먹이는 거친 훈련을 거쳐 되어지기 때문이다.

유학생 남편을 따라서 시댁이나 친정의 도움이 전혀 없이 맨 손으로 온 유학생 부인은 간 큰 여자라고 한다. 감자만을 삶아서 소금으로 반찬을 삼아 매끼 식사를 해도 방값을 감당하기 어려웠다. 게다가 고물차라도 자동차를 가져야 한다. 미국 땅에서 자동차는 발이나 마찬가지였다. 차가 없이는 시장을 보러갈 수도 없고 직장도 구할 수 없었다. 감당키 힘들게 비싼 자동차보험을 들어야 한다. 아기가 달렸건만 의료보험은 감히 생각할 수도 없었다. 이 모두가 도저히 극복할 수 없을 정도로 거대한 태풍이 되어 앞을 가로막았다.

"당신이 아무래도 일을 나가야겠어. 아기는 베이비시터에게 맡기고 말이야."

"영어도 한 마디 못하는 내가 무슨 직업을 갖지요?"

"무조건 구인광고를 붙인 가게나 아무데나 가서 나는 할 수 있다고 머리를 끄덕이면 된다고. 죽기 아니면 살기로 덤벼야 해. 남의 땅에서 우리 세 식구 굶어 죽을 수는 없잖아. 나는 더구나 공부를 풀타임으로 해야 된다고. 파트타임으로 공부하면 금방 이민국에서 나와 추방할 터이니 어쩌겠니. 이런 모습으로는 조국으로 돌아가고 싶지 않아. 박사학위를 받아가지고 모교에 교수로 가면 태평양을 건널까 이 상태로는 도저히 귀국할 수 없어."

같은 학교에 다니는 유학생 부인 셋이 모였다. 모두 돈을 벌어야 생계를 꾸려갈 수 있는 처지였다. 점심으로 먹을 감자를 삶아서 핸드백에 넣고 세 여자들은 씩씩하게 시내로 돌진했다. 단지 한 마디 'Yes, I can.'이란 요 단

어만 구사하면 된다니 그 말만을 믿고 서로 다짐하면서 힘차게 전진했다. 하긴 하늘과 온 땅을 끌어안고 비상하려는 독수리에게 요 정도의 시험을 통과 못한다면 지구촌 시대에 어떻게 적응하겠는가 하는 용기를 가지고 말이다. 대로에 나서자마자 금방 눈에 띄는 것이 큰 옷 공장에서 재봉일 할 사람을 구한다는 광고였다. 세 사람은 씩씩하게 공장으로 들어가 모두 힘차게 'Yes, I can.'을 주술처럼 외쳤다. 제일 힘차게 말하는 미옥에게 걸려든 일이 남자양복의 어깨에 뽕을 넣으면서 박고 잘라내는 고난도의 일이었다. 재봉틀을 단 한 번도 돌려본 적이 없었으나 속으로 다짐했다. 새끼 독수리가 둥지를 박차고 나올 적에 이전에 날아본 적이 있어 살아남았을까. 무조건 재봉틀 앞에 앉았다. 어머니가 손으로 돌렸던 돌돌돌 돌아가는 재봉틀이 아니고 무릎으로 탁탁 치면서 돌리는 전기재봉틀이었다. 한번 무릎으로 탁치면 몸이 딸려 들어갈 정도로 빠르고 힘차게 기계가 돌았다. 순식간에 남자 양복의 어깨 부분이 잘리면서 망쳐버렸다. 할 수 있다고 해서 비싼 옷을 주었는데 오백 불 이상 나가는 양복 값을 내라고 유태인 주인이 울상을 하면서 덤볐다. 제일 목소리가 약하고 수줍음을 타는 미시즈 김이 치맛단을 박는 일에 패스하여 혼자만 합격을 했다. 나이가 제일 많았던 미시즈 김은 사실 재봉 일을 한국에서도 많이 해본 사람이라 양복 어깨를 맡겼으면 좋았으련만 우렁차게 대답한 미옥이 낭패를 당한 셈이다.

무서운 미국 사람들 틈에 혼자 남지 않겠다고 해서 세 사람 모두 거리로 나왔다. 도심지의 더러운 공원 벤치에 나란히 앉아서 삶은 감자로 점심을 때웠다.

"이제 우리 어디로 가지?"

우선 점심을 먹고 번잡한 도심지의 큰 길을 따라 끝가지 가보자는 미옥의 말에 모두 맞장구를 치고 슬슬 일어나서 낯선 거리를 걷기 시작했다. 왼쪽으로 난 좁은 골목 안에 피카소의 그림처럼 처바른 낙서들이 빈민촌에 와있음을 실감나게 했다. 너무 낡아서 폐가처럼 보이는 건물에 장님들이 일하는 집이란 간판이 나붙고 그 옆에 볼 수 있는 여자들을 구한다는 광고가 들어왔다. 눈이 성한 세 여자는 힘이 솟았다. 아무리 미국 사람이지만 눈이 멀어 앞을 보지 못한다면 우리들보다 못한 것이 아니냐 하는 자긍심으로 우르르 세 여자는 낡아 곧 허물어질 것 같은 건물 안으로 돌진했다. 군인들이 전쟁 중에 메고 다닐 가방을 만드는 곳이었다. 장님들이 가방에 쇠붙이를 더듬어서 붙이고 단추도 달고 다 할 수 있으나 재봉일은 못하니 도와달라는 보스의 설명에 셋은 전부 패스를 하였다. 앞을 볼 수 있는 눈이 있기 때문이다.

눈먼 독수리가 창공을 나는 걸 봤는가. 두 눈으로 사물을 볼 수 있다는 사실이 하늘빛 커튼을 열고 창공으로 날수 있는 특권을 안겨 주었다. 취직을 하고 첫 봉급을 받아

쥔 미옥은 둥지를 털어버리고 구름 위로 비상하는 기분이었다. 더구나 이곳은 피스워크(piece work)를 하는 곳이라 틀로 박아낸 물건의 수를 세어서 돈으로 환산하여 주는 곳이라 손이 날래진 미옥의 패거리에게는 더 없이 좋은 일터였다.

미옥의 손은 날이 갈수록 빨라졌다. 만지는 것마다 돈으로 둔갑하는 땅에 와 있으니 정신을 차릴 수가 없었다. 손과 무릎은 재봉틀을 돌리지만 머릿속에선 하늘빛 커튼을 뚫고 날카로운 발톱으로 둥지를 흩어버리고 허공을 가르고 치솟아 태양을 향해 높이 올라가고 있었다. 언젠가는 태양을 똑바로 직시하면서 하늘 끝까지 날아오르리라. 해서 온 하늘과 땅덩이를 끌어안고 살리라.

전신에 힘이 넘쳤다. 마이다스 왕의 손처럼 그녀의 손에 닿는 것마다 돈이 되니 이렇게 번 돈으로 자동차를 사고 시장도 푸짐하게 볼 수 있다.

하늘빛 커튼을 이제 확실하게 통과하여 광활한 허공을 깊숙이 찌르면서 치솟기 시작했다. 아득히 밑에 하늘빛 커튼을 두른 작은 창문이 여자의 질처럼 보였다. 산고를 겪으면서 어머니의 자궁을 빠져나온 아기처럼 미옥은 힘이 붙은 날개를 활짝 펴서 고공으로 높이 치솟아 잠시 공중에 머물러서 밑을 내려다보았다. ✻

— 2007년, 「아세아문예」 여름호

학실 엄마와 아빠

ㅎㅏㄱㅅㅣㄹㅇㅓㅁㅁㅏㅇㅏㄴㅏㅇㅏㅃㅏ

나는 이광식 할아버지를 모시고 심양행 비행기를 타기 위해 리무진에 올랐다. 솔직하게 사실을 밝히자면 학실 아빠에게 학실 엄마가 살고 있는 북한 땅을 밟게 해준다는 약속을 지키기 위해서다. 아빠라고 부르기엔 너무 늙어버린 팔순을 넘긴 노인을 흘끔 훔쳐보았다. 왼쪽 무릎에 관절염이 와서 늘 지니고 다니는 지팡이를 곧추 세우고 두 손바닥으로 지팡이 머리를 포개어 잡고는 그 위에 턱을 고이고 깊은 생각에 젖어있다. 나도 묵묵히 휙휙 지나가는 바깥 풍경에 눈길을 던졌다.

"이보게. 자네 정말 내가 북한 땅을 밟을 수 있다고 생각하나. 내 이 두 발로 고향땅을 탕탕 밟아볼 수 있단 말이지."

나는 그렇다고 크게 머리를 주억거려 보였다. 그래도

노인은 믿지 못하겠다는 듯 나를 연신 훔쳐보면서 긴장했다. 인천공항으로 뚫린 길은 영종도에 이르자 멀리 바다도 보이고 비행기가 뜨고 내리는 것이 차창을 통해 텔레비전 화면을 보듯 선명하게 눈에 들어온다. 활주로가 붐비는지 속도를 늦추고 독수리처럼 공중에 떠있는 비행기도 있다.

"자네 정말 약속을 지킬 자신이 있나?"

"글쎄 조금도 걱정 마시라니까요. 심양에 내려서 하루만 회사 일을 처리하고 할아버지를 모시고 단동까지 가면 돼요."

"그럼 내일이면 내가 고향땅을 밟을 수 있다 이 말이지."

"그렇다니까요."

노인은 안도의 숨을 내쉬면서 주위 사람들이 무어라 할 것인가 신경이 쓰이는지 겁먹은 얼굴을 하고 두리번거린다.

"할아버지 마음 푹 놓으시고 밖을 보세요. 가을이 한창 무르익었지요. 하늘도 보시고 저기 바다도 보세요."

노인은 마지못해 눈길을 차창 밖으로 돌렸으나 여전히 걱정이 많은 표정을 숨기지 못했다.

"내가 북한 땅을 밟는다고 하면 사람들이 잡아가지 않을까."

"할아버지. 지금은 세상이 변했어요. 누가 할아버지를

잡아가요. 별걱정을 다 하십니다. 여기 제가 있잖아요."

그래도 마음이 놓이지 않는지 자꾸 주위를 흘끔거린다.

"자네 혹시 정보부에서 나온 정보원이 아닌가?"

"전 ○○무역회사 과장이에요. 심양에 저희 회사가 차린 공장이 있어서 새로운 기획을 가지고 회의하러 가는 길이라고요."

"그런데 어떻게 북한 땅을 밟게 해준다는 건가?"

"걱정 마세요. 할아버지 소원을 들어줄 터이니."

"정말 내일이면 내 두 발이 북한에 있는 고향땅을 밟아볼 수 있다 이 말인가? 정말 믿어도 되는가. 내 죽기 전 소원을 진짜 자네가 이뤄줄 수 있다 이 말이지."

나는 머리를 크게 주억거리면서 안심하라고 노인의 등을 턱턱 두드려도 주고 눈길을 맞추면서 웃어보였다.

나와 피 한 방울도 섞이지 않았고 촌수로 따져도 아무 연관이 없는 이 할아버지를 심양까지 모시고 가게 된 사연은 이러하다.

나는 매년 한 번씩 10월이 오면 도라 전망대에 간다. 도라 전망대가 오픈되기 전에는 임진각에 갔었다. 이건 오랫동안 내려온 집안의 가풍이다. 가풍이라면 이상하게 들릴지 모르지만 전통이라고 해도 좋다. 어머니가 어린 나를 업고 다니다가 이제 그분이 돌아가신 뒤에 나 혼자 오니 말이다. 북한이 가장 가까운 곳, 도라 전망대에 섰다. 마지막 숨을 몰아쉬며 북쪽을 가리켰던 어머니의 갈 퀴손이 희뿌연 안개 속에 몸을 감춘 북쪽의 산야에서 또 렷하게 살아났다.

외국인과 청소년들의 관광지가 된 도라산은 평일이라 별로 붐비지는 않았다. 할아버지 한 분이 북쪽 땅을 향해 몸을 앞뒤로 흔들어가면서 신음하다가 갑자기 두 손을 번 쩍 치켜들고 찬송을 부르기 시작했다.

예수 사랑하심은 거룩하신 말일세
우리들은 약하나 예수권세 많도다
날 사랑하심, 날 사랑하심
날 사랑하심, 성경에 써 있네.

호기심에 들떠 눈빛을 번뜩이면서도 한심하다는 듯 학 생들은 노인을 못마땅한 시선으로 훔쳐본다. 더러는 무식 하게 저렇게 예수 믿는 티를 내야 하는가 하는 눈길을 던 지기도 했다. 해마다 이맘때쯤 먼발치에서 그를 늘 훔쳐 보아왔던 나도 오늘은 짙은 창피함을 주체할 수 없었다.

시월 중순은 아버지의 생신이다. 내가 임진강 주변을 혼자 맴돌게 된 것은 대학을 입학한 해부터이니 사십 년 이 가까운 세월이다. 내게 아버지 기억은 없다. 어머니의 넋두리에서 건져 올린 아버지는 중풍으로 누워있는 할머 니만 혼자 남겨두고 자기 가족만 달랑 데리고 피난 나온 것이 마음에 걸린다고 이미 건너온 대동강 다리를 되돌아 갔다고 한다. 두 돌 지난 아기와 아내를 남겨놓고 가버린 아버지가 다리를 건너가서 할머니를 업고 처자식을 찾아 되돌아올 즈음 다리는 폭격으로 끊겼고 아버지는 할머니를 업고 우리를 찾아 울면서 대동강을 건너려고 발을 굴렀을 것이란 어머니의 안타까운 하소연이 아버지에 대한 추억의 전부다.

최첨단 현대식으로 지어 허우대가 멀쩡한 도라산역은 2002년 2월 20일에 미국의 부시 대통령이 방문하여 세계적으로 주목을 끌었던 곳이다. 민통선 국방남방한계철책 30m 지점에 자리 잡고 있어 경의선 남측의 최북단 역이자 임진강을 건너 비무장지대의 최북단에 자리잡고 있다. 평양까지 205km, 서울까지 56km라 쓴 이정표 앞에 섰다. 장차 남북이 통일되면 개성, 평양, 신의주를 거쳐 대륙으로 연결되어 한반도의 중추적 역할을 하게 될 역이라고 했다. 자가용은 임진각에 세워놓고 당국에서 제공하는 버스를 타고 들어가기 때문에 싫어도 도라산역은 반드시 들려야 한다. 혼자 달랑 버스에 남아 있는 일도 청승맞아 보여 관광객들을 따라 우르르 내려가서 그냥 둘러보는 시늉을 한다. 실향민들이 통일을 기다리듯 이 도라산역도 한껏 치장만 했을 뿐 내리고 타는 손님도 없이 장차 개통될 날을 기다리고 있다. 망부석이 되어 그저 멍청하게 흘러가는 구름을 보고 계절이 흘러가는 것에 순응하면서 세월을 보내는 실향민들처럼 이 나라의 이산의 슬픔도 그렇게 흘러간다.

임진강을 바라보며 한숨을 삼켰던 어머니의 숨결이 가을이 한창 무르익어 가는 비무장지대의 갈색 풀잎 위에서 살아나 강바람을 타고 귓가를 스쳤다. 도라 전망대에 섰건만 조금 전에 본 도라산역이 앞에 펼쳐진 비무장지대의 산야와 오버랩 되어 앞에서 아른거린다. 개통되지 못하고 폼만 잡은 꼴이 아마도 심기를 건드린 모양이다. 북녘의 야트막한 산야가 전망대에 설치해놓은 망원경에 잡혔다. 북한의 개성 언저리 아파트가 가을의 청명한 햇살을 타고 모습을 드러냈다. 도라 전망대가 DMZ 안에 위치하고 있어 북한을 가장 가까이 볼 수 있는 남측의 최북단 전망대이니 이곳에 오기만 하면 가엾은 어머니가 떠오르고 북한에 남아 남쪽을 향해 날마다 한숨을 삼켰을 아버지 얼굴이 내 나름대로 상상한 영상으로 산야에 펼쳐지기도 한다.

찬송을 부르던 할아버지가 갑자기 북녘 땅을 향해 우레 같은 고함을 뱉어내는 것이 아닌가.

"학실 엄마, 학실아, 학실아……아빠 여기 있다."

피를 토하는 절규였다. 듣는 이의 가슴을 뭉클하게 하는 한서린 외침이었다. 눈물 콧물을 흘리며 미친 듯이 소리를 내지르다가 가만가만 찬송을 불렀다.

죄 짐 맡은 우리 구주 어찌 좋은 친군지

걱정 근심 무거운 짐 우리 주께 맡기세…….

나도 좋아하는 찬송이다. 할아버지는 3절까지 한 절도
틀리지 않고 또박또박 다 부른 뒤에 휘파람을 불다가 나
중엔 하모니카를 주머니에서 꺼내 분다. 이제 그의 이런
의식도 거의 끝나나 했더니 가슴을 쥐어뜯으며 기도하기
시작했다.

"제가 나쁜 놈……. 죽일 놈……. 그 등이 얼마나 아
팠……흑흑……학실이는 지금 으흐흑……. 당신이 날 얼
마나……흑……."

평일에도 천 명이 넘는 관광객들이 다녀가는 길목에서
할아버지는 부끄러운 줄 모르고 속에 고인 아픔을 눈물콧
물을 흘리면서 토해내고 있었다. 갑자기 그분에게서 돌아
가신 어머니의 냄새가 났다.

"할아버지! 북에 가족이 있으신가 보지요?"

내 목소리가 슬픔의 구덩이에서 그를 건져내기라도 한
듯 그는 쇠심줄처럼 질긴 흐느낌과 칭얼거림을 뚝 그쳤
다.

"그 애가 북녘에 살아있다면 자네 나이와 비슷할 거야."

"아드님을 두고 오신 모양이군요."

"아니야. 딸이야. 손이 귀한 집안이라 대 이을 아들을
확실하게 낳으라고 그런 이름을 지어주었어. 확실(確實)을

학실이라 부르지만 아들을 확실하게 낳을 것이란 뜻이지."

"아하하……. 참 재미있는 이름이네요. 그 따님이 몇 살 때 북한에 두고 떠나셨나요?"

"두 돌을 넘겼으니까 지금 살아있다면 쉰여덟이 되었겠지. 양식이 없어 모두 굶어죽고 있다는데 얼마나 배가 고플까 생각하면 날마다 앞에 놓이는 밥상이 너무 미안해서……."

"어머! 실향민이네요. 저도 아버지를 북에 두고 어머니하고 넘어 왔으니까 우린 같은 아픔을 지닌 셈이네요."

실향민. 전에 본적이 없고 처음 만났어도 북에서 온 실향민이라면 급속하게 서로를 묶어주게 마련이다. 우리 두 사람은 마치 아버지와 아들처럼 손을 잡고 걸었다.

"할아버지는 매번 왜 똑같은 찬송을 부르세요."

"난 은퇴 장로라 찬송가를 많이 알지. 하지만 내가 여기서 부르는 찬송은 아내와 내 딸, 학실이를 나와 연결하는 고리가 되니까 다른 찬송으로 바꿀 수가 없어. 요 두 찬송을 불러야 혹시 이 근처를 지나가다가도 내가 부른다는 걸 아내와 딸이 알아들을 수 있거든."

"개성이 이렇게 멀리 보이는데 어떻게 사람의 목소리가 거기까지 들린다고 그렇게 찬송을 부르세요."

"누가 아오. 이심전심이라고 내 목소리를 들으려고 나처럼 저 건너편에서 이렇게 여기를 건너다보면서 같은 찬송을 부르고 있을지. 새들이 듣고 옮겨다 줄 수도 있고."

노인은 새들이란 말에 눈을 잠깐 반짝였다.

"북한에서는 찬송을 부르지 못하게 한다고 들었어요."

"맞는 말이야. 그런데 내가 여기 이렇게 자주 다니다 보니까 한번은 밭을 가꾸면서 휘파람으로 '나의 갈길 다가도록 예수 인도하시니⋯⋯.'란 찬송을 부르는 걸 내 귀로 똑똑히 들었어. 그날은 바람이 북에서 내 쪽으로 강하게 불어왔거든."

할아버지는 입을 뾰족 내밀고 휘파람으로 그 찬송을 불렀다.

"얼마나 자주 여길 오세요?"

"거의 매주 한번은 꼭 오지."

"입장료만도 만만치 않을 터인데 그렇게 자주 오시면 어떻게 해요. 이제 연세도 만만찮은데."

"그러니까 이렇게 오지. 내 나이 여든이니 이제 얼마 안 남았어. 통일이 될까 하고 마음을 졸이면서 기다렸는데 하는 짓들이 자기하고 관계가 없으니까 머무적거리기만 하지 도대체 진전되는 것이 있어야지. 이러다 내가 중풍이라도 걸리면⋯⋯."

"가족들이 있으면 모시고 오면 되잖아요. 휠체어를 타고요."

"재혼하지 않았어. 북한에 아내와 딸을 둔 남자가 어떻게 또 결혼을 하겠어. 나 같은 사람이 결혼하면 천벌을 받지."

"그럼 이 나이가 되도록 혼자 사셨단 말이에요."

그렇다고 노인은 머리를 주억거렸다.

둘 사이에 잠시 침묵이 흘렀다. 나의 어머니도 나를 혼자 기르면서 수절한 걸 보면 이분도 무척 아내를 사랑했나 보다. 그물처럼 눈언저리에 깔린 노인의 주름에서 돌아가신 어머니의 모습이 어른거린다.

"할아버지, 편찮으시면 그때 제가 아들 노릇하면 안 될까요. 매주 모시고 오지 못하지만 한 달에 한번쯤은 가능해요. 그러니 이리로 연락하세요."

명함을 그의 코앞에 내밀자 반갑게 받아서 이름을 훑어보더니 눈가에 진물진물 눈물이 어린다.

"딸이 살아있다면 아마도 자네 또래의 사위를 보았을 거야. 자네 내가 여기 와서 매번 왜 이 찬송을 부르는지 알고 싶지 않나. 내 평생 가슴에 묻고 살아온 사연인데 자네에겐 왠지 들려주고 싶네. 먼 훗날 통일이 되어 자네가 북한에 가서 내 딸을 만날 수도 있을 거 아닌가. 그때를 위해서 말해두고 싶네."

할아버지의 이야기는 다음과 같이 이어졌다.

첫딸, 학실을 낳은 아내는 전도부인이 전해준 쪽 복음을 들고 일요일마다 집을 뛰쳐나갔다. 증조할머니를 위시해서 4대가 한 집에 모여 사는 대가족의 외동 며느리가 어찌 이런 일을 할 수 있단 말인가. 신주를 모시고 일 년에 여섯 번 제사상을 차려야 하는 여자가 아닌가. 동네 한가운데 대나무깃대에 헝겊을 달아놓은 집이 문제였다. 거기가 예배당이라나. 아내는 마치 꿀을 찾아 미끄러져 들어가는 꿀벌처럼 끊임없이 그곳을 넘나들었다. 집안 어른들의 성화에다 동네 사람들의 입방아로 학실 아빠는 참아낼 수 없는 지경에 이르렀다.

가문의 어른들이 모여 내린 결정은 제일 쉬운 방법으로 신발을 감춰버리는 것이었다. 하지만 그 다음은 말하기도 싫다. 기가 막혀서! 아내는 버선발로 예배당엘 가는 것이 아닌가. 비록 가난하게 살지만 증조부 때는 제법 잘 살았다고 하는 양반 집안의 외동며느리가 맨발로 밖엘 나가다니 말이 되는가.

"당신이 서양귀신을 만나러 가면 죽여버릴 거야."

아내는 물기 어린 그윽한 눈으로 그를 올려다보고는 아무 소리도 하지 않았다. 밖에 나가지 못하도록 문을 잠그고 울타리 단속을 철저히 했다. 일요일만 되면 아내는 똥 마려운 강아지처럼 울안을 맴돌다가 시궁창 밑으로 기어나가는 것이 아닌가. 담과 시궁창 사이에 뚫린 구멍으로 기어나가는 꼴을 숨어 지켜보던 식구들이 혀를 내둘렀다. 시궁창의 더러운 구정물을 뒤집어쓰고도 아내는 마치 개선장군처럼 예배당으로 향했다.

최후의 수단으로 부엌에서 불을 때고 있는 아내의 저고

리를 걷어 올리고 등을 불붙은 부지깽이로 지지기 시작했다. 살이 뿌지직 타 들어가도 그녀는 이를 악물었다. 부지깽이를 활활 타는 아궁이 불에 다시 달궈서 등과 팔을 십여 군데 찔러도 아야! 소리도 내지 않고 몸을 비틀 뿐이었다.

"이래도 예배당엘 갈 거냐. 안 간다고 말해."

아내는 눈물을 흘리면서 남편의 눈을 응시했다. 등에 업혀 엄마의 아픔을 지켜보던 아기가 숨이 넘어갈 듯 울어댔다. 온 식구들의 엄청난 반대로 인해 끝내 예배당엘 갈 수 없게 된 학실 엄마는 부엌이나 마당에서 심지어 광에서 일하면서 날마다 찬송을 부르기 시작했다. 그 찬송이 바로 '죄 짐 맡은 우리 구주'와 '예수 사랑하심은'이었다. 집안에서 귀 따갑게 울려 퍼지는 찬송 소리에 그는 미칠 지경이었다. 밭에서 일을 하다 들어서는 순간 그 찬송을 들으면 욕지기가 나고 화가 치밀어 참을 수가 없었다. 냅다 부엌으로 달려가 얼굴이 돌아갈 정도로 뺨을 두어 번 때려도 순치된 순한 강아지처럼 묵묵히 땅만 내려다보았다. 하지만 예배당에 가지 않는 것만으로 다행이라 여겼다. 그 조건으로 아내가 집안에서 일을 하면서 하루 종일 부르는 찬송을 늘 들어줘야 했다. 얼마나 많이 들었는지 밭에 나가 일할 적에도 마치 매미가 맴맴 울듯 아내의 찬송소리는 귓가에 거머리처럼 달라붙어 떨어지질 않았다. 어떤 때는 잠을 자다가 그 찬송소리에 깨어서 벌떡 일어나 옆을 보면 아내는 곤히 자고 있는데도 그의 귀에는 천둥소리처럼 힘차게 울려왔다.

그런 와중에 전쟁이 터져 인민군으로 뽑혀나가게 된 학실 아빠는 격전지에서 포로가 되었다. 싸움이 치열하게 맞붙은 최전선에서 포로들을 처리하기 곤란한 국군들은 가차 없이 잡힌 인민군들을 즉석에서 쏴 죽였다. 열 명을 한 줄로 굴비를 역듯이 나란히 세워놓고 일제사격으로 총살하는 자리에 학실 아빠도 끼어있었다. 이제 '발사' 하는 명령이 떨어지면 그의 심장에서는 피가 솟구치며 이 세상을 하직하려는 찰나였다. 지휘관의 명령에 따라 군인들이 일렬로 서서 총구를 포로들의 심장에 겨누고 있었다. 그는 마른 침을 꼴깍 삼켰다. 그 순간 학실 아빠의 귓에 아내의 찬송소리가 천둥처럼 울려왔다. 갑자기 국군지휘관과 함께 서 있던 미군이 옆의 통역관에게 무엇인가를 속닥였다. 가슴을 향해 겨누어진 총구를 발악도 하지 않고 맹한 눈으로 응시하고 있는 순간에 하필이면 미워 미칠 지경으로 속을 썩여준 아내와 어린 딸 학실이 눈앞에 어른댔다. 아내의 물기 어린 눈망울에 마음을 쏟고 있을 때 갑자기 통역관이 이렇게 물었다.

"예수를 믿는 사람은 앞으로 나와? 이 미군이 예수를 믿는 사람은 공산당이 아니니 죽이지 말라고 한다."

죽음을 기다리던 포로들이 일제히 예수를 믿는다고 소리를 지르면서 앞으로 나와 손을 번쩍 들었다. 통역관이

미군에게 무어라 말하니 이렇게 통역하는 것이 아닌가.

"예수를 믿는 증거로 찬송가를 불러야 한다. 진짜 예수쟁이는 앞으로 나와 불러봐라."

모두 힘없이 손을 내리고 뒤로 물러섰다. 그러나 그는 아내가 귀가 따갑도록 늘 부르던 찬송, 귀에 못이 박힌 그 찬송을 부르기 시작했다. '예수 사랑하심은 거룩하신…….' 갑자기 주위가 조용해졌다.

또 미군이 장교의 귀에 대고 속닥인다.

"으음 이 곡은 널리 알려진 것이라 예수를 믿지 않아도 누구나 다 부를 수 있다고 한다. 다른 찬송을 하나 더 불러야 죽이지 않겠다."

학실 아빠는 아내가 목이 쉬도록 불렀던 '죄 짐 맡은 우리 구주 어찌 좋은 친군지…….' 삼절까지 부르자 갑자기 미군 병사가 브라보(bravo)를 외치면서 힘차게 손뼉을 치기 시작했다. 죽음에서 생명으로 옮겨지는 순간이었다.

남한에 정착하면서 그토록 핍박하며 구박했던 예배당을 스스로 찾아갔다. 앞으로의 삶은 덤으로 사는 것이기 때문이다. 거기 가면 아내가 언제나 활짝 웃으면서 반기는 듯했다. 얼마나 많이 통곡하며 가슴을 쥐어뜯었는지! 집에 있기보다 그는 늘 교회에서 밤을 지새웠다. 아내가 가만가만 부르던 찬송의 메아리가 아무도 없는 심야의 성전에서 홀로 침묵 속에 엎드려 있어도 그의 영혼을 잡아 흔들어 놓았다. 성전에 있을 때가 가장 좋았다. 그래야만 숨통이 트였다. 밤마다 성전에 엎드려 아내와 딸, 학실을 그리워하면서 기도할 적마다 아내가 불렀던 찬송은 그의 영혼을 흔들었고 살아야 할 소망을 주었다.

특별히 '세상친구 멸시하고 너를 조롱하여도 예수 품에 안기어서 참된 위로 받겠네.' 하는 구절에 이르면 억제할 수 없는 통곡이 터졌다. 아내는 이 찬송을 부르면서 얼마나 울었을까 생각하면 가엾고 보고 싶고 미칠 듯이 그리웠다.

결국 아내는 사랑하는 남편을 살리기 위해 그토록 극성스럽게 두 곡의 찬송을 불러댄 것이 확실했다. 남편의 영혼에 각인될 정도로 죽음을 각오하고 목이 터지도록 날마다 심혈을 쏟았던 셈이다. 그 생각을 하면 어째서 그렇게 아내를 구박하고 못살게 굴었는지 참을 수 없는 회한으로 가슴이 까맣게 타들어가는 듯했다.

중풍으로 쓰러진 어머니는 해마다 이맘때 아버지 생신이 되면 나를 도라산 전망대에 보냈다. 가서 아버지를 뵙고 오라는 것이다. 해서 직장의 상관에게 미리 양해를 구해 이날 하루를 늘 휴가로 빼놓았다. 그걸 잘 아는 아내가 오늘 저녁은 온가족 외식을 하자고 정해놔서 서둘러야 한다.

"할아버지도 이제 고만 집에 가셔야지요?"

"막차를 타야지. 북에 살아있을 할망구가 지금도 나를 위해 찬송을 부르고 있을 터이니 더 듣고 갈 거야."

"찬송소리가 진짜로 할아버지 귀에 들린단 말이에요?"

"가만히 귀를 기울이면 아주 똑똑히 들려. 숨소리까지."

"어떤 찬송이에요?"

"예수 사랑하심은 하고 죄 짐 맡은 우리 구주야."

우리 둘은 흐려진 눈을 들어 멀리 개성 쪽을 응시했다. 전망대 아래로 넓게 펼쳐진 산야가 아득하게 지평선을 이뤄 눈에 들어왔다. 자잘한 산들 쪽을 향해 많은 관광객들이 호기심에 가득 찬 시선을 던지며 안타까워하기보다는 역사의 끝자락에 서서 그저 구경하는 자세였다. 평일에는 천 명이 넘는 사람들이 모여들고 주말에는 천오백 명이 온다고 한다. 전쟁의 피해를 입지 않은 사람들에게는 그저 덤덤한 기분일 게다. 학생들이나 심지어 중년의 어른들까지 모두 이렇게 외쳐댄다.

"저기가 정말 북한이에요. 여기하고 똑같이 생겼네요."

"정말 북한이야? 와아……."

전쟁 후에 태어난 세대나 십대의 아이들은 믿기지 않는 표정으로 연거푸 북한이냐고 묻기만 한다. 저들의 눈에 북한이 남한과 다를 것이라고 생각하는 모양이다. 산야가 노랗거나 까맣든지 아니면 빨갛게 보일 것으로 말이다. 물리적 거리감만을 저들은 생각하고 있다. 이념적 차이가 이렇게 남과 북을 갈라놓고 있는데 말이다.

전쟁을 모르는 철없는 아이들이 희희낙락거리면서 북한쪽을 보고 마치 영화의 한 장면을 보듯 재미있어 한다. 더구나 아이스크림을 핥아먹으며 노닥이는 모습에 속이 상한 노인은 퉁명스럽게 뱉어냈다.

"요즘 것들 문제야. 예가 무슨 관광지인 줄 아나보지. 북쪽을 바라보면서 통곡을 해도 부족할 터인데 저렇게 헤헤거리는 걸 보면 속이 상해 토할 것 같아."

"머잖아 통일이 될 것입니다. 아이들은 그러니까 낙관적으로 보고 있는 것이지요."

"이보게. 난 말이야 도라산역을 만든 것도 속이 상해. 남한한계선 최북단 역이라고 하지만 그게 통해야 말이지. 그걸 타고 휑하니 북한으로 들어가야지 만들어만 놓으면 뭘 해."

앞으로 경의선 철로가 연결되면 남북왕래가 가능해지면서 유럽까지 갈 수 있는 우리나라 유일의 국제역이 된다고 설명하려다가 나는 입을 다물었다. 통일이 되어야지 그것도 가능하니 말이다. 평양까지 205km요 서울까지 56km의 이정표를 보면서 나도 속이 상했던 기억이 났기 때문이다.

노인을 혼자 두고 서울의 가족에게 가는 것이 죄스러워서 노인을 모시고 통일촌 장단 콩마을로 갔다. 작년 이맘때 가족들과 함께 맛있게 먹었던 기억이 나서이다. 장단

콩 정식을 시키니 값도 싸고 반찬도 열 가지가 넘게 나왔는데 두부찌개, 순두부와 콩비지가 맛있었다.

음식을 차리는 동안 밥상을 사이에 두고 노인과 마주 앉았다. 진짜로 아버지가 북한에 살아계셔서 만난다면 이런 모습이요, 이런 나이일 것이란 생각을 지울 수가 없었다.

노인은 매주 도라산 전망대에 오면서도 여기는 처음인지 식당 안을 신기한 듯이 두리번거린다. 나는 장난기가 솟아 싱긋 웃으면서 은근하게 다정한 목소리로 속삭였다.

"학실 아빠, 여기서 나는 콩은 북한 물을 먹고 자란 콩이라 이북 맛이 날 것입니다. 많이 드세요."

학실 아빠란 말에 노인은 움찔 놀라는 기색이다.

"소원이 무엇인가요? 물론 통일이겠지요. 통일이 되어서 북한에 두고 온 학실 엄마와 학실이를 만나는 것이겠지요. 그것 말고 다른 것이라면 제가 들어드릴게요."

"자네 정말 내 소원을 들어준다고 말하는 건가?"

"그럼요. 이제 저도 50줄 끄트머리에 들어서서 사회적으로 높은 지위에 있습니다. 돈도 있고요."

나는 노인이 기껏해야 경락마사지를 받고 싶다거나 아니면 푸짐하게 불고기 파티 아니면 뷔페라도 데려 가달라고 할 줄 알았다. 그런데 어이없게도 이런 말을 하지 않는가.

"내 마지막 소원은 고향땅을 한번만 밟아보는 것이네.

이제 할망구가 된 아내나 육십을 바라보는 딸을 만나기는 글렀고, 눈감기 전에 북한 땅이나 한번 밟아보는 것이 소원이네."

"북한 땅을 그냥 밟아만 보는 걸 원하신단 말씀인가요? 그냥 발만 한번 내딛어도 된단 말이지요?"

"고럼, 고럼. 내 발이 요렇게 고향땅을 한번만 밟아보는 것이 소원이야."

노인은 벌떡 일어서서 두 발로 한 번씩 쿵쿵 식당 마룻바닥을 밟아 보인다.

"이북 땅을 밟고 싶으면 금강산 관광을 다녀오세요."

"에끼! 이 사람아. 난 금강산에 살지 않았어. 이런 비극 상황에 관광이 무엔가. 고향땅을 말하는 거지 금강산이 아니야."

노인은 분하다는 표정을 감추지 못하고 젓가락으로 상을 두드리면서 나를 나무란다.

"그 소원을 제가 들어드릴게요. 다음 달에 제가 심양 출장 가는 길에 모시고 가서 고향땅을 밟게 해드리지요."

"그게 정말인가. 정말 내 소원을 들어줄 수 있단 말이지?"

"북한 땅을 밟아보는 것이 소원이라면 그렇게 해드릴게요. 학실 엄마랑 학실이가 살고 있는 곳이 도대체 어디입니까?"

"신의주야, 신의주."

"그럼 아주 잘 되었네요. 신의주 땅을 밟게 해드리지요. 한 발만 딛고 싶어요, 두 발 다 딛고 싶어요?"

"두 발 다 딛고 싶어. 한 번만 그렇게 해줘. 자네가 나를 구해주었어. 요즘 날마다 고향땅을 한 번만 밟아본 뒤에 죽고 싶다고 기도했더니 하나님이 자네를 네게 보낸 것이 확실해."

할아버지의 여권을 만들어 중국 비자를 받고 내가 심양에 가는 날에 맞춰 비행기표를 사는 일로 한 달 동안은 정신없었다.

심양에서 하루를 묵는 동안 할아버지는 휠체어를 타고 안내원과 함께 만주 고궁과 누루하치의 아들이 묻힌 북능공원을 관광하게 했다. 나는 숨 쉴 틈 없이 바쁘게 공장에 가서 회의를 끝내고 다음날 압록강 쪽으로 차를 몰았다. 할아버지와의 약속을 지키기 위해서다. 다행히 공장에서 기사까지 달린 차를 내주어 편안하게 단동(丹東)으로 갈 수 있었다. 늦가을의 들판은 서울보다 추위가 먼저 와서 추수를 한 탓에 텅 비어있었다. 노인은 설레는 마음을 감추지 못하고 연신 눈을 비비면서 지팡이를 만지작거렸다.

두 시간을 달린 뒤에 휴게소에 잠시 머물렀다. 중국은 먹을 것이 흔하다고 하지만 상점에는 농산물 몇 가지와 조악한 공산품이 썰렁하게 놓여있다. 아무리 봐도 먹을 만한 것이 없어서 젓가락에 얼음을 매단 아이스케이크를 사다가 노인의 손에 쥐어주었다. 마음이 타서 갈증이 나고 목이 말랐는지 혀로 입가를 적셔가면서 맛있게 들었다.

단동에 들어오자 바로 차를 평안산장으로 몰았다. 단동 시내에서 30분 거리에 자리를 잡은 이 산장은 바로 코앞 아주 가깝게 신의주를 바라볼 수 있는 거리였다. 서울에 산다는 주인은 마치 한국의 한 귀퉁이를 옮겨다 놓은 것처럼 한국풍의 정원과 액자를 걸어놓았다. 밸런스가 맞지 않게 어색하게 벌거벗은 두 남녀가 서로 껴안고 있는 조각이 풍광을 해치기는 했지만 그런 대로 중국 땅에서 이만큼 자리를 잡느라고 얼마나 고생을 했을까 하는 안쓰러운 마음이 들었다. 모르긴 해도 이 주인도 내가 모시고 온 할아버지처럼 사연이 있어 신의주 바로 코앞에 이런 산장을 겸한 음식점을 차린 것이 아니겠는가. 아마도 사랑하는 연인을 두고 와서 저런 요상한 조각까지 세워놓고 말이다. 산장이 지어진 벼랑은 압록강을 끼고 흐르는 절경이라 신의주 쪽에서도 훤히 바라볼 수 있는 위치다. 압록강변을 포클레인까지 동원하여 파헤쳐 거기에 호텔을 지을 예정이라고 하니 산장 주인에게 말 못할 깊은 사연이 있음에 틀림없다.

할아버지의 팔을 끼고 강 건너 신의주를 바라보았다. 산꼭대기는 농사를 짓는다고 개간하여 까까중머리에 버짐이 퍼진 것처럼 흉물스럽게 보였다. 신의주를 바라보면서 할아버지는 도라산 전망대에서처럼 찬송을 부르지 않고 그저 망부석처럼 숨이 멎은 듯 서 있었다.

"아침부터 아무것도 잡숫지 않으셨어요. 우선 산장에 들어가서 식사를 하십시다. 이집 토종삼계탕이 일미입니다. 우리나라에서처럼 가둬놓고 기른 것이 아니고 산야에 놔기른 토종닭이라 쫄깃쫄깃하고 달착지근한 것이 기막힌 맛입니다."

노인은 내 손에 팔이 잡혀 질질 끌려서 안으로 들어왔다. 식탁에 앉아서도 여전히 신의주로 뚫린 창문에 눈을 박고 숨도 쉬지 않는 것처럼 보였다. 차라리 몸부림치면서 울부짖는 쪽이 몸에 좋은 법이다. 저렇게 속으로 삭이고 있으면 병이 짙어지게 마련이다. 어쩔 수 없이 잠든 사람을 깨우듯 몸을 흔들었다.

"할아버지. 삼계탕 드세요. 다 식어요."

노인은 깊은 잠에서 깨어난 것처럼 부스스한 눈을 들어 압록강과 그 건너 신의주의 산들을 바라보다가 후루룩 깊은 숨을 내쉬었다.

"자네 여기 데려와서 이렇게 신의주를 바라보게 하려고 나를 비행기 태워 예까지 데려온 것인가?"

"아니요. 할아버지 소원대로 신의주 고향땅을 밟게 해 드리겠으니 어서 식사하세요."

노인은 마지못해 닭다리를 하나 집어 들었으나 맛이 없는지 바로 내려놓는다. 자꾸 권하자 걸쭉한 삼계탕 국물을 몇 수저 들고는 물만 마신다.

어쩔 수 없이 관전(寬甸) 쪽으로 차를 몰게 했다. 압록강변길이 아주 잘 닦여있어 차는 편안하게 강줄기를 타고 달렸다. 회령이 보이는 삼합까지 가려다가 다리가 끊긴 곳에 차를 세웠다. 중국 쪽의 다리 반쪽만 살아있고 북한 쪽으로는 완전히 잘려나간 곳이다. 1800년대부터 그 다리로 문물이 오갔으며 사람들이 왕래하던 곳이라고 한다. 노인의 눈이 갑자기 커지더니 고함을 질렀다.

"아하! 바로 여기야. 내가 어렸을 적에 여기 온 적이 있어. 할아버지를 따라서 아버지가 인삼을 지고 이 다리를 건넜다고 하더군. 그때 양코배기들이 이 다리로 넘어와서 쪽복음을 주었다는 바로 그 다리야."

"그렇다면 여기가 바로 책문이 열렸던 곳이고 의주상인들이 드나들었다는 곳인가요?"

"맞아. 이 다리를 건너가서 인삼을 팔고 그 돈으로 비단을 사가지고 돌아온다고 할아버지가 그랬어."

그렇다면 여기가 우장이란 곳인가. 나는 머리를 갸웃거렸다. 지금은 지명도 변했다. 중국은 북만주나 간도에 흩어져 있는 조선의 역사적 흔적을 지워가는 판이라 모두가 사라져가고 있는 형편이다.

"다리 중간이 이렇게 반쪽으로 끊겼으니 어떻게 내가 고향땅을 밟을 수 있단 말인가. 자네 나를 속인 것이 분명하군."

"아닙니다. 내일 낮에 꼭 고향땅을 밟아보게 할 것입니다."

늦가을이라 압록강 바람이 무척 찼다. 노인을 모시고 단동 시내로 들어와서 '동해(東海)'라는 여관에 방을 잡았다. 해가 짧아서 어둠이 바로 단동 시내를 내려덮었고 요란한 불빛이 번쩍거려서 이곳에도 자유의 물결이 불어닥친 걸 실감나게 했다.

가끔 단동에 출장왔을 적에 들렸던 발마사지하는 집에 연락을 했다. 한국 돈으로 2천 원이면 한 시간 동안 발을 주물러주는 발마사지는 이곳의 명물이었다. 할아버지는 마사지를 받은 탓인지 코를 골면서 잠들었다.

다음날 나는 노인을 모시고 여관에 딸린 식당에서 아침식사를 했다. 조선족이 운영하는 여관이라 토속적인 음식이 나왔다. 노인은 된장찌개와 고등어구이를 맛나게 들었다.

오늘은 차를 단동의 끝인 황해 쪽으로 몰았다. 단동이란 도시는 압록강을 가운데 끼고 북한의 신의주와 나란히 마치 떡가래를 길게 늘여놓은 것처럼 자리 잡고 있다. 단동 시내에서 바라보는 압록강은 아주 넓어서 헤엄쳐서 건너기도 힘들 만큼 깊고 넓어 보였다. 전쟁 때 반 토막이 난 압록강 대교를 지나서 차는 계속 서쪽으로 달렸다. 강이 점점 넓어지면서 신의주도 점점 멀어졌다. 노인은 창문에 눈을 고정시키고 압록강을 사이에 두고 멀어지는 신의주에서 눈길을 떼지 못했다.

"조금만 더 가면 인천에서 2시간 배를 타고 와서 내리는 동항이라는 항구가 나옵니다."

"고럼 이제 동항에서 배를 타고 인천으로 갈 것인가?"

"고향땅을 밟고 가야지요."

노인은 점점 이상한 생각이 들었는지 나까지 의심하는 것 같았다. 심지어 경계하는 눈빛을 감추지 못했다.

갑자기 압록강이 시야에서 사라지고 철조망이 길을 따라 펼쳐졌다.

"기사님, 저기에 차를 세우세요."

찌익 기분 나쁜 소리를 내면서 차가 철조망 옆에 섰다.

"할아버지, 내리세요."

"어엉! 날 보고 여기서 내리라고?"

나는 할아버지의 팔을 잡아끌고서 철조망까지 갔다. 12줄로 철가시가 촘촘히 박힌 철조망이 시멘트기둥에 단단히 묶여있었다. T자 형으로 위에는 가시망을 눕혀서 단단하게 차단한 북한과 중국의 국경선이었다. 놀랍게도 신의주 땅이 단동 쪽의 끄트머리 압록강변에 큰 평야로 들어앉아있다.

"할아버지, 이리 오세요. 이 철조망 밑으로 발을 들이미세요. 여기가 바로 신의주입니다. 할아버지의 고향땅입니다."

노인은 의아스러운 얼굴로 묵묵히 서 있었다.

"어서요. 할아버지, 여기가 바로 신의주 땅이라니까요."

나는 노인의 팔을 강제로 잡아 끌어당겼다. 어서 철조망 밑으로 두 발을 넣으라고 재촉을 했다. 노란색이 살짝 도는 국방색 군복을 입고 붉은 테를 두른 군모를 쓴 북한 경비 두 명이 우리 쪽으로 총을 메고 다가왔다.

그 순간, 노인의 어디에 그런 날렵함이 숨어 있었을까. 잽싸게 양쪽 발을 철조망 밑으로 집어넣어 쿵쿵 디뎌 보고는 냅다 호랑이에 쫓기는 토끼처럼 달아나기 시작했다.

"학실 아빠, 도망가지 마세요. 괜찮아요. 북한군과 대화를 나눌 수 있습니다. 학실 엄마 소식을 물어봐도 된다니까요."

나는 북한 경비병에게 그들이 좋아하는 담배와 라이터를 건네주고 노인이 던져버린 지팡이를 집어 들고는 그를 향해 뛰기 시작했다. ✶

— 2007년, 『월간문학』 12월호

황홀한 나들이

ㅎㅗㅏ ㅇㅎㅗㄹㅎㅏ ㄴㄴㅏ ㄷ ㅡ ㄹ ㅇ ㅣ

  하늘이 술에 취한 듯 곤드레가 되어 묽은 수묵 빛을 머금고 형체를 이루지 못한 희뿌연 구름으로 흩뿌려져있다. 이런 날은 기분이 뒤숭숭하여 집에 처박혀있으면 좀스럽다는 기분이 드는 날이다. 온도가 차츰 영하로 떨어진다는 일기예보로 보아 곧 하늘이 문을 열어 흠뻑 함박눈을 쏟아낼 기세다. 이런 날 나연이 혼자 무료하게 집안에 있자니 숨이 막혀 작년 겨울 남편이 러시아에서 사다준 무릎 밑까지 치렁치렁 내려오는 밍크코트를 입고 나들이를 하고 싶다는 강렬한 열망을 누를 수가 없다.

  여든하고도 중반을 넘긴 시어머니는 아무리 봐도 그 나이에 지나치게 건강하다. 푸들을 벗삼아 재미있게 지내면서 아침이면 두 시간씩 맨손체조를 하는 걸 보면 얼마나 더 살려고 저러나하는 역겨운 마음을 누를 수가 없다. 하늘이 내려앉은 탓인지 강아지에게서 나는 비린내가 온 집 안에 땅거미처럼 스멀스멀 정강이 언저리를 휘감는다. 의사의 진단이 아니더라도 이렇게 살다가는 자신이 시어머니보다 먼저 병들든지 아니면 정신질환에라도 걸려 죽을 것만 같았다.

오늘 아침만 해도 부아가 치밀어 화분들을 다 내던지고 싶은 걸 꾹 참았다. 글쎄 시어머니가 베란다 창문을 열어놓고 출근하는 아들에게 빠이빠이를 하는 것이 아닌가. 거긴 화분들이 잔뜩 놓여있어 창가까지 비집고 들어가기 힘든데도 말이다. 하루 이틀도 아니고 창피해서 죽겠다. 언제까지 시어머니는 아들을 남편이라고 생각하면서 살 것인가. 그리고 보니 그녀는 여직 단 한 번도 진정으로 그의 아내가 된 적이 없다는 생각이 퍼뜩 스치면서 늦었지만 아내의 자리를 찾아야겠다는 오기가 치밀어 올랐다.

동갑네기 시누이에게 전화를 넣었다.

"나도 이제부터는 진짜 아내가 되고 싶어. 어머님이 창가에서 손을 흔드는 걸 막을 수 없을까. 이대로 계속하면 난 가출할 거야. 아니 이혼이라도 할 마음이야. 내 나이 환갑을 넘었는데 언제까지 이렇게 우스꽝스러운 경우를 당해야 하지. 어제 반상회에 나갔더니 이런 시어머니를 놓고 모두 웃어대서 창피해 쥐구멍에라도 들어가고 싶더라고. 그러니 고모라도 나서서 이런 짓을 고만 두라고 말해줄 수 없어."

"그 나이면 아기가 된다고 하더라. 그냥 넘겨버려."

"나 이제 힘들어서 탁 놓고 싶어."

"상주 가정부가 있으니 육체적 힘은 들지 않으면서 뭘 그래."

"시어머니 모시는 일이 얼마나 스트레스를 받는 일인 줄 알기나 해. 하루 세 때 밥을 챙겨주려면 시장을 봐와야 하고 혹시 가정부가 없는 날엔 손수 차려야 해. 만에 하나 그런 날 나까지 외출하려면 시집간 딸들이라도 불러다가 대령해야 할 정도로 여직 모셔왔어. 이렇게 살아온 인생이 사십 년이 가까워 온다고. 나도 이제 고만 자유롭고 싶어. 아주 멀리 도망가고 싶단 말이야."

환갑을 넘어서도 생활고를 이기지 못하고 머리에 염색을 해가면서 미장원을 운영하고 있는 시누이 경화는 이런 올케에게 한 마디 말도 못하고 전화를 끊었다. 잘못 대응했다가는 당장 어머니를 모셔가라고 호통을 칠 올케라는 걸 알기 때문이다. 처음 시집와서는 새댁이면서도 공동묘지 위에 인불이 번쩍이는 것처럼 찬기가 돌았는데 이만해도 좋아진 셈이다.

너무 배때기가 불러서 저러는 거야. 남편이 돈을 잘 벌어다주니까 집에서 할 일이 없어 시어머니가 아들 출근길 배웅하는 걸 못 견디는 거라고. 상주 가정부를 집에 들여놓고 전부 부려 먹으면서 공주처럼 앉아있자니 모든 것이 눈에 거슬리는 것이라고. 시어머니를 모시는 아내를 위해 남편은 아내전용 자가용을 배치하고 주말이면 함께 골프를 치러가고 일 년에 두어 번씩 해외나들이를 같이하면서 비위를 맞춰준다. 그런데도 시어머니가 아들 출근길에 빠이빠이 하는 걸 못 참다니! 배가 터지게 불러서 교만성 질병에 걸린 거란 생각에 속이 부글부글 끓었다. 경화는 손님의 머리를 만지면서 마음이 조금씩 누그러지자 올케도 참 안됐다는 생각이 들었다. 손목이 시큰했다. 너무 일을 많이 해서 튀어나온 손목 뼈를 꾹 눌렀다. 이렇게 사는 것이 서글퍼서 경화는 마음이 쾡하니 아려온다. 작은 올케에게 전화를 넣어 이런 사실을 알렸더니 어머니 잘못이라고 한 방에 받아친다. 이날까지 그래도 삼시 밥을 챙겨주었으니 며느리가 싫어하면 하지 말아야지 그러느냐고야단이다. 숨이 막혀왔다.

아무튼 큰올케에겐 무슨 기적이 일어나야 한다. 인생길의 가장 험준한 산인 배고픈 가난에 처해서 눈물의 빵을 먹거나 죽을병에 걸려 시한부 인생을 살아갈 적에 인간은 가장 낮은 자리에 임하는 법이다. 그런 상황이 오기 전에는 큰올케 나연은 인생이 무엇인지 절대로 모를 것이란 결론에 이르렀다.

여든을 넘긴 부모는 죽은 시체나 다름없고 아기가 되어 있는 상태이니 모든 걸 받아주어야 한다던 어느 단골고객의 말이 떠올랐다. 여든이 넘어서도 며느리에게 견제대상이 된 친정어머니가 참으로 대단하다는 생각을 지울 수 없었다. 자신이 어머니를 모셔올 수 없는 환경이 원망스럽기까지 해서 경화는 울적하게 손님의 머리를 매만진다. 아무리 생각해도 이런 상황에서는 자신을 죽이고 들어가는 수밖에 없어 경화는 큰올케에게 전화를 걸었다.

"날씨가 이렇게 싱숭생숭하니 올케가 마음이 심란한 것 같군. 친구들하고 여행이나 가보지 그래."

"그러잖아도 이 집을 빠져나갈 궁리를 하고 있어."

시어머니를 야단쳐서 그 짓을 못하게 하지 않고 시누이는 그 대안으로 고작 여행을 떠나라고 하니 전신에 가시랭이가 들러붙는 기분이다. 직원을 오백 명 이상 거느린 사업체를 운영한다고 늘 자랑을 늘어놓는 고등학교 동창 경옥에게 전화를 했다.

"날씨도 이런데 우리 나들이나 하자. 깊은 산속으로 들어가서 단 하루라도 이러저런 꼴 보지 않으면 좋겠다."

그러잖아도 경옥은 무슨 신나는 일이 없나 해서 기지개를 켜든 참이라 눈이 번쩍 뜨였다. 봄부터 가을까지는 골프를 치면서 소일할 수 있는데 한 겨울이라 행동반경이 좁았다. 하루 종일 찜질방에 무료하게 누워 있다가 때밀이를 하고 지압을 받고 여성전용 휴게실에서 늘어지게 한숨 자고 나니 지루하기 그지없었다. 명품 옷이라고 알려진 것들을 모두 사서 드레스 룸에 걸어놓는 일도 이제 별 재미가 없다. 집안 여기저기를 명품으로 완벽하게 장식을 해놓았으니 이제 더 사드릴 것이 없어 허전했다.

게다가 요즘 교회일로 골이 아팠다. 모든 사람들이 회장의 부인인 그녀 앞에서 사모님, 사모님 불러가면서 머리를 숙이는 판에 목사만이 머리를 바짝 치켜드는 꼴이 기가 찼다. 감히 내 앞에서 머리를 들다니! 속이 상해서 지난 주일에 교회 가서 한바탕 퍼부었다.

"내가 이래 뵈도 직원들을 오백 명 넘게 거느린 회장 부인이요. 이 교회의 교인수보다 많단 말이요. 이백만 원을 내놔 교인들 점심해먹이라고 했는데 왜 내가 하라는 대로 하지 않았소. 소고기를 사라고 했는데 돼지고기가 뭐요. 내 체면에 먹칠을 한 것이 아니요. 부엌담당 책임자를 임명할 적에 내 허락을 받지 않고 일을 추진하더니 이런 불상사가 터지는 것이 아니요."

목사는 대꾸를 않고 입을 꾹 다물고 말을 아낀다. 교회에 들어서면 사회의 계급장은 떼어놓고 들어오라고 다음 주엔 설교를 해야지 속으로 다짐하면서 나긋하게 대한다.

"주일학교 학생들까지 먹이자면 육백 명이 넘는데 그 정도 돈 가지고는 점심식사에 소고기로는 어림없소. 돼지고기가 조금이라도 값이 덜해서 성도들이 많이 먹을 수 있도록 그렇게 했소. 또 요즘 광우병 문제로 야단들이라 소고기를 피하는 추세고 해서 돼지고기를 택한 거요."

"그래도 돈을 내는 사람의 말대로 해야지요."

목사도 인간인지라 무람없이 나대는 그녀 앞에서 거북한 표정을 감추지 못했다. 이런 목사를 불쾌한 얼굴로 쏘아보면서 마음을 어루더듬었다. 그렇게 하고 이 교회에 남을 줄 알아. 나를 무시하고 이 교회에서 목회할 줄 아느냐고. 속으로 종알대면서 목사 방의 문을 쾅 닫고 나와버린 사건으로 인해 속이 뒤집혀 있었다. 내 말을 듣지 않다니 이럴 수가 있어. 모든 사람이 내 말에 굽실거리고 허리를 숙이는 판에 교회에서 생활비를 받고 사는 주제에 이렇게 나간다면 어디 두고 보자. 독이 오른 고추처럼 목에 힘을 잔뜩 주고 머리를 곤두세워 흔들면서 외제차 BMW의 시동을 걸었다. 옆에 주차해 있는 목사의 낡아빠진 허술한 고물차에 침을 탁 뱉었다. 그래도 분이 풀리지 않았다. 돈의 힘이 얼마나 센 것인지를 아직도 모르는 목사가 세상을 모르는 사람이라고 생각하면서 경옥은 연신 머리를 누에처럼 치켜들었다.

이런 차에 나연의 전화를 받은 것이다.

"나는 시어머니 때문에 못살아."

"네 나이가 얼만데 그러고 사냐. 탁 걸어 차버려. 그냥 양로원에 집어넣지 그래. 요즘 시설 좋은 양로원이 많잖니."

"그러고 싶어도 남편이 못하게 하잖아. 아침마다 창문에 서서 빠이빠이 하는 꼴이 욕지기가 나서 못 살겠다."

"남편을 잘 구슬려서 그걸 못 하게 하라고. 세상 사람들의 문제는 해결하면서 집안일에는 손도 못 대는 남편이 변호사냐."

"일생 그랬다는 걸 어떡해. 아들의 뒤를 바라보면서 십

분씩 기도하고 축복해주는 거라고 아들은 오히려 좋아한단다. 아무튼 이런 날씨에 속이 울렁거려 집에 있기 싫다. 우리 놀러가자."

그러자 경옥이 따발총으로 쏴댄다.

"나는 우리 교회 목사 꼴 보기 싫어 숨이 막힌다. 주위의 모든 사람들이 돈 달라고 허리가 휘도록 굽실거리는 판에 목사라는 작자는 돈이 무엇인지 모르는 모양이야. 꼴사나워서 못 봐주겠어. 속이 타고 신경질이 난단 말이야. 이런 날 네 말대로 우리 멋진 나들이를 해보자."

"우리 둘이 가면 재미없잖니."

"그럼 강 언덕에서 미나리음식점을 경영하는 숙경이하고 교수 부인인 윤한이 있잖니. 넷이 가면 멋있겠다. 이렇게 하늘이 뭉개져서 꾸무럭거리는 날씨에 어떻게 집에 처박혀 있니. 나와라. 내가 두 사람을 데리고 너한테 가마. 하룻밤 자고 올 나들이이니 간편한 차림을 하고 기다려라."

사업가의 아내답게 씩씩한 경옥의 말에 나연은 부리나케 목욕을 하고 가방을 꾸리기 시작했다. 더구나 고등학교 동창 넷이 모여서 가는 겨울나들이이니 신바람이 났다.

경옥이 운전대를 잡았다. 사업을 이 정도로 일으킬 적에는 연탄불에 직원들 밥해 먹이느라고 기절도 했다는 초창기 기업을 일으킬 적의 아픔과 고생한 사연을 들고 나왔다. 이건 단발머리 친구인 동창들끼리 만나면 항상 늘 어놓는 경옥의 레퍼토리다. 그러자 미나리음식점을 경영하는 숙경이 받아 친다.

"너 솔직히 말해봐. 네가 몸 바쳐 일한 육신의 수고로 지금의 재산을 축적한 건 아니잖아. 넌 순전히 땅투기로 부자가 되었다. 공장 땅이란 명목으로 서울 근교에 사둔 엄청난 부지의 땅이 백 배도 더 넘게 뛰어서 그걸 팔아 지금의 회사를 차렸잖아. 우리나라 부자치고 땅투기하지 않은 사람 있으면 나와 보라고 해. 내 말 틀렸니? 맞지. 그러니 우리 입을 다물자."

"그래도 네 공이 크다. 연탄 냄새를 너무 많이 맡아서 유산을 두 번이나 했잖니. 나중에 아파트로 주거지를 옮기면서 셋을 낳았지 그대로 연탄아궁이를 끼고 있었다면 석녀로 살았을 거다."

분위기가 이상해지자 윤한이 연민의 정을 표하며 거든다.

땅투기를 들고 나오는 숙경의 말에 속이 뒤집혔는지 회장 부인인 경옥이 운전대를 잡고 목을 뒤로 빼면서 한 방친다.

"너도 그 비슷한 식으로 해서 부자가 되지 않았니?"

"너처럼 땅투기를 하지 않았고 오백 명이 넘는 직원을 거느리지는 못하지만 사람 수만 많으면 뭐하니. 그게 다 돈 나가는 일 아니냐."

숙경은 딱 열 명의 직원을 거느리고 음식을 해서 판다. 이득이 쏠쏠하다. 도매시장에 가서 질이 조금 떨어져도 아주 헐값으로 시장을 봐오면 모두가 돈이 된다. 시장을 잘 봐야 장사는 돈을 버는 법이다. 날마다 새벽잠을 설치고 수산시장과 야채시장을 휩쓸고 다니니까 이만큼 산다고 숙경은 확신하고 있다. 엄밀히 따지고 보면 육신의 수고로 먹고 사는 셈이다. 게다가 술을 팔아서 돈이 팍팍 들어온다.

"너도 내가 했던 땅장사처럼 물장수를 하면서 뭘 그러니."

그렇다고 모두 걸걸 웃었다. 그들 옆에 교수 부인인 윤한이 시무룩해 앉아있다. 친구들은 모두 돈을 억대로 주물럭거리는 사람들이고 자신은 월급쟁이 교수 부인이라 저들을 따라갈 수가 없다.

"너는 교수남편 옆에서 불만은 없잖니. 매달 정기적으로 꼬박꼬박 주는 돈 가지고 평안하게 사는 너도 복 받은 여자다. 나처럼 연탄불 옆에서 고생한 적도 없고 나연처럼 시어머니로 인해 마음 고생하는 일도 없잖니. 숙경처럼 새벽시장에 나가 시장 보느라고 새벽잠을 설치는 일도 없으니 네가 우리 동창들 중에서 제일 행복한 여자다. 게다가 은퇴하면 연금이 나와서 죽을 때까지 매달 몇 백만 원씩 받는다면서."

그러자 윤한이 한숨을 푹 쉰다.

"난 자식 때문에 골이 아파. 아들이라는 놈이 얼마나 철딱서니가 없는지 속이 꺼멓게 탄다. 미국에 유학을 보냈더니 하라는 공부는 하지 않고 차를 렉서스로 사내라고 야단이야."

"그건 너무 했다. 렉서스는 미국에서도 오만 불은 줘야 살 수 있는데 교수 봉급으로는 너무 센 것이 아니냐."

"그러니까 문제지. 무조건 돈을 보내라는 거야. 그리고 오늘 아침 전화로 확인한 것인데 공부는 하지 않고 학비랑 생활비 부친 돈을 몽땅 가지고 하와이와 알라스카로 친구들하고 어울려서 여행을 하고 있으니 이거 속이 상해서 죽겠다."

"넌 그런 상황인데도 교회에서 그렇게 야단이냐. 모두 너에게 굽실거려야 되니 너 다니는 교회도 문제가 많다. 구역장이랑 심지어 목사나 전도사까지 너에게 굽실거리고 네 명령을 들어야 직성이 풀린다는 소문이더라."

숙경이 윤한을 흘끔 쳐다 보면서 지분거린다.

"그건 내 성격이야. 난 학교 다닐 적에도 모두가 내 부하가 되어야 직성이 풀렸어. 내가 보스가 되어서 명령해야 되는 성품을 타고났어. 내 어깨를 봐라. 장군처럼 보이지?"

윤한이 어깨를 으쓱거리면서 힘자랑이라도 하는 듯 거들먹댄다. 그녀의 떡 벌어진 어깨가 역도선수처럼 우람해 보인다.

"그게 바로 네 아들과의 관계에서 나타난 것이 아니겠니. 아들의 인격을 존중하지 않고 마구 보스만 되려고 하니 어머니 곁을 빠져나가 자기 마음대로 한 번 해보자는 것이다."

하긴 윤한에게는 아들이 자신의 말을 듣지 않는 것이 괴로웠다. 남편처럼 박사가 되고 교수가 되어야 사회적 품위가 서는데 한국에서는 명문대학에 들어가지 못하니 미국에라도 보내서 사회적 신분과 체면을 유지해보려고 했는데 저 꼴이라 자존심이 잔뜩 상했다.

네 명의 동창들이 속에 가득 찬 것들을 신나게 토해내는 동안 차는 대전을 지나 무주구천동으로 향하고 있었다. 부유한 여자들이 일반적으로 갖고 있는 특유한 짐을 잔뜩 실고 있어 그런지 고급승용차지만 바퀴가 짓눌려 무거워 보였다. 넷이서 금년 여름에도 나연의 콘도가 있는 무주구천동에 하루 나들이를 한 적이 있기 때문에 길은 모두에게 낯설지 않았다. 대전을 지나면서 눈이 푸슬푸슬 내리더니 나중에는 함박눈이 되어서 펑펑 쏟아지기 시작했다. 하늘은 무지근한 똥을 누듯이 머무적거리다가 나중에는 마구 쏟아내서 눈의 크기가 활짝 핀 코스모스만 해졌다. 눈이 이렇게 내리니 그들은 더 신이 나기 시작했다. 도시를 벗어나고 얽매었던 일상사에서 벗어났다는 자유로움을 만끽했다. 마구 이말 저말 순간순간 마음에 떠오르는 생각들을 토해내면서 산야가 하얗게 옷을 입고 있는 걸 내다보았다. 쏟아지는 눈 때문에 즐겁게 날뛰는 시골집 마당의 누렁이가 된 것처럼 소녀시절로 돌아간 저들은 모두가 입이 열리는 데로 마구 시시덕거렸다. 아무리 퍼내도 자신들 속에 아직도 남아있는 메스꺼운 찌꺼기가 바깥에 펑펑 쏟아져 내리는 눈처럼 두껍게 옷을 입기 시작했다. 무주구천동에 가까이 오면서 산야는 두꺼운 흰 눈이불을 덮고 어스레한 하늘을 이고 널브러져 있다.

차가 무주구천동에 도착해서 콘도에 이르니 쏟아지는 눈에 막혀 나가지 못한 손님들로 안내 데스크는 번잡했다.

"우린 진달래 콘도 310호로 예약이 되어 있지요."

나연이 방을 달라고 하자 데스크에서는 미안해서 어쩌느냐는 표정을 숨기지 못했다.

"오늘처럼 예기치 못한 날씨에는 어쩔 수 없이 고객 한 사람을 추가해야겠습니다. 어제 들어오신 분인데 눈 때문에 길이 막혀 오늘 밤에 나갈 수가 없게 되었어요. 함께 주무셔야겠습니다. 이런 경우는 없었는데 비상사태입니다."

"남자 손님이요, 여자 손님이요?"

"물론 여자 손님이니까 이렇게 권하는 것이 아닙니까."

"우리 나이또래요, 더 많아요?"

"더 많은 걸로 압니다. 해마다 오시는 분인데 아주 점잖으시니 한구석에서 주무시게 하셔요. 그 나이에 여자분이 혼자서 눈 속을 뚫고 차를 몰고 가기는 쉽지 않습니다. 어둠 속에 흰 눈이라니! 고속도로까지 나가는 국도가 너무 멀어서 차가 뒹굴기라도 하면 어쩝니까. 더구나 눈이 많이 내려 길과 산야가 구별이 되질 않아 큰일입니다. 눈이 사람 키를 넘을 듯 쏟아지고 있으니 이렇게 눈이 계속 내리면 모두가 며칠 이 산속에 갇힐 것이요."

네 사람은 투덜거리면서 열쇠를 받아 쥐고 방으로 향했다. 아직도 방을 비워주지 못하고 남아있을 여자가 어떤 사람일까 하는 호기심으로 문을 여니 발등까지 내려오는 하얀 드레스를 입은 백발 할머니가 눈이 쏟아지는 창문을 향해 서 있다가 문소리에 얼굴을 돌린다. 험악한 얼굴이거나 아주 무식해서 상대가 되지 않을 사람과 하룻밤을 지내면 어쩌나 걱정했는데 고상함이 어린 할머니 얼굴엔 잔잔한 기쁨과 평안함이 넘쳐흘렀다. 거실 한가운데 켜있는 밝은 형광등에 들어난 할머니의 흰 드레스는 민무늬로 윤기가 자르르 흘렀고 가슴 깊이 파여 젖가슴이 드러나는 것을 막기 위해 자주색 턱받이를 달아 댄 것이 얼굴을 지적으로 돋보이게 했다. 형식적이지만 서로 인사를 나누고 평안한 평상복으로 갈아입고 난 뒤에 숙경이 화투를 꺼내 놓자 모두 둘러앉았다. 할머니는 잔잔한 미소를 삼키면서 방 한 구석에 요를 깔고 누워버린다. 각자가 10만 원씩 걸고 화투를 시작했다. 딱! 화투장을 내던지던 나연은 시어머니의 얼굴에 요것을 명중시킨다는 듯 입을 모우고 기압을 넣는다. 회장 부인인 경옥은 목사의 얼굴에 윤한은 아들의 얼굴에 던진다. 숙경은 음식점을 운영하면서 이따금 말썽을 부리는 남편의 얼굴에 화투장을 던진다. 돈도 벌지 못하면서 술주정만하는 남편은 숙경의 고통거리였다. 이따금 젊은 여자를 데리고 들어와 음식점 주인은 자기라고 나대면서 호통을 치는 꼴이 선하게 떠올랐다. 남편에 대한 고민은 창피해서 동창들에게도 지금까지 숨기고 있는 비밀이다.

저들의 기압소리를 들으면서 벽을 향해 누워있던 할머니가 화투놀이 하는 쪽으로 얼굴을 돌린다. 밖엔 솜 뭉텅이가 허공에서 떨어지듯 눈발이 점점 굵어진다. 무주구천동의 깊은 산속은 자동차들의 소음이 사라지고 산새들도 잠자리를 찾아들어간 지 오래라 사각사각 눈 내리는 소리만 들린다.

힘차게 화투장을 던지던 경옥이 할머니를 향해 한 마디 했다.

"이리 와서 우리와 합세하시지요?"

"미안합니다. 전 화투칠 줄 모릅니다."

"저희처럼 속에 찬 고민거리가 있으면 여기 이 화투장을 던지면서 기압을 넣으세요. 세상살이 고통이나 미움이 어느 정도 빠져나갑니다. 이런 재미도 없이 인생을 어떻게 살아갑니까."

숙경이 점잖게 타이르는 조로 훈계를 한다.

"이 나이에 이르니 죽음이 보여서 미운 사람도 없고 세상살이 고통이나 고민거리조차 없습니다. 모두 불쌍해 보입니다."

"감각이 무디시군요. 이 세상에는 미운 사람들이 널렸지요. 화투를 못하시면 술이나 함께 마셔요. 독한 술이 아니고 우린 포도주 정도로 마십니다. 그것도 집에서 가져왔어요."

나연이 포도주 2병을 내놓으며 대답이 없는 걸 수긍하는 것으로 알고 잔을 다섯 개 마련하고 마른안주를 한상 푸짐하게 차렸으나 여전히 할머니는 저들 사이에 끼어 앉지를 아니하고 조용하게 머리를 흔들 뿐이다. 가져온 포도주를 다 마시고 나서 이런 밤엔 실컷 취해보자고 수런거리던 여자들은 소주 한 상자를 주문했다. 밤이 깊어지자 거나하게 취한 저들은 시시덕거리다가 깔깔 웃으면서 속에 있는 것들을 마구 봇물처럼 쏟아내기 시작했다. 인간이란 그릇처럼 속에 들어있는 것을 말하게 마련이다. 자식 걱정을 하는 사람은 어딜 건드려도 자식 이야기만 나온다. 돈 걱정을 하는 사람은 어딜 건드려도 그저 돈이다. 각자가 쏟아놓는 불만으로 걸쭉하게 판이 무르익어가자 윤한이 혀 꼬부라진 목소리로 할머니에게 수작을 건다.

"할머니는 무슨 재미로 이 세상을 살아가요. 우리처럼 수다도 떨 줄 모르고 술도 화투도 못하고 미운 사람도 없고 세상살이 고통도 없다면 도대체 당신이란 사람은 천상의 사람이요, 이 세상 사람이요?"

할머니는 말간 얼굴에 그저 조용히 미소를 흘릴 뿐이다.

"도대체 그 나이에 할 수 있는 것이 무엇이요?"

나연이까지 이죽거리다가 술기운이 머리끝까지 올라 입이 돌아가면서 빈정거린다. 그러자 노인은 조용히 일어나서 여행 가방을 연다. 모두의 시선이 그 안에서 무엇이 나오나 하는 호기심에 들떠서 그녀의 손끝에 쏠렸다. 할머니는 하얀 백지를 벽에 붙이고 물감을 풀기 시작했다.

"나는 수채화를 그리는 취미가 있소."

"어떤 그림을 그리는지 한 번 봅시다."

여자들은 이제 취기가 머리끝까지 올라 앉아있지도 못하고 베개를 나란히 놓고 누워서 할머니가 그리는 그림을 향해 일제히 머리를 돌렸다. 얼큰하게 취하고 잠까지 슬슬 와서 눈을 게슴츠레 뜨고 할머니가 그리는 그림을 쳐다보았다. 새벽 2시가 되었지만 눈은 여전히 펑펑 쏟아져서 외등의 흐릿한 불빛을 타고 하늘이 내려앉을 듯했다. 노인은 벽면에 커다란 백지를 한 장 붙여놓고 그 위에 힘들이지 않고 쓱쓱 그림을 그리기 시작했다. 금세 새파란 하늘과 바다가 그려지고 옆에는 산기슭이 나타났다. 커다란 돛단배가 바다 위에 떠있고 잔잔한 바람이 이는지 돛이 살짝 흔들리고 물 위로 강렬한 태양이 내리꽂힌다. 이

따금 철썩이는 파도 소리가 들리고 갈매기들의 울음소리도 귓가를 스친다. 파란 하늘에 구름이 두둥실 뜨고 잔잔한 물결 위에 부딪히는 햇살이 속살거리는 것처럼 보였다. 술에 취하여 잠이 와서 눈을 반쯤 뜬 나연이 외쳤다.

"아아! 저 바다에 가서 배를 타고 싶다."

그러자 모두 일제히 외쳤다.

"나도 저 배를 타고 싶다. 이렇게 내리는 눈은 싫다. 가슴이 답답하다. 넓은 바다가 좋다. 배를 타면 속이 뻥 뚫릴 거다."

술이 머리끝까지 올라 거나하게 취한 여자들 모두가 그 배를 타고 어딘가로 가고 싶다고 외쳤다. 그러자 할머니가 빙긋 웃더니 그 배를 타라고 했다.

"웃기지 마세요. 종이 위에 그린 배를 어떻게 타요."

모두 머리를 흔들었지만 나연이 혀 꼬부라진 어조로 묻는다.

"정말 저 배를 탈 수 있어요?"

발등까지 치렁하게 내려온 360도 폭의 흰 드레스를 입은 할머니는 미소를 살짝 흘리면서 인자하게 말한다.

"그럼요. 믿고 발을 이 그림의 배 간판 위에 올려놓으세요."

"정말이요? 정말 믿고 발을 올려놓으면 이 배를 타고 저 바다 위를 달릴 수 있나요?"

"이곳은 바다가 아니고 갈릴리호수랍니다. 이스라엘의

북쪽에 위치한 호수지요. 사람들이 바다라고도 불러요."

그러자 제일 먼저 회장부인인 경옥이 발을 올려놓았다. 나머지 세 사람도 차례로 그림 속의 갑판 위로 올라탔다. 순간 배는 스르르 네 명의 여자들을 태우고 호수 한가운데로 미끄러져 들어갔다. 모두 뱃전에 나와 섰다. 공기까지 달콤한 호수의 한가운데를 향해 미끄러져 들어가는 배가 신기하고 묘해서 팔딱거릴 정도로 모두가 손뼉을 치면서 헤픈 웃음을 날렸다.

아득히 멀리 호숫가의 가파른 산비탈 뒤로 돼지 떼들이 한가롭게 먹이를 뜯는 평화로운 정경이 눈에 들어왔다. 거기서 조금 떨어진 편편한 산자락 한 가운데 두 손과 발이 묶인 남자가 몸에 한 오라기도 걸치지 않은 나신으로 나대기 시작했다. 얼마나 험하게 몸을 뒤트는지 마치 격렬한 춤이라도 추는 듯했다. 발은 고랑에 묶이고 양손에 묶인 쇠줄로 자신을 얼마나 심하게 때리는지 전신은 피투성이고 상처로 얼룩져있다. 광인의 입에서는 단말마의 비명이 몸을 오싹하게 할 만큼 처절하게 사방에 메아리쳤다. 이렇게 평화로운 호수에 어울리지 않는 광경이었다.

아이쿠! 저 사람 불쌍해서 어떻게 하지. 참으로 가엾다. 왜 인생을 저렇게 살고 있지. 이 세상에 태어나서 저 꼴로 살아가는 사람도 있다니! 저 남자 너무 가엾다. 네 명의 여자들은 모두 그 쪽에 시선을 던지고 불쌍한 인생이라고 한 마디씩 옹알댄다. 미풍에 밀려 배는 광인이 나대는 편편한 산비탈 근처까지 가더니 그 앞에 멈춰 서 있어 아주 가까이서 미친 남자를 관찰할 수 있었다. 남자는 밤낮 무덤 사이에서나 산기슭에서 늘 소리를 지르며 돌로 제 몸을 상하게 했는지 몰골이 말이 아니다.

"저걸 어떻게 도와주지."

"정신병원으로 데려가서 약을 먹여야지. 저런 사람은 머릿속에 도파민이라는 호르몬이 너무 많이 나와서 그렇다고 하더라. 생물학적으로 병든 환자라 우리 힘으로 할 수 있는 일이 없어."

음식장사를 하면서 손님들이 떠들어대는 정보를 많이 들어 박식한 숙경이 정신질환에 대해 뭘 아는 것처럼 종알댄다.

어디서 나타났는지 갑자기 발끝까지 치렁거리는 흰 옷을 입은 남자가 광인 앞으로 조용히 다가갔다. 그를 보자 미쳐 날뛰던 남자가 갑자기 조용해지더니 부르튼 목소리로 말했다.

"지극히 높으신 하나님의 사람이여! 나와 당신이 무슨 상관이 있어 여기에 왔소. 제발 나를 괴롭게 하지 마시요."

"네 이름이 무엇이냐?"

"내 이름은 군대니 우리의 수가 많음입니다."

"귀신들아 그 사람에게서 나오너라."

"이 지방에서 떠나지 않고 살게 해주세요. 우리 수가 많으니 어쩝니까. 저기 돼지의 큰 떼가 있으니 차라리 그리로 들어가게 해주세요. 이렇게 빕니다. 저희들을 불쌍히 여겨 주세요."

여자의 치맛자락을 활짝 편 것 같은 펀펀한 산비탈 저편 광인이 손가락질하는 곳을 보았다. 깎아지른 듯 험한 산기슭에 이천 마리가 넘는 돼지들이 일제히 호수를 향하여 비탈을 내리달리기 시작했다. 그 많은 돼지들이 꿀꿀거리면서 절벽에 이르더니 우르르 호수로 떨어져 죽어갔다. 그러자 광인은 순한 눈으로 주위를 두리번거리더니 흰 옷을 입은 남자 앞에 꿇어 엎드렸다.

네 명의 여자는 모두 숨을 죽이면서 이 광경을 보고 있었다. 돼지 떼를 집어삼킨 호수 위로 따사로운 햇빛이 작열했다. 한 편의 아름다운 총천연색 시네마스코프를 보듯 광인이 흰 옷을 입은 사나이 앞에 엎드린 장면은 아름다운 한 폭의 그림으로 저들의 앞을 스쳤다.

"군대 귀신이란 무엇일까?"

나연이 중얼거리자 숙경이 아는 체 한다.

"이천 마리의 귀신에 빙의된 걸 말하는 거야. 불의, 추악함, 탐욕, 악의가 가득 찬 마음, 살인, 분쟁, 사기, 수군수군하는 사람, 비방하는 사람, 교만하여 자랑만 하는 사람, 부모를 거역하는 자, 사람을 미워하는 귀신, 질투하는 귀신, 돈만을 쫓는 귀신, 우상을 쫓는 귀신, 사람들을 누르고 우두머리가 되려고 하는 귀신, 세속문화에 젖어 나쁜 짓을 하는 귀신, 간음하는 귀신, 음탕한 귀신, 뭐 이런 것들이 아니겠어. 이천 가지의 징그럽고 더러운 것들이겠지."

경숙은 얇은 입술에 말이 빠르고 워낙 학창시절부터 들은 말은 줄줄 따라서 외는 버릇이 있었는데 아마도 음식점에서 어느 고상한 손님으로부터 주어들은 말인 듯했다.

살살 바람이 불기 시작했다. 배는 다시 움직여서 호수의 한가운데로 이동했다. 넷이 타기에 적합한 아담한 배다. 뱃사공도 없이 배는 잘도 간다. 호숫가에서 조금 떨어진 곳에 배들이 여러 척 닻을 내리고 있었다. 호수의 한가운데를 지나면서 한 배에 가득 탄 사람들이 보였다. 그 배고물에 조금 전에 보았던 발등을 덮을 정도로 치렁한 흰옷을 입은 남자가 사람들을 향해 무엇인가 말하다가 갑자기 한 사람을 향해 명했다.

"깊은 데로 가서 그물을 내려 고기를 잡아보아라."

떡 벌어진 구릿빛 어깨가 눈이 시리도록 맑은 햇살을 받고 기름을 바른 듯 번들거리고 턱에 수염이 터부룩한 건장한 사내가 그를 향해 겸손하게 대답한다.

"우리들이 밤이 맞도록 수고하였으되 얻은 것이 없지마는 말씀에 의지하여 제가 그물을 내리지요."

네 명의 여자들은 밤새워 고기를 잡지 못한 사람들이 정말로 고기를 잡을 수 있을까 하는 의구심에 눈을 반짝이면서 좌현 쪽 갑판에 나란히 서서 그리로 눈길을 던졌다. 의심이 제일 많고 따지기를 잘하는 숙경이 종알거렸다.

"깊은 데서 고기를 어떻게 잡니? 고기는 플랑크톤을 먹으려고 얕은 곳에 몰려있게 마련인데 어떻게 깊은 데서 고기가 많이 잡혀. 저 사람 괜히 폼을 잡고 있는 게 아냐."

"그래도 두고 보자. 미친 남자를 고친 사람이 아니냐. 광인 속에 살고 있던 군대마귀들이 돼지 떼에 들어가자마자 돼지들이 마구 내달려 이 호수에 떨어져 죽는 걸 조금 전에 보지 않았니."

윤한이 호기심이 가득한 어조로 소곤거렸다.

그러자 저들의 눈앞에 기이한 일이 벌어졌다. 고기를 잡은 것이 심히 많아 그물이 찢어질 정도로 가득 차서 펄펄 뛰는 물고기들이 심하게 요동치는 바람에 물고기의 등이 강한 햇살을 받고 번쩍번쩍 금빛을 발했다. 고기에서 풍기는 비릿한 냄새가 여자들이 서 있는 배까지 확 풍겨왔다. 고기가 하도 많이 잡혀서 그물을 끌어올리기도 힘든 모양이다. 결국 다른 배에 있는 사람들에게 도와달라고 손짓을 해서 저희가 와서 두 배에 가득 채우자 배들이 고기 무게로 인해 물에 잠길 듯했다. 그러자 턱수염이 귓불까지 자란 건장한 사내가 흰 옷 입은 남자 앞에 넙죽 엎드렸다.

"주여, 저를 떠나주세요. 저는 죄인입니다."

그러자 바람을 타고 은은하게 그의 음성이 들려왔다.

"무서워 말라. 후로는 넌 사람을 낚는 어부가 될 것이다."

저들이 주고받는 대화를 멀리 하고 여자들을 태운 배는 호수 위쪽으로 스르르 미끄러지기 시작했다.

갈릴리호수는 이스라엘 북쪽에 위치한 담수호로 하프 모양으로 생겼다. 둘레가 53km, 남북 21km, 동서 11km, 해수면으로부터 약 209m 가량 아래에 위치하고 있으며 수심의 평균 깊이는 26m, 가장 깊은 곳은 43m나 되며 산으로 빙 둘러싸인 분지이다. 헤르몬 산으로부터 훌라 계곡(Hulla Valley)을 따라 흘러내려오는 물이 고인 곳이 바로 갈릴리호수가 된다. 산에서 호수 쪽으로 불어 오는 돌풍으로 인해 물결이 예측 못하게 거칠어질 적이 많은 곳이다. 사막 한가운데 물이 고인 이 호수를 사람들이 물이 귀한 곳에서 만나니 너무나 커서 디베랴 바다라 부르기도 하고 게네사렛 호수라고도 한다. 갈릴리호수와 사해는 같은 물줄기 선상에 있다. 헤르몬 산에서 내려온 시원하고 맑은 물줄기는 갈릴리호수에 고였다가 하구를 통해 요르단 평원을 비옥하게 적시면서 요단강을 이뤄 밑으로 흘러 사해로 간다. 밑으로 푹 꺼졌기 때문에 밖으로 물이 흘러나가지 못하고 고여 사막의 뜨거운 햇살에 졸아서 죽은 바다, 사해가 된 셈이다.

갈릴리호수를 병풍처럼 두르고 있는 골란고원의 끄트 머리 산들이 아름답게 앞에 펼쳐졌다. 갑자기 서쪽 계곡을 통해 불어오는 돌풍으로 파도가 높아지기 시작했다.

야자수와 올리브, 유칼립투스 숲이 허리가 휘도록 세차게 불어오는 광풍에 한 옆으로 쓰러진다. 여자들이 있는 곳은 잔잔한데 멀리 서쪽 바다가 흉흉하게 날뛴다. 그녀들 앞에 광풍에 떠운 나뭇잎처럼 흔들리는 배 한 척이 확연하게 눈에 들어왔다. 물결이 심하게 뱃전을 치면서 배안으로 쏟아져 들어가 배안에 물이 가득 고이자 작은 배에 탄 사람들이 울부짖으면서 하늘을 향해 두 손을 모으고 빌고 아우성이었다. 턱에 수염이 가득한 남자가 눈이 시리도록 하얀 옷을 입고 잠든 남자를 다급하게 깨운다.

"주여, 우리가 죽게 되었습니다. 돌풍이 우리를 덮쳐서 배가 가라앉으려고 합니다. 모두가 깊은 바다에 빠지게 된 때 주무시면 어쩝니까."

네 명의 여자들도 침을 꼴깍 삼키면서 가랑잎처럼 몸을 뒤척이는 배를 주시했다. 잠든 사내가 어떻게 하나 보자 하는 호기심으로 모두 입맛을 다시고 침을 꼴깍 삼켰다. 그러자 흰 옷을 입은 남자가 잠에서 깨어나서 웅성거리는 사람들을 둘러보았다. 그러더니 느릿하지만 자상하고 잔잔한 음성으로 한 마디를 던진다.

"믿음이 적은 사람들아! 어찌 그리 두려워하느냐."

"우리가 거센 풍랑으로 모두 죽게 되었습니다. 이거 큰 일났습니다. 이대로 가다가는 우리 모두 물에 빠져죽습니다."

사람들이 일제히 귀가 따갑도록 울부짖는다. 그런 사람

들을 사랑이 듬뿍 어린 인자한 눈으로 한참 둘러보더니 그는 바다를 향해 손을 쭉 뻗히고 큰 소리로 명했다.

"큰 바람아 물결아 잔잔해라."

그러자 그렇게 흉악하고 사납게 날뛰던 파도가 훈련을 많이 받아 말을 잘 듣는 짐승처럼 잔잔하고 조용해졌다. 흰 옷을 입은 남자가 바다와 바람까지 잔잔케 하는 놀라운 광경에 입을 딱 벌린 네 명의 여자들은 숨소리까지 죽였다. 가벼운 바람을 타고 잔잔하게 흔들리며 북쪽 방향으로 달리는 배를 타고서 편편한 언덕과 가파른 산골짜기를 두리번거리며 모두 입을 다물었다.

믿음, 믿음이라고 했다. 믿음이 있으면 광풍도 성난 바다도 잔잔하게 할 수 있단 말인가. 각자가 깊은 생각에 잠겨 잠잠했다. 흰 옷을 입은 남자는 믿음이란 말에 힘을 주지 않았던가. 배는 오랜 시간 호수를 달렸다. 이 끝에서 저 끝이 아득하다. 이렇게 큰 호수이니 사람들이 바다라고 부르는 이유를 알만하다. 갈매기들이 수없이 날아올라 뱃전을 스치기도 하고 돛대에 수십 마리가 내려앉기도 한다. 평화가 잔득 내려앉은 호수였다.

그러자 나연이 고함을 쳤다.

"시어머니를 이 바다에 푹 빠져 죽게 했으면 좋겠다. 그러면 내 등이 가벼워질 것 같다."

나연이 파란 하늘을 향해 두 손을 번쩍 치켜들고 휘두르다가 온몸으로 간절하게 기원하면서 머리를 한껏 뒤로 꺾고는 고함을 친다. 그러자 경옥이 나연을 따라 두 손을 들고 자기 말을 듣지 않는 목사를 번쩍 들어 바다에 던질 듯이 이상한 행동으로 몸을 비비꼰다. 윤한도 저들을 따라 속을 썩이는 아들을 어떻게 좀 해보라고 고함을 치고 자기 말을 잘 듣지 않는 교인들이랑 이웃들을 때리는 시늉을 하며 외친다. 윤한의 몸이 물통처럼 통통해서 울려 나오는 큼직하고 걸걸한 목소리가 호수의 물결을 가른다. 숙경은 그저 돈 돈을 향해 손을 뻗치면서 그 모두를 긁어모을 듯 갈퀴손을 하고 바다 위를 긁다가 속을 썩이는 무능한 남편의 뺨을 한 대 멋있게 갈기는 모션도 취한다. 여자들은 갈릴리호수 위에서 속에 찬 고통과 미움을 모두 제각기 쏟아놓고 있었다.

갑자기 북쪽 골짜기를 타고 돌풍이 불더니 이번에는 네 명의 여자를 태운 배를 삼킬 듯 덮쳤다. 지금까지 잔잔한 물 위에 조용히 떠있던 배가 어찌나 요동치는지 좀 전에 보았던 광풍으로 인해 아우성쳤던 배와 똑같은 처지가 되었다. 파도가 뱃전을 치고 들어와 발목이 잠길 정도로 물이 고이기 시작했다. 가랑잎처럼 배가 흔들리고 온몸은 비와 파도에 젖어서 생쥐 꼴이 되었다. 정성들여 틀어 올린 나연의 머리는 폭포수에 머릴 담근 것처럼 납작해졌고 경옥의 백여만 원짜리 블라우스도 물결에 젖어 젖무덤이 그대로 드러났다. 이 옷은 비싼 명품이라 반드시 드라이클리닝을 해야 하는데 호숫물에 젖어버렸으니 아깝지만 버려야 한다. 이런 상황은 온천목욕탕에서 홀딱 벗고 서로 헤헤거릴 적과는 사정이 사뭇 달랐다. 그런 알몸들은 차라리 아름다웠다. 옷이 젖어서 몸에 착 달라붙은 몰골은 물에 빠진 생쥐들처럼 보기에 민망했다. 파도에 씻긴 화장기는 피에로의 모습처럼 보이기도 하고 길거리에 미쳐 돌아다니는 여자의 얼굴처럼 측은하고 처절했다. 무덤 속에 묻힌 뒤에는 모두 저런 모습일까. 죽은 뒤에 시체가 땅 속에서 썩어가는 모습이 저런 추물일까. 서로는 죽음을 앞에 놓고 이런 생각을 순간 떠올렸다.

"아이쿠! 나 죽게 되었다. 아이쿠! 억울해. 내가 시어머니보다 먼저 죽다니. 억울하다. 억울해. 남편은 젊은 여자를 바로 얻을 것이다. 아이쿠! 억울해. 이건 말도 안 된다."

나연이 몸부림치면서 울어대자 경옥이 그녀의 어깨를 잡아 흔든다.

"우리가 죽게 되었는데 시어머니를 찾고 있냐."

큰 파도가 미친 듯이 밀려와서 경옥의 전신을 덮쳤다. 그녀는 쓰러지면서 호수에 빠지지 아니하려고 바들바들 떨면서 뱃전을 죽어라고 붙잡고 늘어지면서 절규한다.

"이 많은 재산을 놓고 어떻게 내가 죽지. 솔직히 이제야 고백하는데 내 재산은 부동산까지 계산하면 이천 억이 넘거든. 이 많은 걸 어떻게 하고 가지."

나연이 허우적이면서도 친구의 넋두리를 받아친다.

"죽게 되었는데 재산이 문제냐. 거라사 지방의 광인에

게 들어있던 귀신들이 돼지 떼에 들어갔듯이 우리 각자가 돼지 한 마리가 된 것이 아니냐."

경옥은 쏟아지는 물에 숨이 막혀 헉헉거리면서 고함쳤다.

"그럼 재산을 다 포기할 터이니 우릴 돼지처럼 죽이지 말고 그저 목숨만 살려주세요. 아이쿠! 숨을 쉬지 못하겠네."

거대한 물결이 광풍에 떠밀려 요동을 치고 뱃전을 넘어 경옥의 전신을 휘감았다. 털썩 배 한 가운데로 나동그라지면서도 빠져 죽지 않으려고 안간힘을 쓰며 엉금엉금 기면서 뱃전을 결사적으로 붙들고 늘어진다. 배는 거센 풍랑 속에서 자반뒤집기를 하듯 요동치면서 심하게 나댄다.

그러자 으윽! 숨을 삼키면서 경옥이 하늘을 향해 외쳤다.

"내 속에 든 돈 귀신아 썩 물러가라. 난 돈 귀신이 들어간 돼지가 아니란 말이다. 목사를 괴롭힌 것도 내가 아니고 귀신이니 그 귀신도 저 물속에 빠져버려라."

높은 곳을 향해 돈방석에 앉아서 세상을 주름잡던 경옥이 살려달라고 허우적거렸다. 광풍은 쉬지 않고 계속 몰려와서 뱃전을 사납게 두드렸다. 배가 거의 가라앉을 지경으로 한 쪽으로 기울기 시작하자 숙경이 두 손을 파리손처럼 싹싹 비비면서 하늘을 우러러 절규했다.

"제가 억지로 술을 많이 팔려고 엔간히 속임수를 쓰면

서 종업원들을 들볶았습니다. 사람들을 이간질 잘해서 제가 가는 곳마다 분란이 일어났습니다. 내 속에 있는 더러운 돈 귀신, 사기꾼 마귀는 저 바다 속에 돼지처럼 빠져죽고 저는 살려주십시오. 다시는 그런 죄를 짓지 않겠습니다. 남편을 미워한 것도 용서해주세요. 미움마귀를 저 물속에 빠트리고 전 살려주세요. 살려주시면 남편을 진심으로 사랑하고 잘 모시겠습니다."

친구들이 울부짖으면서 목이 쉬도록 몸부림을 치고 살려달라고 아우성을 치니 윤한도 겁에 잔뜩 질려서 외치기 시작했다.

"자식을 내 손아귀에 넣어보려고 주먹을 휘둘렀습니다. 이제부터는 아들에게 자유를 줄 것입니다. 모든 사람들을 내 손아귀에 넣어보려고 목청을 높이고 짓눌렀습니다. 제 속에 있는 더러운 이기주의와 명예욕의 마귀를 아까 떨어져 죽은 돼지 속에 넣어버리고 전 살려주세요."

마지막으로 차갑기 한이 없는 나연이 세 친구들을 따라서 울기 시작했다.

"시어머니를 미워한 미움 마귀를 돼지 한 마리 속에 넣어서 죽이고 저는 살려주세요. 살려주시면 미움을 갖지 않을 겁니다. 진짜입니다. 제발 살려주세요. 집에 돌아가면 시어머니에게 잘 할게요. 정말입니다. 하루에 열 번씩 남편에게 빠이빠이 해도 신경질내고 뿔이 나서 야단치지 않을 게요."

여자들 넷은 뱃전을 부여잡고 광풍과 물결에 몸이 이리 저리 휘둘려서 나가 동그라졌다가 일어서고 울부짖으며 하늘을 향해 빌어댔다. 물결은 성이 나서 몰아붙이고 아우성치며 뱃전을 때리면서 쏟아져 들어오는 파도에 몸을 맡기고 가랑잎처럼 흔들리는 뱃전을 저들은 죽어라고 움켜잡고 목이 쉴 정도로 울어댔다. 익사직전이 되었건만 광풍은 멎을 기세가 전혀 없었다.

눈은 그치고 무주구천동에서 고속도로까지 허리를 넘게 쌓였던 눈길이 뚫리자 손님들은 모두가 떠났는데 유일하게 진달래 310호에서는 기척이 없다. 나가려는 기미조차 없다. 함께 거했던 할머니 손님도 아침 햇살이 퍼지고 길이 뚫리자마자 떠났는데 유일하게 네 명의 여자는 감감하기만 하다. 오후 한 시면 다음 손님을 받아야 할 처지라 관리인은 열쇠로 문을 따고 들어갔다.

세상에 이럴 수가! 네 여자가 마신 술병이 어지럽게 방여기저기에 나뒹굴고 네 명의 여자들은 모두 손을 비비기도 하고 위를 향해 죽어가는 시늉을 하면서 울부짖었다. 살려달라고 펄쩍펄쩍 뛰면서 무엇인가를 피해 몸을 뒤틀고 뒹굴고 야단이었다.

눈으로 하얗게 이불을 덮고 있는 산야에 맑은 햇살이 평화롭게 내려앉은 대낮에 여자들이 술에 취해 보기 흉할 정도로 이상하게 미쳐있다니! 어쩔 수 없이 관리인은 싱

크대로 가서 두리번거리다가 제일 큰 냄비를 찾아 물을 가득 채워 여자들 위에 확 부었다. 물벼락을 맞은 여자들은 죽는다고 더 아우성을 치면서 살려달라고 정신없이 뒹굴고 애걸하는 꼴이 꼭 죽음 직전의 몸짓들이다.

관리인은 두꺼운 커튼을 활짝 열어젖혔다. 찬란한 햇살이 천지를 뒤덮은 하얀 눈빛에 반사되어 눈이 시리게 창문을 통해 안으로 싸악 쏟아져 들어왔다. 그래도 여자들은 몸부림치면서 허우적인다.

저 나이에 참으로 더럽게 술주정을 하는 못된 여자들이란 말을 억지로 삼키면서 벽면에 붙어있는 바다그림을 관리인은 한번 일별하고 방문을 닫았다. ✶

— 2008년, 『문학나무』 겨울호

하얀 꽃은 하얀 감자

ㅎㅏㅇㅑㄴㄲㅗㅊㅇㅡㄴㅎㅏㅇㅑㄴㄱㅏㅁㅈㅏ

드디어 가출을 결심했다. 새벽 1시. 청년회장도 가출을 허락했으니 집을 나오라는 전화를 받고 간단히 짐을 챙겨서 모두 잠든 집을 도둑고양이처럼 사뿐사뿐 걸어 나왔다. 새벽 안개가 현관문을 나서는 내 얼굴을 휘감았다. 나만 보면 울어대는 어머니도, 도시 말이 없으신 아버지도 설마 딸이 자정을 넘긴 이 시간에 집을 빠져나가랴 싶었는지 가볍게 코고는 소리가 났다. 하긴 간밤에 11시까지 식구들 모두가 입을 벌려 나를 성토하느라고 피곤하였을 것이다. 대학교 졸업반인 오빠도 휴학을 하고 나를 붙들고 늘어지더니 그의 방도 불이 꺼진 채 잠잠하다.

만에 하나 내가 없어진 걸 알고 식구들이 모두 찾아 나설 것을 대비하여 큰길을 벗어나 논길을 마구 뛰기 시작했다. 가슴이 콩닥콩닥 뛰었다.

내가 왜 이러고 있지? 잠시 서서 생각해보았다. 살인을 저지른 것도 아니고 남의 물건을 훔친 것도 아니다. 그런데도 이렇게 한밤중에 논길 밭길을 더듬으면서 도망칠 이유가 무엇인가? 이에 이르자 잠시 걸음을 멈추었다. 주위를 둘러보았다. 추수 뒤끝이라 들판은 머리에 버짐이라도 핀 듯 아직 걷어 들이지 못하고 군데군데 쌓아놓은 곡식들로 얼룩져있다. 풀벌레들이 내 마음을 안다는 듯 기어 들어가는 소리로 처량하게 울어댄다.

나는 혼자다. 태어나서 여직 고목의 잔가지처럼 달라붙어 의지했던 가족들을 떠나 혼자 달아나고 있다. 하늘을 쳐다보았다. 휘영청 밝은 달이 쌩하도록 밝은 빛을 산야에 쏟아놓고 자신의 그림자를 선명하게 논바닥에 투영했다. 코끝이 시렸다. 나는 망설이면서 잠시 주춤했지만 스스로를 추스르면서 앞으로 씩씩하게 행진했다. 앞산 기슭을 끼고 간지럽게 휘돌아간 산길을 돌아서면 부모님들이 잘 다니지 않는 뒷길이 나온다. 거기서 10분쯤 걸어 큰길을 만나면 택시를 탈 수 있다.

내 나이 이제 갓 스무 살. 지방대학이긴 하지만 한창 대학생활이 진행되는 중요한 시기에 가출을 하고 있는 셈이다. 이번 가을학기 등록금을 마련하느라고 아버지는 5년이나 부었던 적금을 헐었다. 지금 이렇게 도망치면 그렇게 어렵게 낸 등록금도 허사가 된다. 나는 사랑하는 가족도 공부도 포기하고 미친 듯이 한 방향을 향해 뛰고 있다.

어디로 가고 있는 것일까? 내가 여직 걷고 있던 방향을 획 돌아서서 생의 다른 길을 택한 것은 순전히 대학에서 만난 친구 때문이었다.

봄날이면 싱숭생숭한 것이 처녀들의 심성이라고 하지 않던가. 가랑잎이 굴러도 웃음이 나오고 가을바람에 치마가 펄럭 날려도 웃어대는 나이는 아름답다고 한다. 누군가가 청춘은 아름답다고 했는데 나는 이 시기에 푹 가라앉아 방황하고 있었다. 솔직히 고백하자면 내 경우는 청춘이 지겨울 뿐이다. 인생의 고비고비 아름다움과 꿈과 낙망이 있다는데 나는 그걸 그저 덤덤하게 맞고 있을 정도로 모든 것이 허탈해 보이고 우울했다. 가정이 가난하여 내가 입고 싶은 옷을 구해 입을 수도 없었고 대학도 내가 다니고 싶은 곳에 가지 못했고 내가 좋아하는 남학생이 있었으나 그 쪽은 내게 전혀 무관심하다. 이성을 혼자 짝사랑하다 놓아주는 시기는 확실히 안개처럼 앞이 뿌연 인생의 한 길목인 모양이다.

게다가 나를 더 지치게 하는 것은 부모님과 함께 다니는 교회생활이다. 뱃속에서부터 예수를 믿어 왔고 유아세례를 받았기 때문에 대학에 다녀도 빠짐없이 주일에는 교회에 나가야 하는 신세다. 그게 신바람나게 재미있으면 좋으련만 늘 그 자리에 그 모습으로 조금도 변하지 않고 서 있는 우리 목사님은 시대가 어떻게 흘러가는지도 모르고 늘 고리타분한 성경만 이야기한다. 지금 시대가 얼마나 급하게 변하고 있는지도 모르고 30년이 넘게 이 교회를 섬기는 우리 목사님은 옛날 옛적 호랑이 담배 먹던 시절 이야기만 늘어놓는다. 세상 돌아가는 것도 모르는 목사님 설교에다 자나 깨나 언제나 보아오던 교인들이 싫었다. 끼리끼리 몰려다니면서 시시덕거리고 돈 자랑을 하는지 옷 자랑을 하는지 교회에 와서는 사교장에 나온 듯이 설치는 사람들을 만나는 것도 구토증을 일으킨다. 이런 내 증상은 대학이라는 새로운 물속으로 들어간 뒤에 더 두드러졌다.

더구나 대학생이 되었다고 주일학교 교사를 하라고 주위 사람들이 야단이라 얼결에 교사가 된 것이 문제였다. 눈망울이 초롱초롱한 아이들을 일곱이나 맡아서 앞에 앉혀놓고 보니 더럭 겁이 났다.

겁이 나는 이유는 아주 구체적이었다. 태어나서 일생이 교회를 다녔지만 나는 정말 구원받은 것일까? 심지어 나는 지금 예수를 믿고 있는 것일까? 부모를 따라 형식적으로 오가는 생활이고 몸과 마음에 익은 교회생활이 아닌가. 마치 하루 세 때 밥을 먹듯 그렇게 내 의지하고는 관계없이 교회를 다니는 것이 정말 예수를 믿는 자세인가? 내가 하나님의 딸이라고 하는데 도저히 그렇다고 믿어지지 않았다. 내가 구원을 받았는가? 지금 교통사고나 나서 덜컥 죽는다면 나는 천국에 갈 수 있을까.

바로 그런 고민 속에서 방황하고 있을 적에 졸업반 선

배언니가 다가왔다.

"너 교회에 다니지? 네 몸에서 그런 냄새가 강하게 난다. 넌 태어나서부터 예수를 믿고 있다는 사실이 네 얼굴에 새겨있다. 내 말이 맞지?"

나는 너무 놀래버렸다. 내가 교회에 다닌다는 사실을 선배언니가 어떻게 알지하는 놀라운 생각이 들었다. 급우들에게도 철저하게 내가 예수를 믿는다는 사실을 숨겨온 터였다.

"내 얼굴에 그렇게 쓰여 있단 말이지요?"

"그럼. 넌 다른 사람하고 다른 점이 있어. 늘 조용하고 도덕적이고 윤리적이고 다소곳하고 순종적이고 절대로 담배나 술을 하지 않고 다른 학생들하고 완전히 다른 세계 사람이야. 이건 좀 지나친 표현일지 모르지만 수녀 같은 냄새가 난다 이거야."

그러자 나는 울컥 울음이 터져 나왔다.

"사실 난 장로의 딸이에요. 어머니 뱃속에서부터 예수를 믿었지요. 그런데 문제는 제가 주일학교 선생이 된 뒤부터 자꾸 의심이 들어요. 내가 성경을 너무 모르는구나. 기도도 잘 못하는구나. 제일 중요한 것은 예수님이 재림하셔서 지금 오시면 난 구원을 받을 수 있을까. 교회에 다녀도 허수아비처럼 오락가락했으니 난 분명히 쭉정이처럼 버려질 거야 하는 마음이 들어 요즘 잠을 깊이 잘 수가 없어요."

이건 진심이었다. 어머니나 아버지에게도 말 못하는 진솔한 고백이었다. 이런 말을 하면 내 인격이 깎이고 사람들이 나를 우습게 볼 것이란 생각에 감히 입 밖에 내지 못했던 말이었다. 부모님 틈에 의젓하게 끼어 앉아 성도들끼리 넉살좋게 어울리면서 늘 거룩한 척하고 살았기 때문이다.

이런 내가 어떻게 그렇게 쉽게 내 마음을 드러내놓고 울 수 있단 말인가. 이건 놀라운 사건이었다. 참말로 있을 수 없는 일이었다. 처음 만난 사람에게 빨가벗은 모습을 보였으니 말이다.

이런 나를 놓고 선배언니는 다정하게 말했다.

"네가 말씀에 갈급해 있구나. 지금부터 배우면 되잖아."

"교회에서 늘 배우지요. 항상 식상하고 염증이 나는 같은 소리예요. 들어도 고만 안 들어도 고만인 똑같은 소리예요. 학교에서 어쩔 수 없이 꼭 이수해야 하는 필수과목처럼 말이에요. 무덤덤한 강의를 듣는 것처럼 의지적으로 또 지식적으로 받아드려지지만 무의식의 세계에서는 썰렁한 찬바람이 돌아요. 내 마음에는 조금도 흥미가 없고 감동도 없단 뜻이지요. 멀리 보인다는 그분, 하나님이나 예수님이 정말 존재하는 분들인가 늘 의심스러워요. 쉽게 말하면 추상적인 하나님이나 예수님이 내 눈에 확실하게 보이질 않아 답답해요. 부모님께 여쭤보면 무조건 믿으라고 하는데 그게 믿어져야 말이지요. 성경의 일점일획도 틀림없는 하나님의 말씀이니 그저 읽으면서 믿으라고 하는 것이 저의 교회 방침이고 목사님이 늘 하시는 말씀이고 부모님이 주장하는 것입니다. 전 그걸 참을 수가 없어요. 성경의 내용도 뭔가 화끈하게 확신하는 것이 없고 모두 의심스러워요."

나는 진심을 말하고 있다. 어려서부터 귀가 따갑게 들어온 모세 이야기도 식상했다. 그렇게 신나게 들었던 모세의 기적들이 우스꽝스러웠다. 어떻게 홍해가 쩍 갈라진단 말이냐. 꼭 옛날 옛적 호랑이 담배 먹던 시절의 동화하고 똑같다. 또 아무리 저들이 밉기로서니 애굽 군대들이 홍해에 들어섰다고 벽처럼 양쪽에 세웠던 물을 합쳐서 몽땅 빠져죽게 한단 말인가. 그 중에는 순전한 사람이 정말 단 한 사람도 없었단 말인가. 더구나 아브라함은 어떻게 늦게 낳은 외동아들을 하나님이 죽이라고 명한다고 덜렁 칼을 치켜들어 죽이려고 했단 말인가. 하나님은 자신이 창조한 인간을 얼마나 믿지 못했으면 시험까지 하는 분이란 말인가. 모두 의심범벅이었다. 성경의 내용이 모두가 가짜 같았고 나약한 무리들이 집단최면에 걸려 그러고 있을 것이란 생각이 들기도 해서 혼자 늘 고민하고 있었다.

내가 묵묵히 고민스러운 표정을 지으면서 속말을 하는 걸 듣던 선배언니는 아주 다정하게 나를 감싸 안았다.

"네 겉모습은 굉장히 경건한데 그런 속병이 있었구나."

"맞아요. 전 너무 갈등하고 있어요. 제 인생길은 지금 완전히 빽빽하게 낀 안개 속이에요."

"한 가지 방법은 있는데……."

"무슨 방법이요? 좀 가르쳐주세요."

"다음 수요일 오후에 너 수업이 없지?"

"어머! 언니는 놀랍네요. 그날 오후 수업이 없는 걸 어떻게 아셨어요."

"난 너를 사랑한다. 죽 너를 지켜보면서 안타까워했단다."

선배언니의 이 말에 나는 그냥 뽀옹 갈 정도였다. 와락 안기고 싶을 정도로 그녀가 마냥 좋았다. 외톨이 대학생활에 큰 안내자를 만난 것이 너무 기뻤다.

수요일 오후에 선배언니가 소개해준 선생을 학교정문 건너편에 있는 조용한 커피숍에서 만났다. 매주 수요일 그를 통해 일대일로 성경을 배우기 시작했다. 꿀맛이었다. 세상에 이런 말이 성경에 있었나 할 정도로 얼마나 재미가 있는지 눈이 번쩍 뜨이는 기분이었다. 더구나 눈에 보이지도 않고 잡히지도 않는 예수님을 바로 곁에서 볼 수 있게 해준다니 이거 얼마나 고마운 일인가!

솔직히 고백하지만 절에 다니는 내 친구를 따라 사찰에 가보면 부처님이란 분이 떡 한가운데 자리 잡고 있어 형상만이라도 또렷하게 보여주는데 이 친구가 내게 예수를 보여 달라고 하면 말문이 막힐 적이 많지 않았던가. 그런데 이렇게 공부하고 난 뒤에 무료로 가르치는 신학교에 다니면 예수님을 직접 보여준다니 이거 우리 부모님도 모르는 진리를 내가 터득하고 있으니 펄펄 뛸 정도로 기쁨에 달뜨게 되었다.

성경공부를 시작한 지 반년 만에 나는 유월을 했다. 유월이란 내가 다니던 기성교회에서 그들의 교회로 옮겨간다는 뜻이다. 그들의 생명록에 내 이름이 기록되었으니 확실히 구원되었다고 한다. 그렇다. 여직 교회에 다녀도 그런 걸 몰랐는데 두 눈으로 확인할 수 있는 생명록에 내 이름이 기록되었으니 나는 확실히 구원을 받았다는 기쁨이 넘쳤다.

이렇게 가출하는 것도 그들의 가르침에 보면 144,000명 속에 들어가기 위함이다. 신학교를 졸업하면 제사장이 되어 명예도 얻고 존경도 받으며 144,000 속에 들어가면 영생을 얻고 천국행이 확실한 제사장이 아닌가. 요 기간만 참으면 된다. 참자. 조금만 참자. 이 모두가 내 가족을 구원하기 위한 최선의 방법이 아니겠는가. 지금은 부모님이 몰라서 저러지만 내가 제사장이 되어 부모님과 오빠를 진리의 길로 끌고 가면 그 때야 나에게 감사하고 나를 위해주면서 전보다 더 많이 나를 사랑할 것이기 때문이다.

아무튼 선배언니를 통해서 역사하시는 놀라운 하나님께 감사할 뿐이다. 참 하나님이 나를 너무나 사랑하셔서 참 진리의 길로 나를 불러주셨다는 감사의 눈물이 마구 흘러나왔다.

새벽 3시에 청년들을 만났다. 모두 잠을 자지 않고 나를 기다리다가 가출한 나를 반가워하면서 환호성을 올렸다. 용감하다고 칭찬했고 믿음이 돈독하다고 추겨주었다. 나는 으쓱했다. 역시 가출을 잘한 짓이구나. 이 모두가 나뿐만 아니라 가족을 위한 출애굽이라고 생각하니 기쁨이 충만했다.

핸드폰도 사서 주었고 살 수 있는 방과 먹을 것도 풍성하게 대 주었다. 단지 가족을 떠났다는 사실과 학교를 중단했다는 두 가지 사실이 마음에 걸렸으나 이건 장차 노아의 방주처럼 가족을 건지기 위한 방법이니 그까짓 대학 공부야 버려도 된다. 가족을 위해서 이런 일을 하는 것이란 당위성이 있는데 무엇이 걱정인가 싶어 신학교에 열심히 다니면서 제사장이 되기 위해 열심히 전도를 하기 시작했다.

그러나 문제가 생겼다. 나를 포기하지 못한 어머니, 아버지, 오빠의 극성은 너무 심했다. 신문방송에 떠들기도 하고 심지어 텔레비전을 통해 마구 보도하기 시작했다. 이런 일로 청년들을 마음 상하게 하고 또 이 교회에 폐가 될 것이 죄송스러워 어찌나 부모나 오빠가 미운지 정신을 차릴 수 없었다.

"어쩔 수 없이 집으로 돌아가야 세상이 잠잠해질 것 같군. 우선 부모의 입을 다물어 놔야지 우리가 귀찮아서 죽겠어."

"돌아가지 않겠습니다. 제가 신학교를 졸업하고 제사장이 된 뒤에 우리 가정을 구원하겠습니다. 그러니 그분들이 무슨 짓을 하든지 그냥 무시하세요."

그래도 자꾸 집으로 들어가라고 했다. 가서 부모가 폭행하면 바로 연락하라고 했다. 나는 저들의 말을 따라 잠시 잠잠해지기 위해서 가정으로 돌아왔다. 그러나 매일 어머니의 울음소리와 아버지의 한숨소리, 그리고 오빠의 호통에 견딜 수가 없었다. 더구나 다시 가출할 것을 대비하여 방안에 가두어놓고 식구들이 호시탐탐 지키게 되었다. 아버지는 직장까지 그만두고 내 옆에 붙어 앉아있고 너무 많이 울어 진물어 터진 어머니의 눈을 바라보는 것도 역겨웠다. 이 모두가 가족을 위한 것인데 나를 몰라주는 것이 단지 안타까울 뿐이었다.

더 참기 힘든 일은 마치 내가 죄인이라도 된 듯 목사님이 매일 와서 기도를 해주고 이단에 빠졌다고 통회자복하라고 하고 교인들이 수도 없이 밀려와서 숙덕거리고…….

나는 우리 안에 갇힌 원숭이 꼴이 되었다. 조용한 성격이고 내성적인 나를 사람들은 완전히 구경거리로 삼아서 마구 짓밟고 흘겨보고 수군덕거리고 머리를 흔들고 마치 내가 어느 날 갑자기 징그러운 벌레로 변해버린 것처럼 소란을 떨었다.

장로님과 권사들은 물론 찾아오는 목사님의 강의는 뻔했다. 내가 사악한 이단에 빠져있다는 말이다. 이단의 3

가지 표준을 들이대기도 했다. 성경을 액면 그대로 받아드리지 않고 예수의 대속의 원리를 가감하면서 삼위일체 교리를 부인하면 이단이라는 결론을 내린다고 이 3가지 원리를 자꾸 내 앞에 제시했다.

아무리 야단들 쳐도 내 귀에는 들어오지 않았다. 증거 장막 성전의 목자 총회장은 옛 선지자들과 모세와 예수처럼 하나님이 택하신 약속의 목자이며 일반목자가 아니라고 그들이 주장하면서 가르쳐준 진리를 그 누가 막을 소냐. 귀에 못이 박히도록 배운 것이지만 연약한 내가 가족과 주위 사람들에게 들볶이다가 만에 하나 변심할까봐 걱정이 되었다. 내 믿음이 흔들리지나 않을까 걱정이 되었다. 청년들에게 나를 위해 기도해달라고 간곡하게 부탁하고 나도 열심히 승리하게 해달라고 기도했다.

내 집, 여기는 내가 머물 곳이 아니었다. 나는 완전히 이방인이었다. 그럴 수밖에. 참 구주를 만났고 구원을 받아서 생명록에 기록이 되었고 또한 곧 제사장이 될 사람을 저들이 가만 놔둘 리가 없지 아니한가. 당연한 핍박이니 참고 기다리면 핍박 후에 영광의 면류관이 있지 아니한가.

이를 악물고 견디려 했지만 혼자서 거대한 물결 속에 버려진 기분이었다. 참으로 외로웠다. 참지를 못하고 어느 날 나는 청년회장에게 전화를 했다.

"절 도와주세요. 이대로 집에 있다가는 죽을 것만 같아요."

"다시 가출하시요. 이번에는 조용히 숨어서 하는 것이 아니고 부모님이 폭행을 했다고 경찰에 신고하고 가정폭력상담소에 입소 하시요. 그 길밖에 없소. 그러면 우리가 다시 구하러 갈 것이요."

나는 경찰에 신고하고 바로 선배언니를 따라서 가정폭력상담소에 갔다. 거기서 언니는 이렇게 떠벌렸다.

"제 대학 후배인데 종교적 갈등으로 부모님이 폭행을 하고 감금하여서 견디지를 못해 잠옷차림으로 새벽에 제 집으로 도망쳐왔습니다. 있을 곳이 없으니 입소하여 정신을 차리게 해주세요. 갈 곳 없는 이 가련한 여학생을 불쌍히 여겨주세요."

생판 거짓말이었으나 나는 가정 밖 어디에든 피하고 싶은 절박한 심정이었다. 해서 입소하겠다고 했으나 폭력상담소 쪽은 부모를 불러 타이르고 다시 집으로 돌려보냈다. 부모를 따라가는 척하다가 나는 달리는 택시에서 뛰어내려 도망을 쳤다. 다시 가출한 나를 청년들은 지방으로 끌고 다니면서 부산에서 집에 전화를 걸게 하고 바로 수원으로 데려왔다. 내가 있는 곳을 모르게 연막작전을 쓰는 걸 보면 나를 정말로 위해주는 사람들이었다. 어떻든 그들은 나의 도피생활을 도와주었다.

그러나 이렇게 나쁜 딸인 나를 포기할 부모님이 아니었다. 이번에는 피켓을 들고 내가 다니고 있는 저들의 신학교 앞에서 오빠와 함께 세 분이 시위를 벌리기 시작했다. 오가는 사람들이 구경을 하고 매스컴이 촬영하여 방송에 띄우고 떠들어대니 시끄럽다고 했다. 나로 인해서 교회가 너무 지장이 많다고 다시 가정으로 돌아가라는 명령이 떨어졌다.

어쩔 수 없이 다시 집으로 돌아온 나는 완전히 지옥에 빠진 기분이었다. 그간 나로 인해 비쩍 마르고 몰골이 말이 아닌 어머니와 아버지를 만나서 마음이 아픈 것이 아니다. 가족들이 사탄의 영에 사로잡힌 가련한 모습으로 투영되어서 가여웠다. 저들의 영혼이 불쌍하게 보였다. 내가 여기서 지면 우리 가족이 모두 영벌에 처해져서 지옥에 갈 것이란 두려움에 떨기 시작했다. 여전히 들볶는 가족과 이웃들은 무논의 개구리들처럼 밤낮으로 울어댔다. 골이 지끈지끈 아팠다. 나를 이단이 무엇인가 상담해주는 교회나 기관으로 데려가려고 만반의 준비를 하는 모양이었다. 가족과 교회 모두 힘을 합쳐서 나를 마치 정신이 돌아버린 미친 여자로 몰아가고 있었다.

다시 도망을 했다. 이번에는 완전한 승리를 얻기 전에는 절대로 가정으로 돌아오지 않으리란 결심을 단단히 하고 말이다.

그래도 어머니와 아버지는 그리고 오빠는 밤새워 피켓의 글씨를 큼직하고 명확하게 잘 다듬어 써들고 거리로 나왔다.

'착하고 사랑스러운 내 딸을 돌려 달라.'

'저들의 교리를 배운 뒤에 내 딸이 공부도 팽개치고 가정을 버렸다. 세상에서 가장 성실했던 내 딸을 버려버린 사람들은 지금 당장 회개하라.'

'금쪽 같은 내 딸을 내놓아라.'

'착한 딸을 나쁜 딸로 만든 사람들은 회개해라.'

그러자 그들도 내 어머니, 아버지와 맞서서 피켓시위를 했다. 저들의 구호는 이러했다.

'대한민국은 신앙의 자유가 보장된 나라다.'

'자신이 다니는 교회에 다니지 않는다는 이유로 자식을 감금하고 폭행하는 부모는 회개하라.'

'우리는 그분들의 딸이 어디 있는지 모른다.'

'왜 집안의 불화를 우리에게 돌리느냐.'

이 난리 통에 나는 청년들의 권유로 집에 편지를 썼다. 일종의 유서였다.

'제가 모시고 있는 총회장님은 영원히 죽지 않는 분입니다. 저처럼 그에 대한 믿음을 굳게 지키면 가족들도 모두 구원받을 수 있습니다. 이런 좋은 믿음을 가진 저를 자꾸 괴롭히면 전 설 곳이 없습니다. 아버님, 어머님도 저를 따라서 이 교회로 옮겨와야 합니다. 그래도 계속 절 괴롭히면 전 자살할 터이니 그리 알고 피켓 시위를 그만 두고 조용히 계세요. 자꾸 이러시면 제가 부모님을 경찰에 고

발하겠습니다. 딸을 사랑하면 그냥 놔두세요. 시끄럽게 피켓을 들고 나대지 마세요.'

이런 편지를 받고도 부모님은 내가 다니는 신학교 앞에서 피켓시위를 멈추지 않았다. 비가 오고 눈이 오면 그만두려니 했으나 부모님은 아주 집요했다. 비가 몹시 오는 어느 날 신학교 꼭대기 층에서 내려다보니 여전히 어머니, 아버지는 거기 그 자리에 꼼짝도 않고 있었다. 앞을 분간 못하게 쏟아지는 빗속에 아버지는 우산도 쓰지 아니하고 내가 있는 신학교 빌딩을 향해 거목처럼 서 있었다. 어머니는 보이지 않았다. 어제 몹시 창백해 보이고 곧 주저앉을 듯 비틀거렸는데 아마도 쓰러진 모양이다.

만약 어머니가 돌아가신다면 어쩌지. 아버지도 저 비에 어쩌자고 우산을 쓰지도 않고 저러고 장대처럼 서 있는 거지. 하는 속상함이 스멀스멀 가슴을 메웠다.

내 옆에는 항상 청년들이 따라붙어 장벽처럼 서 있었다. 이런 상황에서도 전도를 하라는 것이다. 사람들을 끌어와서 저들이 원하는 숫자를 채워야 144,000명에 들어갈 수 있다니 어떻게 해서든지 나가서 전도를 해야 하는데 저렇게 늘 가족들이 목숨을 걸고 지키고 있으니 어쩌란 말이냐. 저들이 말하는 전도대상은 부모님이 다니는 교회의 방침과 완전히 달랐다. 장애인이나 60세 이상의 노인이나 가난한 사람들은 전도대상에서 제외하라고 했다. 골라서 전도를 해야 하는 판이다. 이렇게 갈 길은 먼데 부모님으로 인해 갈피를 잡을 수가 없었다.

한 가지 확실한 것은 내 영혼이 몹시 불안하고 지쳐있다는 점이다. 평안이 없고 늘 쫓기는 기분이었다. 차라리 부모님 곁에서 덤덤한 신앙생활을 할 적에는 평안했었다. 너무 복에 겨워 느끼지 못했던 덤덤한 행복이요 매작지근한 평안함이었다. 지난날엔 참으로 행복한 가정에 속해있었단 생각이 주마등처럼 머리를 스쳤다. 나는 세차게 머리를 흔들었다. 이래선 안 된다. 자신을 추슬러야 한다. 어서 이 고비를 넘겨야 하는데 부모님이 걸림돌이었다.

순간 생각지도 않았던 144,000명이란 숫자가 번개처럼 머리에 떠오르면서 아버지의 울부짖음이 귀청을 찢었다.

'144,000명이란 구약의 대표인 12지파와 신약의 12사도를 곱하여 144란 숫자가 나오고 1,000이란 숫자는 10의 3승으로 유태인의 개념으론 많다는 뜻이다. 그러니 144,000명이란 구약시대의 성도의 신약시대의 성도들처럼 많은 숫자가 구원받는다는 뜻이다. 자고로 이단들은 꼭 144,000명을 들고 나와 그 숫자만큼 교세를 키우려고 야단하는 것이다. 넌 이단에 빠져든 거야. 애야, 정신을 차려라. 제 정신으로 돌아오너라. 넌 악한 영에 홀린 셈이다. 나중에 후회하지 말고 금쪽 같은 젊은 시절에 세월을 아껴라.'

그 말이 귓가에 메아리치면서 동시에 그간 저들이 심혈을 기우려 가르쳐준 말들을 떠올렸다. 천국은 분명히 이곳 총회장님을 통해 임하고 자신은 보내심을 받은 보혜사 성령이라고 했다. 진리의 한 목자가 여기 서 있고 마지막 때의 구원의 처소인 시온 산이 이미 여기 과천에 와있다고 요한계시록을 펴놓고 조목조목 그렇게 가르쳐주지 않았던가. 계시록에 기록된 비유의 비밀을 계시 받아 처음으로 깨달은 이 교회의 총회장이 이 시대의 유일한 구원자이고 보혜사라고 했는데 왜 내 부모님은 이렇게 쉬운 비유를 받아드리지 않는지 모르겠다.

이렇게 난리를 치는 부모님이 원망스러웠다. 다른 아이들은 가출해도 부모가 저렇게 극성을 떨지 않는데 어쩌자고 내 아버지, 어머니는 저렇게 고집스럽게 직업도 팽개치고 목숨을 걸고 저 야단을 치는지 모르겠다.

멍청히 장대처럼 쏟아져 내리는 빗발 속에 서 있는 아버지를 바라보고 있는 동안 오만가지 생각이 내 머리를 오락가락했다. 서서히 아주 천천히 아버지와 나를 20년간 연결하고 있던 끈끈한 사랑의 줄이 팽팽하게 나를 잡아당겼다.

아버지가 마른 나무토막처럼 비에 젖은 아스팔트 위에 픽 쓸어졌다. 그건 순간이었다. 나는 아래층으로 뛰어 내려가고 있었다. 아버지가 쓸어졌다. 빗발 속에 장승처럼 서 있다가 아버지가 쓸어졌다. 이거 큰일 났구나.

내 뒤를 성난 청년들이 따라 붙었다.

"저거 쇼하는 거라고. 비를 맞았다고 죽는 건 아니야."

"저를 놔 주세요. 아버님이 빗속에서 쓰러지셨어요."

"네 신앙을 지켜라. 우리의 구원자를 굳게 붙들고 영광스러운 순교를 생각해라."

"아버지가 쓸어졌다니까요."

"여직 잘 참아오지 않았더냐. 마지막이니 힘을 내라."

뒤에서 청년들이 마치 기차놀이를 하듯 나를 줄줄이 붙들고 매달렸으나 나는 어디서 그런 괴력이 나왔는지 마구 뿌리치고 빗속으로 돌진했다.

아버지를 끌어안았다. 희미하게 느껴지는 아버지의 체온. 눈물이 펑펑 쏟아졌다. 아버지를 안고 통곡하는 동안 왜 저들은 나를 그렇게 잡아두었는가를 생각했다. 가족을 이렇게 괴롭히는 것이 과연 내가 믿는 참 진리요 구원의 종교인가. 내가 이렇게 악착같이 붙들고 있는 이 믿음이 가족까지 버리고 쫓아다녀야할 그 정도의 가치가 있는 것인가 하는 생각이 퍼뜩 머리를 스쳤다.

아버지가 희미하게 눈을 떴다.

"너로구나. 내 딸아, 네가 아빠에게 돌아올 줄 알았다."

가쁜 숨을 내쉬는 아버지의 눈가에 주름살이 그물처럼 처져있었다. 덥수룩이 자란 수염에서 아버지의 아늑한 기운이 풍겨왔다. 아기 때 맛보았던 아버지의 까실까실했던 수염이었다. 하늘처럼 의지했던 그 아버지였다.

거기까지 쫓아 나온 청년들이 마구 나를 끌어가려고 안간힘을 썼다. 나중에는 뺨을 때리면서 마구 호령을 했다.

"어서 안으로 들어가. 우리가 너에게 쓴 비용이 얼만 줄 알아. 어서 안으로 들어가란 말이야."

"이 배신자야, 여기서 빠져나가면 너 죽어. 죽을 줄 알아."

저들의 발길질 속에서 나는 길고 긴 터널을 빠져나온 기분이었다. 그제야 제 정신이 돌아왔다. 그리고 앞이 확 트이면서 환하게 보였다. 아아! 이 사람들이 바로 이러했구나. 이 사람들의 정체가 이랬구나. 나는 함정에 빠져 있었구나. 나는 아버지를 끌어안고 외쳤다.

"난 가족에게 돌아갑니다. 전 아버지를 사랑합니다. 아버지와 함께라면 전 어디든지 가도 좋습니다. 전 지금 아버지를 택합니다."

이런 나의 음성을 듣고 아버지의 눈가에 빗물보다 더 굵은 눈물이 쏟아져 내리는 빗물과 함께 흘러내렸다. 아버지는 가만히 머리를 끄덕였다.

"꽃빛이 잠시 변했었지만 하얀 꽃은 하얀 감자다. 캐보나 마나 하얀 감자다."

아버지는 안심하는 듯 눈을 꾹 감고 울음을 꿀꺽 삼켰다. ✻

— 2008년, 『현대종교』 3월호

소설은 창조의 말씀이다

소설은 사람의 생각을 뒤집는 이야기를 한다. '사람꽃이 뱀을 낳았다.' 이런 식이다. '사람꽃이 사람 열매를 맺지 않았다.'는 역설로 소설은 그 낯선 의미를 평가받는다. 소설이 이상한 방법으로 세상을 아파하는 까닭이 여기에 있다. '이브는 분명 사람꽃인데 뱀을 잉태했다.'고 하나님께 고자질하는 것이 소설가다. 하나님 보시기에 '네 고자질이 일리가 있다.' 하시면 소설이고, 그렇지 않다 하시면 소설이 아니다.

이래서 소설은 나쁜 말하기처럼 쉽기도 하고 좋은 말하기처럼 어렵기도 하다. 그러나 분명한 것은 소설이 그냥 이야기를 뛰어넘어 창조의 말씀에까지 이르고자 한다는 것이다. 이 말에 혹자는 토를 달 수 있다. 작가의 전문성을 터무니없이 높이는 말이다. 말 그대로 작은 이야기 따위를 창조의 말씀으로까지 격상시킨다. 자화자찬이다. 이에 작가는 말한다. 그렇지 않다. 오늘날 작가의 위상이 별 볼일 없다고는 하지만 작가정신은 진실로 창조의 말씀에 의지한다. 창조의 말씀에 근원하지 않는 작품은 영원성을 탄생시킬 수 없기 때문에 그렇다는 것이다.

"글이란 역시 내 자신의 일부이다. 내 생각, 가치관, 역사관, 심지어 사물을 보는 눈, 게다가 내면에 숨겨진 신앙까지 낱낱이 알몸으로 드러나기 때문이다. 인간에 대한 깊이 있는 통찰이나 사랑도 유리바다 위를 지나듯 또렷하게 글 속에 보인다. 그래서 내 작품이 활자화되는 날은 혼자 길거리를 무작정 방황한 적이 많다. 내 손에서 떠난 작품은 내 것이 아니고 공중으로 사라져버린 듯 허전하기도 하고, 나를 내보인 알몸이 부끄러워서였다."

위의 인용은 이건숙 선생의 지론적 '작가의 말' 일부이다. 작가의 마음을 그대로 그려놓고 있다. 소설은 마음이 담긴 몸 보여주기다. 그러기에 작가는 부끄럽다. 진실의 부끄러움을 보여주기 위해 선생은 소설을 쓰는지도 모른다.

나는 선생의 작품 해설의 잔을 비켜가고 싶었다. 소설가가 남의 소설에 대한 이야기를 정식으로 활자화한다.

참 꺼려지는 일이다. 그런데 마음 저 깊은 곳에서 말씀이 들려왔다. "피하지 말고 받아 마셔라." 나는 순종하고 선생의 작품을 읽는 동안 새삼 깨우침이 왔다. "아하, 내게 크리스천 문학의 진수를 정독할 기회를 주셨구나." 실로 선생의 문학이 한국 문단에서 크리스천 신앙 정서를 대표하고 있었다.

「간음한 남자」_ 이 소설은 말하고 있다. "당신은 우 장로를 미워할 수는 있으나 정죄할 수는 없다. 죄 없는 자가 돌로 쳐라. 예수님은 지금도 우리에게 말씀하신다." 이 말씀을 소설이란 방법을 통해 우리가 읽기에 가장 합당한 이야기로 그려냈다.

간음한 남자는 두 얼굴을 가진다. 우 장로가 그렇다. 교회에서의 얼굴과 사회에서의 얼굴이 다르다. 화자인 나는 이 두 얼굴을 다 안다. 교회에서 없어서는 안 될 선한 청지기적인 우 장로, 사회에서는 수단과 방법을 가리지 않는 철면피 사업가. 하지만 그는 주벽(酒癖)으로 죽게 된 나의 생명을 구한 은인이다. 아내를 폭행하는 주벽이 고쳐지고 직장까지 얻게 되면서 나는 우 장로가 다니는 교회의 교인이 된다. 그러나 교회 생활은 회의적이다. 내연의 여자를 두고 회사원들을 착취하는 우 장로의 두 얼굴은 나로 하여금 교회를 바로 바라볼 수 없게 만든다. 겨우 내가 아들을 위한 서원기도를 드리게 될 무렵 우 장로는 사업에 끌어들인 빚을 감당 못하고 자살하고 만다.

소설은 여기서 말씀이 된다. '내 속에 선한 예수님의 말씀을 듣는 귀가 있다.' 그렇게 나는 나를 깨우친다. 그래서 나는 빚쟁이에게 얻어맞고 피 흘리는 우 장로의 아내 왕 집사를 끌어안고 외칠 수 있다.

"이 사람에게 돌을 던지지 말란 말이요. 따지고 보면 이 사회와 우리 모두가 책임이 있는 것이 아니겠소. 나도 피해를 입은 사람이라 이렇게 말할 수 있는 거요."

「나와 함께 춤을」_ 나의 발견은 내 속에 계시는 창조주의 발견이다. 그분이 창조한 내 빛깔 내 냄새 내 형상 그대로 나를 사랑해야 한다. 모든 존재는 하나님의 자녀로 거듭 낳았을 때 새로운 생명체가 된다. 그때 나는 나와, 당신은 당신과 함께 춤추며 노래할 수 있다.

내 속에서 창조주의 사랑을 확신하게 되면 내가 어떤 형상이든 나는 나와 함께 춤추며 노래하는 자유인이 된다. 자성에 대하여 이토록 쉬운 이야기로 재미나게 쓸 수 있다니, 놀라운 소설이다. 추와 미의 시각적인 대비와 심리적인 갈등구조가 심각하게 묘사되었다. 나의 추한 얼굴을 성형하여 주인집 딸의 아름다운 얼굴로 바꾸겠다는 마음이 그것이다. 그러나 그 마음이 바뀌면서 미의 진정한 가치에 대한 의미가 달라진다. 못남 속에 숨겨진 나에 대한 하나님의 사랑을 발견한 것이다.

"이제 나는 하나님의 딸이 아닌가. 남과 비교해서 내가 있는 것이 아니고 내가 하나님의 딸이면 내가 나인 것만으로도 존재 이유가 충분하다. 하나님이 자신의 딸을 사랑할 것이니 나는 무엇이 문제인가. 하나님이 사랑하는 딸인 나를 나도 사랑해야 한다."

「색깔 있는 방」_ 색깔 있는 마음을 읊은 시적 수채화 소설이다. 정말 사랑은 있는 걸까. 요즘 사람들은 그렇게 사랑에 대한 의문을 갖는다. 색깔 있는 방의 주제는 '정금과 같은 사랑이 있다.'는 것이다. 그래서 소설은 '인생은 짧고 사랑은 길다.'고 말한다.

장 대령 초임 장교시절의 참 사랑이 딸 숙화의 순전한 사랑을 관철시키게 한다는 이야기다. 물신주의가 팽배한 세태에 경종을 주면서 사랑의 순수 가치를 정금화하고 있다.

"사랑도 연단되어야 한다. 바스러지기 쉬운 생금이 풀무에 들어가서 연단되어 정금으로 나오는 원리와 같다."

「수렁」_ 눈에 넣어도 아프지 않을 딸이 죽어서 슬픔의 수렁에 빠진 어머니는 딸의 영혼이 죽지 않았다고 절규한다. 도저히 딸의 죽음을 인정하지 않겠다는 것이다. 딸과 영혼 이별을 위해 어머니는 당신의 방법 끝까지 간다. 죽음을 조기유학으로 바꿔 생각하기까지 한다. 소설의 장치가 심각할수록 감성의 밀도 또한 높아진다. 영원히 사라진다는 죽음의 정서가 끈질기게 존재가 무엇인가를 묻고 있다. 생성의 모체, 영원한 여성성의 원류가 흐르는 소설이다.

자녀의 죽음은 가슴에 묻는다. 딸을 가슴에 묻은 어머니가 딸이 그리워 가슴을 들여다보며 아무리 울어도 '엄마, 그만 울어' 하는 딸의 음성은 들려오지 않는다. 이렇게 산 사람과 죽은 사람의 경계는 분명하다. 이 경계의 넘나듦에서 자유하고 싶은가. 그렇다면 사람이 죽음의 이름으로 가는 곳이 분명하게 있다는 것을 믿어야 한다.

「어느 젊은 목사 아내의 수기」_사모 소재 소설로서 가히 백미다. 개척 교회 사모들을 위로하는 소설의 경지가 여기에 이른 것은 이건숙 사모 소설가의 소설 정신이 성경과 맞닿아 있음을 알게 한다. 실로 크리스천 문학이 간증 이야기의 틀을 깨고 문학 이야기의 틀을 잡는 데 이건숙 소설은 크게 평가받아 마땅하다. '매미는 매미요, 개울물은 개울물이다.'는 어린 사모가 기도로 깨친 경구다. 성철 스님의 오도송 '산은 산이요, 물은 물이다.'와 다르지 않다. 기도는 이렇듯 신과 자연과 내통하게 한다.

"'매미는 매미, 개울물은 개울물' 바로 그것이다. 한심 권사는 목사 부부를 괴롭히고 교회를 소란하게 하는 소명을 지녔다는 뜻이다. 그렇다면 그의 모든 괴짜 성품을 그대로 받아들이라는 뜻이구나. 서서히 마음에 평안이 임하기 시작했다. 사방을 둘러보니 산자락에 찬란한 광채가 어리면서 모든 사물이 경쾌하고 아름답게 다가오기 시작했다. 새 마음이 물밀 듯이 가슴 속으로 밀려들어왔다. 어린 사모는 돌아서서 산을 내려갔다."

불쌍한 것은 불쌍한 것으로, 이상한 것은 이상한 것으로 끌어안은 예수님 품은 항상 사람의 온기가 흘러 넘쳐 자연이 된다.

「원초적 본능」_ 사람의 성은 무의식중에서도 작동한다. 식물인간의 성기를 자극하면 발기하는 것이 그것이다. 이 원초적 본능은 죽음 앞에서도 그 기를 꺾지 않는다. 노인은 자신의 성기를 만지며 저금통장에 대한 집착을 못 버린다.

"아버지, 이 세상 떠날 때는 누구나 빈손으로 간단 말이에요. 다 버리고 잊어버리고 용서하고 편안히 가세요. 그만 방아를 찧으세요. 절구를 내려놓고 위를 보세요. 멀리 보세요. 거긴 혼자 가는 곳입니다. 혼자 맨몸으로 가는 곳입니다. 어머니처럼 지상에 발붙이고 땅의 것만 바라보면서 살지 말고 직통으로 하늘나라에 가세요."

착하고 선한 장자 며느리가 치매 병상에 있는 시아버지에게 하는 말이다. 평생 자린고비로 모은 통장을 아내에게 빼앗기고 죽음을 앞에 둔 노인의 얼굴에 놀라운 평안이 깃든다. 아마도 며느리의 말귀가 통한 모양이다.

모든 생은 죽음이 관통한다. 그러거나 말거나 마지막까지 죽음과 맞서는 원초적 본능, 목숨이 붙어 있는 한 본능은 본능일 뿐이다. 이 또한 창조주의 창조다. 끈질긴 리듬이며 화음인 본능은 그래서 마침내 창조주의 통제권 속으로 들어가 안식한다.

「언니의 집」 _ 세상을 사는 방법 그 자체가 인생이다. 친구 실숙의 부동산 투기꾼적인 삶, 언니 지희의 자린고비적인 삶, 나 천희의 천상에 저축하고 집을 짓는 삶, 이 모두의 인생 그리기가 소설이다.

"아무리 생각해도 언니는 그렇게 가난하게 살 이유가 없다. 형부가 초등학교 선생이면 평수가 작은 18평짜리 아파트라도 지니고 살아야 할 위치가 아닌가. 그렇게 가난하게 사는 이유가 먼 훗날 자린고비 조륵처럼 환갑에 가난한 이웃들을 모아놓고 재산을 분배하려고 그러는 것일까. 아니면 형부가 버는 모든 돈을 몽땅 진짜로 가난한 이웃에게 분배하여 왼손이 하는 일을 오른손이 모르게 선행을 베풀고 있는 것일까. 쓰레기통을 뒤지는 그 억척으로 어쩌면 무숙자들을 돌보고 있는지도 모른다. 그래서 언니의 몸에선 빛이 나고 있는 것일까. 아무튼 모를 일이다. 언니만큼 거대한 철의 장막에 가려진 여자도 없다."

그 언니가 고층 아파트를 사서 모든 세간을 고급으로

장만한 뒤 이사를 코앞에 두고 저 세상으로 가버렸다.

세상엔 이상하고 어리숭한 인생도 많다. 심정적으로는 이해되지만 실재에 있어서는 제 답이 나오지 않는 인생 말이다. 소설의 리얼리티 문제와 결부된 이야긴데, 오히려 오늘의 현실은 이 비리얼리티적인 삶이 리얼리티가 되고 있다. 과연 이런 삶이 있을 수 있는가에서 신이 할 수 있는 답이 있다는 것이다. 그 답은 무엇일까. 앞으로 거기에 이르는 이건숙 선생의 소설이 기대된다.

「하늘빛 커튼」＿ 사람이 짐승에게서 배운다. 역사 이래 오랜 지침이다. 독수리의 훈육은 성경에서도 높이 샀다. '독수리는 태양을 향해 날고, 아기 독수리가 새들의 왕이 되도록 훈련하여 키운다.' 하늘빛 커튼이 희망인 까닭은 그 창을 통하여 독수리같이 하늘을 날 수 있기 때문이다. 실제로 미옥은 바닥 생활에 굴하지 않고 하늘색 커튼을 향해 날개를 퍼드덕거렸다. 그리고 마침내 그녀는 아기를 안고 태평양을 건넜다.

"하늘빛 커튼은 이제 확실하게 통과하여 광활한 허공을 깊숙이 찌르면서 치솟기 시작했다. 아득히 밑에 하늘빛 커튼을 두른 작은 창문이 여자의 질처럼 보였다. 산고를 겪으면서 어머니의 자궁을 빠져나온 아기처럼 미옥은 힘이 붙는 날개를 활짝 펴서 고공으로 높이 치솟아 잠시 공중에 머물러서 밑을 내려다보았다."

미옥이 하늘빛 커튼을 두른 작은 창문을 여자의 질처럼 본 것은, 희망이란 아기를 통과시키는 길로 질을 확대 해석한 것이다. 이 위대한 여성성은 태양을 향해 날아갈 수 있는 힘으로 아기를 키워 믿음, 소망, 사랑을 낳게 한다.

「학실 엄마와 아빠」 _ 확실을 학실로 발음하기도 한다. 확실한 것은 조국 분단의 아픔이 아직도 한으로 가슴에 응어리진 사람들이 있다는 것이다. 그들 중에는 하나님의 실존을 간증하는 사람들도 있다.

"학실 아빠는 아내가 목이 쉬도록 불렀던 '죄 짐 맡은 우리 구주 어찌 좋은 친군지……' 삼절까지 부르자 갑자기 미군 병사가 브라보를 외치면서 힘차게 손뼉을 치기 시작했다. 죽음에서 생명으로 옮겨지는 순간이었다."

인민군 포로 학실 아빠가 죽음 직전에 예수 믿는 증거로 찬송가를 부르고 죽음을 면하는 장면이다. 아내가 예수 못 믿게 하려고 불붙은 부지깽이로 등이며 팔을 십여 군데나 지져댔던 남편이 아내의 그 끈질긴 찬송 덕분에 생명을 구하는 섭리의 역설을 이건숙 문학은 너무나 인간적인 한(恨)의 이야기로 그리고 있다.

「황홀한 나들이」 _ 욕망은 죄를 낳고 그 죄가 돼지 속에 들어가 죽기도 한다. 비유로 상징으로 인용되던 말과 그림과 글이 마음에 작용하여 실재보다 더 극명한 기쁨과 아품을 줄 때가 있다. 소설은 그 마음을 조율한다. 참 조율 사는 흰옷을 입고 얼굴이 인자한데 음성은 단호하여 군대 귀신을 돼지 떼에게 몰아넣어 죽게 한다. 작가는 그 조율을 배워야 한다.

사람은 이성으로 싸울 수 없을 때 돼지가 된다. 돈을 의복으로 입고 살면 몸 속의 정신이 썩는다. 그래서 세상은 정신 썩는 냄새로 질식하는 사람들이 많아지고 있다. 여기 정신 썩는 냄새를 향기로 착각하며 사는 네 여인이 있다. 그녀들의 황홀한 나들이는 취중에 그림 속 배에 올라 갈릴리호수를 항해하면서 이루어진다. 작가는 성경의 말씀을 소재로 환상과 실제를 교직하고 있다.

"여자들 넷은 뱃전을 부여잡고 광풍과 물결에 몸이 이리저리 휘둘려서 나가 동그라졌다가 일어서고 울부짖고 하늘을 향해 빌어댔다. 물결이 성이 나서 몰아붙이고 아우성치며 뱃전을 때리면서 쏟아져 들어오는 바람에 파도에 몸을 맡기고 가랑잎처럼 흔들리는 뱃전을 저들은 죽어라고 움켜잡고 목이 쉴 정도로 울어댔다. 익사 직전이 되었건만 광풍은 멎을 기세가 전혀 없었다."

이건숙 선생의 소설이 간증에 머물지 않고 문학성을 확보하는 까닭이 무엇일까. 성경을 기초로 하되 단호하면서도 부드러운 해학이 선생의 문학을 구축하기 때문이다.

「하얀 꽃은 하얀 감자」_ 꽃은 뿌리고 열매다. 하얀 꽃은 우리

속의 예수님 말씀이다. 그래서 사람 꽃이 하양이면 그 사람 속에 예수님이 거하기 때문이라고 믿게 된다. '드디어 가출을 결심했다.'로 시작되는 이 소설의 주인공은 스무 살, 지방대학 여대생이다. 청년의 꿈을 이뤄야 하는 대학 생활이 그녀의 신앙을 시험했다.

"너 교회에 다니지? 네 몸에서 그런 냄새가 강하게 난다. 넌 태어나서부터 예수를 믿고 있다는 사실이 네 얼굴에 새겨 있다. 내 말 맞지?"

나는 너무 놀래버렸다. 내가 교회에 다닌다는 사실을 선배언니가 어떻게 알지 하는 놀라운 생각이 들었다. 급우들에게도 철저하게 내가 예수를 믿는다는 사실을 숨겨온 터였다.

"내 얼굴에 그렇게 쓰여 있단 말이지요?"

"그럼, 넌 다른 사람과 다른 점이 있어. 늘 조용하고 도덕적이고 윤리적이고 다소곳하고 순종적이고 절대로 담배나 술을 하지 않고 다른 학생들하고 완전히 다른 세계 사람이야. 이건 좀 지나친 표현일지 모르지만 수녀 같은 냄새가 난다 이거야."

그러자 나는 울컥 울음이 터져 나왔다.

"사실 난 장로의 딸이에요. 어머니 뱃속에서부터 예수를 믿었지요. 그런데 문제는 제가 주일학교 선생이 된 뒤부터 자꾸 의심이 들어요. 내가 성경을 너무 모르는구나. 기도도 잘 못하는구나. 제일 중요한 것은 예수님이 재림

하셔서 지금 오시면 난 구원을 받을 수 있을까. 교회 다녀도 허수아비처럼 오락가락했으니 난 분명히 쭉정이처럼 버려질 거야 하는 마음이 들어 요즘 잠을 깊이 잘 수가 없어요."

이 고백이 그녀를 이단의 구렁으로 빠져들게 했다. 목숨을 내놓아야 나올 수 있는 그 구렁에서 그녀는 육친의 아버지 속에 거하는 영혼의 아버지, 하나님의 구원을 받았다. 이단 체험에 있어 참으로 많은 이야기들이 있다. 그 이야기를 그대로 옮기면 신앙 간증이다. 간증이 아닌 소설로 어떻게 쓸 것인가를 가장 잘 알려주는 소설이 이건숙 선생의 문학이다. 특히 작가 지망 사모의 경우 선생의 문학을 길잡이로 붙들면 바른 창작의 길로 인도 받을 수 있음을 믿어 확신한다.

나는 열한 편의 단편소설을 읽고 이건숙 선생의 글이 창조의 말씀으로 읽히고 항상 우리 일상과 함께한다고 여겨지는 부분을 여기 인용해 옮기며, 내 작은 생각도 줄잡아 보았다. 크리스천 독자와 함께 일반 독서 대중이 읽기에 평안한 글이 되었으면 좋겠다. ✸